Donato Carrisi

Il maestro delle ombre

Romanzo

TEA

Per informazioni sulle novità
del Gruppo editoriale Mauri Spagnol visita:
www.illibraio.it

TEA - Tascabili degli Editori Associati S.r.l., Milano
Gruppo editoriale Mauri Spagnol

www.tealibri.it

Prima edizione «I Grandi» TEA settembre 2017
Prima edizione TEA Hit aprile 2023
Dodicesima ristampa «I Grandi» TEA luglio 2023
Seconda ristampa TEA Hit gennaio 2024

tea hit

Dello stesso autore in edizione TEA:

Il suggeritore
Il tribunale delle anime
La donna dei fiori di carta
L'ipotesi del male
Il cacciatore del buio
La ragazza nella nebbia
Il maestro delle ombre
L'uomo del labirinto
Il gioco del suggeritore
La casa delle voci
Io sono l'abisso
La casa senza ricordi
La casa delle luci

IL MAESTRO DELLE OMBRE

Ad Antonio, mio figlio.
Mia sostanza e quantità

A.D. 1521. Nove giorni prima di morire, papa Leone X emette una bolla contenente un obbligo solenne.

Roma non deve « mai mai mai » rimanere al buio.

Il pontefice dispone che strade, chiese e palazzi siano sempre illuminati durante la notte. Nelle lampade non deve mancare l'olio e nei depositi non devono esaurirsi per nessuna ragione le scorte di candele.

Per più di trecento anni, l'ordine papale viene rispettato. Tuttavia, alla fine dell'Ottocento, con l'avvento dell'elettricità la prescrizione contenuta nella bolla diventa superflua.

Storici e teologi si sono interrogati a lungo sui motivi che hanno spinto Leone X a imporre una simile regola. Nei secoli sono fiorite le teorie più varie e, a volte, fantasiose. Ma non si è mai giunti a una vera spiegazione.

Ciononostante, la bolla papale non è mai stata ritirata e, a tutt'oggi, il buio di Roma rimane un mistero insoluto.

L'ALBA

1

Il distacco dell'energia elettrica era previsto per le sette e quarantuno del mattino. Da quel momento, Roma sarebbe piombata in un nuovo Medioevo.

Un'eccezionale ondata di maltempo si stava abbattendo sulla città da quasi settantadue ore. Un flagello ininterrotto di nubifragi con raffiche di vento che superavano i trenta nodi.

Un fulmine aveva mandato in tilt una delle quattro centrali che garantivano la fornitura energetica. Come in un effetto domino, l'avaria si era ripercossa sulle altre tre, sottoponendole a un pericoloso sovraccarico.

Per riparare il guasto era necessario interrompere l'erogazione del servizio per ventiquattro ore.

L'annuncio del blackout era stato dato alla popolazione la sera prima, con un preavviso brevissimo. Le autorità avevano assicurato che i tecnici avrebbero lavorato alacremente per tornare alla normalità entro la scadenza promessa. Ma, a causa della mancanza di elettricità, sarebbero cessate tutte le comunicazioni. Niente più linee telefoniche, Internet, cellulari. Niente radio né tv.

Un totale azzeramento tecnologico. E nel bel mezzo di un'emergenza meteo.

Alle sette e trenta, quando mancavano pochi minuti al distacco, Matilde Frai era in cucina e stava sciacquando la tazzina con cui aveva bevuto il primo caffè della giornata. La ripose su uno scaffale e recuperò la sigaretta accesa, in bilico sul marmo del lavello. Scoprì un alone giallastro lì dove l'aveva appoggiata, lo fissò per un tempo lunghissimo.

Nelle cose più insignificanti dimorava una pace inaspettata.

Matilde vi si rifugiava per sfuggire ai propri pensieri. Nell'angolo ripiegato della pagina di una rivista, nel lembo di una piccola scucitura, in una goccia di condensa che scivolava sul muro. Ma la quiete non durava mai abbastanza e, quando ormai l'aveva prosciugata con lo sguardo, il suo demone tornava a ricordarle che l'angusto inferno in cui era prigioniera non l'avrebbe mai lasciata andare.

Non posso morire. Non ancora, si disse. Ma lo desiderava tanto.

L'espressione di Matilde tornò a indurirsi. Si portò alle labbra la sigaretta e trasse una profonda boccata. Poi spinse la testa all'indietro e, guardando il soffitto, sputò fuori una nuvola di fumo bianco e, insieme, tutta la frustrazione. Un tempo era stata bella. Ma, come avrebbe detto sua madre, si era lasciata andare, e a soli trentasei anni era una donna irreversibilmente sola. Nessuno avrebbe potuto immaginare che una volta era stata una ragazza. Ciò che vedevano – quando riuscivano a vederla – era una vecchia ancora troppo giovane.

L'orologio sul muro segnava le sette e trentadue.

Matilde sfilò una sedia da sotto il tavolo e si accomodò, tirando a sé il telecomando del televisore, un pacchetto di Camel e un posacenere di latta. Usò il mozzicone che aveva in mano per accendersi un'altra sigaretta.

E guardò dritto davanti a sé.

« Dovrei... » Si interruppe. « Dovrei portarti dal barbiere a tagliarti i capelli » disse poi, tutto d'un fiato, seria. « Sì, sono troppo lunghi sui lati » e indicò anche il punto esatto allungando per un attimo il braccio. « E quella frangetta non mi piace più. » Annuì, come a voler confermare che era la cosa giusta da fare. « Sì, domani ci andiamo, dopo l'asilo. » Tacque ma non distolse lo sguardo.

Fissava la porta della cucina.

Al di là della soglia non c'era nessuno, ma sulla parete, accanto al profilo della cornice di legno, c'erano dei segni, all'incirca una ventina. Procedevano dal basso verso l'alto. Per ogni tacca un colore diverso e una data.

L'ultimo in cima era verde, e accanto c'era scritto: « 103 cm – 22 maggio ».

Matilde si riebbe improvvisamente dal torpore, come liberata da un incantesimo. Tornata alla realtà, afferrò il telecomando e lo puntò verso la tv sulla credenza.

Apparve un'avvenente bionda con un tailleur rosa cipria, ripresa a mezzobusto. Sotto di lei, in sovrimpressione, una scritta: « Misure eccezionali per la città di Roma, in vigore dalle ore 7.41 del 23 febbraio fino al termine del blackout programmato». La speaker, con tono pacato e tranquillizzante, stava leggendo un comunicato all'indirizzo della telecamera. «Per evitare incidenti, le autorità hanno disposto il blocco totale del traffico. Non sarà possibile circolare e nemmeno allontanarsi dalla città. Vi ricordiamo che aeroporti e stazioni non sono più operativi da ieri a causa del maltempo. Perciò, si raccomanda ai cittadini di rimanere nelle proprie abitazioni. Ripeto: per la vostra incolumità e quella dei vostri cari, non provate a lasciare la città.»

Matilde pensò che tanto non aveva più nessuno, né un altro posto dove andare.

«Di giorno uscite solo se necessario. In caso di bisogno, esponete un lenzuolo bianco a una finestra così che i mezzi di soccorso, che saranno di ronda senza sosta per le strade, possano raggiungervi. Vi ricordiamo che di notte sarà obbligatorio rispettare il coprifuoco che scatterà un'ora prima del tramonto. Da quel momento, saranno sospese alcune libertà individuali.»

Il tono pacato e i modi cordiali della speaker avrebbero dovuto infondere alla cosa un che di rassicurante, pensò Matilde, ma ottenevano l'effetto opposto. C'era qualcosa di grottesco e di inquietante. Come il sorriso sul volto delle hostess di un aereo che sta precipitando.

«Le forze di polizia presidieranno i quartieri e avranno ampi poteri per assicurare l'ordine pubblico e reprimere i reati: gli agenti sono autorizzati a procedere all'arresto anche sulla base di un semplice sospetto. Gli autori dei crimini commessi durante le ore di buio verranno processati per direttissima e giudicati con estrema severità. Ciononostante, le autorità vi esortano a chiudervi bene in casa e adottare precauzioni per impedire a sconosciuti e malintenzionati di accedere alle vostre abitazioni.»

A quella frase, un gelo improvviso colse Matilde Frai, che si strinse nelle spalle.

La bionda annunciatrice appoggiò i fogli sul tavolo che aveva davanti e guardò dritto in camera. «Sicuri della vostra collaborazione, vi rimandiamo al prossimo bollettino che andrà in onda al termine dello stato di emergenza, fra ventiquattro ore da adesso. Fra pochi secondi, il suono delle sirene precederà l'imminente distacco dell'energia e la sospensione di tutte le comunicazioni. Subito dopo, entreranno in vigore le misure straordinarie e il blackout programmato avrà ufficialmente inizio.» La speaker non salutò gli spettatori, ma si limitò a rivolgere un altro sorriso muto all'obiettivo. Poi sullo schermo il suo volto fu sostituito dalla scritta «Fine delle trasmissioni».

In quel preciso istante, il potente richiamo delle sirene cominciò a risuonare all'esterno.

Matilde spostò lo sguardo verso la finestra. Fuori era giorno, anche se il maltempo oscurava il cielo e sembrava buio. La plafoniera della cucina era accesa, però la luce non bastava a confortare la donna, che si mise a fissare la lampadina, aspettando che si spegnesse da un momento all'altro. Ma ancora non accadeva. La pioggia continuava incessante, e i secondi si dilatarono in un'eternità insopportabile. Matilde guardò di nuovo l'orologio a parete. Le sette e trentotto. No, non poteva farcela ad aspettare. Doveva zittire quelle maledette sirene che le perforavano il cervello. Schiacciò nel posacenere la seconda sigaretta, si alzò dal tavolo e si avvicinò a un vecchio frullatore che non usava da anni, ma che era rimasto inspiegabilmente collegato alla presa. Lo accese. Quindi fu il turno del tostapane a cui abbassò entrambe le levette, azionando anche il timer. Poi toccò alla cappa che sovrastava i fornelli. Alla lavatrice, alla lavastoviglie. Senza un'apparente ragione, spalancò anche lo sportello del frigo. Infine, la radio che teneva accanto all'acquaio, da sempre sintonizzata su una stazione di musica classica. Bach cercava disperatamente di crearsi un varco nella cacofonia di rumori, ma finiva per soccombere. Così, dopo aver messo in funzione tutti gli elettrodomestici e aver acceso ogni lampadina, Matilde Frai tornò a sedersi con l'intenzione di fumare l'ennesima sigaretta. Fissò di nuovo l'orologio a parete, aspettando che ultimasse il conto alla rovescia prima del buio e del silenzio.

Mentre la lancetta rincorreva affannosamente i secondi, il telefono squillò.

Osservò l'apparecchio, impaurita. Era l'unico suono che non aveva provocato lei. Da anni non conosceva più nessuno, e nessuno si occupava di lei. Anzi, a pensarci bene, quell'aggeggio non avrebbe nemmeno dovuto essere presente in casa, nel suo nido di solitudine forzata. Nella clausura si era aperta una breccia. Gli squilli erano urla nel frastuono, ed era come se chiamassero il suo nome. Matilde aveva due possibilità: attendere che il blackout di lì a poco mettesse fine alla tortura oppure farlo lei, andando a rispondere.

Nessuno mi chiama più da anni. Nessuno ha il mio numero.

Non era semplice curiosità ciò che spinse le gambe a sollevarsi dalla sedia. Era un presagio. Quando alzò il ricevitore del vetusto apparecchio digitale, la mano impiegò un po' a portare la cornetta all'orecchio, tremando impercettibilmente. Prima ancora di poter dire qualcosa, Matilde udì brevi scariche elettriche, come un disturbo nella comunicazione. Poi, in mezzo alle scosse stridule e fastidiose, apparve una voce.

La voce di un bambino.

« Mamma... » disse, raggelandola. « Mamma! Mamma! Vieni a prendermi, mamma! » supplicò terrorizzato.

Gli aveva fatto imparare a memoria il numero di casa il primo giorno d'asilo. Era sicura che fosse più facile da ricordare rispetto a quello di un cellulare. Le tornò in mente la scena: era seduto al tavolo di quella stessa cucina e aveva appena terminato la colazione – latte, biscotti e marmellata d'uva. Matilde era in ginocchio davanti a lui e gli allacciava le scarpe. Nel frattempo, suo figlio ripeteva le cifre una alla volta e lei faceva lo stesso, a fior di labbra però, per non aiutarlo troppo. Voleva essere sicura che l'avesse memorizzato bene.

L'immagine del passato svanì così come era arrivata. Matilde Frai si ritrovò proiettata di nuovo nel presente, sconvolta, ma finalmente riuscì a dire qualcosa. « Tobia... » Si portò una mano all'altro orecchio, perché il frastuono degli elettrodomestici tutt'intorno le impediva di sentire bene.

« Non mi lasciare qui! Non mi lasciare solo! » Altre scariche, disturbi nella linea. « Sono qui » disse la voce dall'altro capo del filo. « Sono... »

Per prima cosa, cessarono tutti i rumori. Le luci della cucina si spensero simultaneamente. La mannaia dell'ombra cadde sugli oggetti, improvvisamente immobili.

Solo allora Matilde si rese conto che anche la cornetta era inanimata.

Il silenzio che emetteva era innaturale, come se non avesse mai prodotto alcun suono, come se ciò che aveva appena sentito fosse solo frutto della sua immaginazione – o della follia.

Matilde tremava più forte adesso, e non riusciva a impedirselo. Poi sollevò ancora lo sguardo sull'orologio a parete.

Le sette e quarantuno esatte.

2

Alle sette e quarantuno, le sirene cessarono di risuonare.

Ma il momento esatto dell'inizio del blackout programmato sarebbe stato ricordato da tutti non per il simultaneo letargo di ogni genere di apparecchiatura elettrica – decenni di progresso tecnologico spazzati via in un solo istante –, né per l'improvvisa interruzione delle comunicazioni – e il claustrofobico isolamento che ne conseguì –, bensì per il silenzio irreale e sconosciuto apparso come uno spettro venuto dal passato. Una quiete a cui nessun abitante di Roma era abituato, resa più disturbante dal monotono scrosciare della pioggia.

Tuttavia fu proprio quell'improvviso silenzio a riportarlo in vita.

Riemerse dalle profondità di un sonno senza respiri alla disperata ricerca di una boccata d'aria. Gli occorsero tre tentativi prima di far entrare un po' d'ossigeno nei polmoni. Non stava semplicemente dormendo, aveva perso i sensi e stava annegando in se stesso. Ma quando aprì gli occhi, trovò ad accoglierlo una seconda tenebra.

Sono cieco.

La difficoltà a respirare forse dipendeva dalla postura. Era prono ed entrambe le braccia erano ripiegate dietro la schiena, i polsi serrati in una fredda morsa. *Manette?* Per prima cosa, l'uomo si tirò su con l'intenzione di inginocchiarsi e mettere fine al supplizio dell'apnea. Sentì i muscoli che gemevano e le articolazioni che recuperavano faticosamente la mobilità. Fu un'operazione difficile e laboriosa.

Sono nudo. Mi fa male il torace.

L'ossigeno ricominciò a irrorargli il cervello, pallini luccicanti iniziarono a danzare dispettosi nel suo campo visivo. No, non aveva perso la vista: era il mondo intorno a essere stato inghiottito dal nulla.

Dove mi trovo? Chi sono?

Si sentì smarrito. La totale oscurità era fuori, ma anche dentro di lui.

Chi sono, dove sono?

A parte il lontano ticchettio della pioggia, l'unico riferimento era olfattivo. Il luogo puzzava. Di acqua stantia, ma anche di qualcos'altro.

Morte.

Era infreddolito e tossì. Fu sorpreso dal rimbombo. Tossì ancora e rimase in ascolto, contando il tempo che l'eco impiegava a restituirgli il suono. Nella disperazione, usò la voce come un sonar per capire quanto fosse ampio l'ambiente in cui si trovava. Ripeté l'esperimento facendo perno sulle ginocchia e ruotando col corpo. Non fu sufficiente. Allora diede un colpo di reni e provò a mettersi in posizione eretta. La prima volta ricadde su un fianco. Riprovò con maggior cautela, e ci riuscì.

Affondava i piedi in una poltiglia viscida e umida, ma sotto di essa poteva percepire una consistenza di pietra dura, sicuramente lavorata. Il fatto di non essere in una fossa di terra lo rincuorò un poco. Perché da una fossa non si può scappare. Da un edificio, sì. C'è sempre un'entrata e, di conseguenza, anche un'uscita.

Con l'intenzione di trovarla a ogni costo, avanzò nel buio. Il pavimento era sconnesso, ma lui riusciva lo stesso a conservare l'equilibrio. Nella speranza che nessun ostacolo interrompesse il suo cammino, procedette senza troppe cautele in attesa di incontrare la barriera del muro. Non potendo allungare le braccia davanti a sé, dovette rassegnarsi a sbatterci contro.

L'urto, anche se leggero, gli scatenò ancora quel senso di costrizione al petto. Respirò e attese che passasse.

Poi appoggiò la guancia sinistra alla parete. Al tatto percepì subito qualcosa di levigato. Tufo. Decise di strisciare lungo il perimetro finché non avesse trovato una porta o un'apertura. Mosse il primo passo, ma uno spuntone di pietra lo fece inciampare provocandogli un male acuto alle dita del piede. Avrebbe voluto scalciarlo perché fu più la rabbia del dolore, ma si trattenne e proseguì con maggiore attenzione. Man mano che si trascinava, acquisiva anche una percezione dell'ambiente in cui si trovava. Scoprì che non c'erano spigoli a interrompere il suo cammino.

Era in una sala circolare.

Il materiale usato per costruirla, diviso in grandi lastre sovrapposte, gli fece pensare a qualcosa di molto antico. Sulle prime non aveva previsto che fosse così ampia. Invece, più andava avanti, più si rendeva conto di quanto fosse errata quella percezione. Il muro sembrava non finire più. *Dov'è la porta? Maledizione.* Il freddo della pietra aveva cominciato a insinuarsi sotto la pelle. Brividi lo scuotevano e sentiva il proprio fiato condensarsi davanti alla faccia. Se non si fosse sbrigato a uscire, avrebbe potuto anche morire congelato. Ma smise di pensarci quando allungò il piede per compiere l'ennesimo passo. Si bloccò. Aveva toccato qualcosa di familiare.

Lo spuntone urtato poco prima.

Al principio fu solo un'intuizione. Avrebbe dato tutto perché rimanesse tale, per non dover fare i conti con quella cosa che gli toglieva ogni speranza. Invece, quasi subito, la « cosa » acquisì la consistenza atroce di un'agghiacciante certezza.

Aveva girato in tondo. Non c'era alcuna apertura nella stanza.

Come una tomba, pensò. La *mia* tomba. Non era logico: la sua presenza lì provava in modo inconfutabile che esisteva una via d'accesso. Ma la felice deduzione fu presto spazzata via da una altrettanto valida.

Qualcuno l'aveva murato dentro. Murato vivo.

Si appoggiò con un fianco contro la parete e si lasciò scivolare fino a rannicchiarsi sul pavimento. Avvertì un'ondata d'angoscia risalire lungo il corpo sotto forma di vampa di calore. Il panico era il veleno della ragione. Cercò di scacciarlo, di recuperare il controllo. Ma l'ansia montava. *Chi sono, dove sono?*

Chi sono, dove sono? Chi sono, dove sono?... Avvertì un lieve tepore colare dal naso lungo il labbro. La goccia scavalcò l'orlo della bocca e lui sentì il sapore del liquido vischioso. Sangue. Il suo sangue.

Epistassi.

Non aveva mai saputo da cosa dipendesse né prevedere quando sarebbe capitato, poteva avvenire in qualsiasi momento. L'unica cosa certa era che, ormai, quel disturbo faceva parte di lui, come un tratto somatico o caratteriale. Un dettaglio difettoso con cui si era abituato a convivere. Non aveva mai compreso perché il Signore avesse voluto infliggergli quella piccola e fastidiosa imperfezione. Adesso, dopo tanto tempo, lo sapeva. L'aveva fatto perché in quel giorno di afflizione lui potesse aggrapparsi con tutte le forze a quel particolare e usarlo per trarre la sua memoria fuori dal buio.

Il mio nome è Marcus, si disse. E soffro di epistassi.

Il resto dei ricordi seguì come un flusso inarrestabile. Sono un prete. Appartengo all'ordine sacro dei Penitenzieri, che risponde al Tribunale delle Anime. Sono l'ultimo componente della mia congregazione. Nessuno sa di me, nessuno conosce la mia identità. E iniziò a ripetere ciò che gli era stato insegnato: « C'è un luogo in cui il mondo della luce incontra quello delle tenebre. È lì che avviene ogni cosa: nella terra delle ombre, dove tutto è rarefatto, confuso, incerto. Io sono il guardiano posto a difesa di quel confine. Perché ogni tanto qualcosa riesce a passare... Io sono un cacciatore del buio. E il mio compito è ricacciarlo indietro».

Iniziò a tranquillizzarsi. Perché il suo peggiore incubo – più dell'essere sepolto vivo in una cripta – era dimenticare chi era... *un'altra volta*.

Già anni prima si era ritrovato alla deriva nella propria mente, su un letto d'ospedale, a Praga, dopo che gli avevano sparato in testa in una camera d'albergo. L'amnesia era un oceano piatto, immobile, senza vento né correnti. Non si poteva navigare, e non accadeva mai nulla. Si stava fermi, in perenne attesa di un soccorso che non sarebbe mai arrivato.

Ma poi, una notte, accanto a quel letto era apparso Clemente – la sua guida – e gli aveva offerto la verità sul suo passato, in cambio di una promessa solenne che l'avrebbe impegnato per il resto della sua vita. Lui aveva accettato. Nessuno avrebbe potuto restituirgli i vecchi ricordi, ma da quel momento avrebbe avuto modo di crearsene di nuovi. E così era stato. Per questo Marcus non voleva perdere pure quelli. Anche se, il più delle volte, erano dolorosi.

Adesso, Clemente era morto. Lui aveva un nome – la cosa più preziosa che possedesse. Gli unici souvenir del passato prima di Praga erano una cicatrice sulla tempia sinistra... e l'epistassi – grazie a Dio.

Una fitta al petto gli tolse nuovamente il respiro. Marcus si chinò istintivamente in avanti, sperando che fosse sufficiente a farla cessare. Non sapeva da cosa dipendesse, non aveva mai provato nulla di simile in tutta la vita – o almeno in quella parte che riusciva a ricordare. Funzionò. Così come era arrivato, il dolore scomparve all'improvviso.

Non è ancora finita, si disse. Essersi risvegliato da un sonno che l'avrebbe dolcemente accompagnato fra le braccia della morte non bastava. Poteva ancora morire. Infatti, non c'era modo di liberarsi dalla morsa delle manette. Perciò, prima che la paura prendesse di nuovo il sopravvento privandolo di un elementare istinto di sopravvivenza, si sforzò di ricostruire cosa gli era accaduto. Accantonò per il momento il quesito relativo al dove si trovasse, perché c'era qualcos'altro da stabilire prima.

Come era finito lì? Perché era ammanettato? Ma soprattutto: *chi* gli aveva fatto questo?

Nella sua mente c'era una specie di muro nero, invalicabile. L'ultima cosa che ricordava era che c'era stato un guasto alla rete elettrica di Roma e che, probabilmente, sarebbe stato necessario interrompere temporaneamente l'erogazione di energia alla città. Ma non sapeva quanto tempo fosse passato da allora. Sicuramente non giorni, o settimane. La dimostrazione stava nel fatto che era ancora vivo. Prima ancora che là fuori, il blackout c'era stato nella sua mente. Anche se in fondo si trattava di un'amnesia alquanto breve e che non aveva compromesso la parte consistente della sua memoria, Marcus ne era lo stesso spaventato.

Cosa l'aveva causata? Forse l'asfissia?

Doveva ricostruire ciò che era accaduto. Proprio come quando, visitatore segreto delle scene del crimine, cercava di leggere i segni del male davanti a un cadavere sgozzato o fatto a pezzi o bruciato. Perché era ciò che sapeva fare, ciò che gli riusciva meglio. Cercare *anomalie*. Impercettibili strappi nel quadro della normalità. Difetti nella trama delle cose – come la sua epistassi. Spesso rivelavano un disegno nascosto. Erano piccole porte che conducevano a un'altra dimensione, un passaggio occulto verso una verità differente.

Ma, in questo caso, non c'era un corpo silenzioso da interrogare con lo sguardo.

Stavolta la vittima era lui.

E non aveva a disposizione tutti i sensi per compiere l'indagine. A parte la memoria a breve termine, anche il tatto era compromesso dalle manette intorno ai polsi. Ma, soprattutto, gli mancava la vista. Provò a fare appello a udito e olfatto, e cominciò a setacciare l'oscurità. Il rumore della pioggia, che arrivava attutito come una leggera e costante percussione, e l'odore pungente di umidità gli dicevano che si trovava sottoterra. In una cisterna, o magari in un ipogeo. Ma, oltre a ciò, non riusciva a dedurre altro.

Fu deconcentrato da una nuova fitta al torace che gli tolse il fiato, ancora una volta fu come se gli avessero lacerato il costato con una lama rovente. Perché provava un simile dolore? Come se avesse avuto qualcosa di tossico dentro di sé, e il suo stomaco stesse cercando di espellerlo.

L'immagine che gli si formò in mente fu quella di

un insetto malevolo che si scavava il nido nel suo sterno.

Lo spasmo svanì. Anomalie, si disse. Era l'unica speranza che gli restava per non dover soccombere. E partì esattamente da questo: la propria morte. Chiunque l'avesse rinchiuso là sotto, gli aveva tolto i vestiti e l'aveva ammanettato. Tuttavia, a parte il crampo di origine ignota che avvertiva di tanto in tanto alla bocca dello stomaco, Marcus non era ferito in alcun modo.

Vuole farmi morire d'inedia.

Ripensò alle varie fasi che avrebbero condotto a fine certa. Dopo qualche giorno senza cibo, non trovando più sostanze e grassi con cui alimentare il metabolismo, l'organismo avrebbe iniziato a bruciare massa muscolare. In pratica, il corpo avrebbe cominciato a nutrirsi di se stesso. Gli organi interni avrebbero intrapreso una silenziosa ribellione fatta di pene indicibili, fino alla resa per sfinimento. Un lento supplizio che poteva durare anche settimane. Certo, Marcus avrebbe potuto alimentarsi della pappa putrida di terriccio e acqua che ricopriva il pavimento della prigione. Ciò avrebbe rallentato la disidratazione, ma in definitiva sarebbe servito solo a prolungare l'agonia. Forse era una fortuna che il suo carceriere gli avesse tolto i vestiti e l'avesse ammanettato. La costrizione degli arti superiori e l'ipotermia erano pene aggiuntive, ma avrebbero certamente contribuito ad accelerare il decesso.

Perché ha scelto proprio questa morte per me?

Il suo assassino voleva che impazzisse, che strappasse la propria carne a morsi nel vano tentativo di far cessare i crampi della fame. Marcus aveva letto di speleologi dispersi nelle viscere della terra che, privi di mezzi di sostentamento, col passare dei giorni sviluppavano un naturale impulso cannibale. I più deboli venivano mangiati dai più forti. Chi non riusciva a sopraffare gli altri attendeva di diventare cibo, ma nel frattempo provava l'istinto insopprimibile di azzannare parti del proprio corpo. Lo stomaco prendeva il sopravvento sul cervello – l'appetito irrefrenabile sulla ragione.

Cosa ho fatto per meritarmi questo?

« Meritare » era la parola chiave.

Prima anomalia: il suo assassino non intendeva semplicemente ucciderlo. Voleva *punirlo*. Nella Roma antica, l'affamamento era una forma di tortura molto praticata.

« Un carcere » disse il penitenziere alla tenebra. « Sono in un carcere. »

La pietra di tufo di cui era fatta la sua prigione gli diceva che doveva trattarsi proprio di una costruzione millenaria. Ma a Roma c'erano decine di luoghi come quello.

No, si disse. Lui mi ha portato qui con uno scopo. Voleva che mi risvegliassi, per questo non mi ha ucciso subito. Voleva che morissi lentamente ma, soprattutto, che *sapessi*.

È un sadico, vuole che abbia cognizione del luogo in cui mi trovo. E, perciò, che non uscirò mai vivo da qui.

Per questo Marcus doveva capire cosa distinguesse quel carcere dagli altri. Affondò ancora una volta i piedi nella poltiglia umida sotto di sé.

Seconda anomalia: l'acqua.

Era più fredda dell'acqua piovana. Non veniva dall'alto, sgorgava dal basso. Era una fonte. *Tullius*, tradusse subito in latino. La polla d'acqua che affiorava nelle cave di tufo accanto al colle del Campidoglio, lì dove sorgeva il Carcere Mamertino o Tulliano, per l'appunto. E lui doveva trovarsi proprio nel Tullianum, una camera sotterranea divisa in due parti. Quella superiore serviva ai carcerieri per interrogare, torturare o mettere a morte i detenuti. In quella inferiore, invece, i prigionieri venivano gettati dopo l'arresto, in attesa che arrivasse il loro turno. Nel frattempo, potevano ascoltare le urla dei compagni di sventura e ricevere un assaggio di ciò che avrebbero avuto in sorte.

Se quello era il Tullianum, allora c'era anche un'entrata.

Esisteva un solo modo per scoprirlo. Marcus appoggiò la schiena alla parete e, spingendo sui talloni, riuscì a mettersi in piedi. Quando fu sicuro del proprio equilibrio, si diresse lentamente verso quello che immaginava fosse il centro della sala. Visto che si trattava di un ambiente circolare, gli sarebbe stato sufficiente percorrerne il raggio, anche se al buio era difficile mantenere una direzione precisa. Non sapeva nemmeno quanti passi avrebbe dovuto compiere per trovarsi nel punto esatto. Ma, dopo una decina, avvertì qualcosa sopra la testa.

Una leggerissima corrente d'aria.

Si fermò. Sopra di lui doveva esserci l'apertura circolare che immetteva nell'ipogeo. Ma quanto era distante? Anche se avesse avuto le braccia libere per darsi uno slancio, non avrebbe mai potuto saltare così in alto. Oppure sì?... Forse era per questo che il suo assassino l'aveva ammanettato. Marcus gli lanciò una maledizione. Ma la rabbia non doveva vincere. La scelta del luogo, le manette: entrambi gli elementi avevano una motivazione. Cosa rimaneva da spiegare?

Terza anomalia: la nudità.

Perché mi ha lasciato qui senza vestiti?

Per umiliarmi, fu la risposta. Mi ha tolto l'abito perché sono un prete, anche se non mi vesto come tale. Ma per lui non cambia nulla. La peggiore umiliazione per un uomo di Dio è essere spogliato e deriso. Cristo finì nudo sulla croce. Ma il fatto che lui fosse un uomo di Chiesa era anche la ragione per cui aveva riconosciuto subito il Carcere Mamertino: una leggenda narrava che proprio lì erano stati detenuti gli apostoli Pietro e Paolo. Il carceriere aveva previsto che Marcus sarebbe giunto a quella conclusione.

Pietro e Paolo erano riusciti a lasciare quel luogo... Mi sta offrendo la possibilità di salvarmi, pensò il penitenziere con rinnovata speranza. Mi sta sottoponendo a una prova.

I due apostoli avevano ritrovato la libertà convertendo i propri carcerieri e battezzandoli con l'acqua del Tullius.

« Acqua... Battesimo... Lavacro dei peccati... » cominciò a elencare Marcus, provando a mettere insieme quel poco che aveva in cerca di un senso o anche solo di un legame. « L'acqua purifica l'anima. L'anima ripulita ascenderà al cielo, alla gloria di Dio. » Così come lui avrebbe potuto sollevarsi nell'apertura sulla propria testa e guadagnare la libertà. Ogni cosa era rivestita da un significato fortemente simbolico. Marcus sapeva di essere vicino alla soluzione dell'enigma. « L'anima è dentro di noi... La salvezza, perciò, è già dentro di noi. »

Sentendosi pronunciare quell'ultima frase, tacque e spazzò ogni altro pensiero dalla mente, nel timore che scivolasse via il lembo di verità che aveva appena afferrato. Aveva un senso.

Quarta anomalia: il dolore al torace.

Non sono ferito, ripeté. L'unico malessere era quello che lo aveva colto già diverse volte per poi svanire subito. Com'era quel dolore? Lancinante. E gli toglieva il respiro.

Il respiro, si disse. Il soffocamento che stava per ucciderlo se non si fosse risvegliato. L'asfissia che probabilmente aveva provocato anche la perdita di lucidità e, di conseguenza, di memoria. Gli tornò in mente l'immagine dell'insetto famelico che si scavava la tana nel suo petto.

L'asfissia, il dolore, non sono patologici. *Sono provocati da qualcosa.* Allora seppe anche cosa doveva fare.

Si inginocchiò nuovamente. Quindi si piegò in avanti. Iniziò a tossire, sempre più forte, con la speranza che lo spasmo tornasse a farsi sentire, lacerandogli il torace e il costato. Nudo e prono come un penitente, invocò un dolore salvifico. Contrasse il diaframma così che lo aiutasse a espellere ciò che aveva nello stomaco. Un crampo violentissimo, poi un secondo. Iniziò a rigettare. Cibo, liquidi. Risalendo lungo l'esofago gli fornirono la prova che non si era sbagliato.

Mi ha costretto a ingoiare qualcosa. Un corpo estraneo – un insetto.

La bestia era ferma, forse incastrata. Doveva stanarla. Continuò a provocarsi il vomito. Ogni volta che ci riusciva era straziante, però sentiva che quella cosa cominciava a risalire lentamente. Quando i residui di cibo terminarono, iniziò a sputare succhi gastrici. Quindi fu la volta del sangue. Ne riconobbe il sapore metallico sulla lingua, ma il timore di un'emorragia interna non lo fece desistere. Ogni tanto si fermava per riprendere fiato. Millimetro dopo millimetro, però, l'intruso stava venendo fuori.

È il diavolo. Ha assunto le sembianze dell'insetto e mi possiede. Possiede la mia anima. Signore, aiutami. Dio onnipotente, aiutami.

Gli occhi bruciavano nelle orbite, la mandibola sembrava spaccarsi. Sapeva che non avrebbe resistito a lungo. Se fosse svenuto di nuovo, non si sarebbe mai più risvegliato. Con la forza della disperazione, riuscì a provocarsi un conato più potente. Allora sentì la sua bocca espellere qualcosa di solido insieme al sangue. Come in un esorcismo, si era liberato dal demone. Ma non ne era ancora sicuro.

Finché non udì un tintinnio. A poca distanza, davanti a lui.

Non attese di stare meglio: affondò la faccia nella fanghiglia mettendosi a cercare l'intruso con la stessa bocca che l'aveva espulso. Le labbra sfiorarono il metallo. Era come aveva immaginato.

L'insetto era una piccola chiave.

L'afferrò tra i denti e strisciò nuovamente verso il muro. Quindi la lasciò cadere alla base della parete e si voltò per riprenderla con la punta delle dita. Era impaziente di liberarsi, per questo ci mise un po' a completare l'operazione. Finalmente riuscì a infilare la chiave nella serratura delle manette e la fece scattare.

Avendo di nuovo a disposizione le braccia, tornò verso il punto in cui aveva avvertito la corrente d'aria. Per evitare di scivolare, prima ripulì il pavimento della fanghiglia viscida. Poi si piegò, prese lo slancio e spiccò un salto tendendo le mani. Nulla. Poi un secondo tentativo. Niente. Ce ne vollero almeno sei prima che sfiorasse la roccia della volta. Altri dieci prima che riuscisse ad ancorarsi saldamente con le dita al bordo circolare dell'apertura. Si tirò su con un immenso sforzo, appoggiò i gomiti sul pavimento sovrastante e sentì la pelle graffiarsi. Ma non mollò. Avanzò sulla pietra con tutto ciò che aveva – le unghie, i muscoli, le ossa.

Alla fine, era fuori. Ma ad attenderlo c'era ancora l'oscurità.

Si distese supino per recuperare le forze. Teneva le braccia aperte e il torace era uno stantuffo che assecondava il respiro. Si fece il segno della croce per ringraziare d'essere sopravvissuto. Poi provò a riordinare i pensieri. Ricordava che dalla camera superiore del Tullianum si diramavano diverse gallerie che risalivano verso l'esterno. A tentoni, avrebbe trovato l'uscita.

Mentre si rimetteva in piedi, urtò qualcosa col ginocchio. Tastò il terreno per capire cosa fosse. Trovò un oggetto allungato, di plastica. Lo riconobbe: si trattava di una torcia elettrica. L'accese. Il fascio di luce gli illuminò violentemente il volto, costringendolo a chiudere gli occhi. Poi lo puntò verso l'apertura che conduceva alla sala sottostante.

Il buio alitava attraverso quella bocca nera.

Marcus distolse il fascio e se ne servì per perlustrare l'ambiente. Fu allora che li vide. In un angolo c'erano i suoi abiti. Ciò che lo colpì fu che erano perfettamente ripiegati. Infreddolito, andò a prenderli. Erano zuppi di pioggia. *Allora non è da molto che sono qui, si disse, altrimenti sarebbero asciutti*. Li indossò lo stesso, non poteva fare altrimenti. E fece una seconda scoperta.

Al posto delle sue solite scarpe nere, c'erano delle calzature di tela bianca. Da dove venivano?

Quando terminò di rivestirsi, infilò una mano nella tasca destra dei pantaloni, alla ricerca della medaglietta con san Michele Arcangelo, protettore dei penitenzieri. Insieme a quella, trovò un foglietto ripiegato più volte. Lo osservò nel palmo della propria mano. Poi lo aprì.

Era la pagina strappata di un taccuino.

Riconobbe subito la propria grafia. Una delle regole dei cacciatori del buio era non lasciare tracce che potessero rivelare la loro esistenza. Lui non prendeva appunti, non registrava la propria voce, evitava di essere filmato o fotografato. Non possedeva alcun apparecchio elettronico che permettesse di tracciarlo o localizzarlo, nemmeno un cellulare. Per questo, quel ritrovamento gli sembrò strano più delle scarpe di tela bianche. Sul foglietto c'era una breve nota.

Trova Tobia Frai.

Un messaggio che lui aveva lasciato a se stesso. Il Marcus del passato, quello del momento precedente la breve amnesia che l'aveva fatto finire in fondo a un buco oscuro e maleodorante, aveva trovato il modo per mettersi in contatto col Marcus del presente.

C'era un'urgenza in quelle parole. Chi era Tobia Frai? Lo conosceva? Quel nome era il solo indizio che aveva per ricostruire la memoria di ciò che era accaduto nelle ultime ore, durante la notte prima del blackout.

Prima di andare in cerca di un'uscita, gettò ancora un'occhiata all'apertura della camera sottostante. Ebbe la sensazione di non essere solo. Come se là sotto, acquattato nella tenebra, ci fosse stato sempre qualcun altro con lui. Due occhi silenziosi capaci di vedere nel buio.

3

7 ore e 24 minuti al tramonto

Locali pubblici, negozi, uffici e scuole sarebbero rimasti chiusi a tempo indeterminato. L'illuminazione stradale era spenta, così come i semafori che sovrintendevano agli incroci. A parte le ambulanze e i mezzi delle forze dell'ordine e dei vigili del fuoco, nessun altro veicolo era autorizzato a circolare. Anche la metropolitana era ferma.

Ci si poteva spostare soltanto a piedi.

La città avrebbe dovuto essere deserta. Ma, a dispetto dell'emergenza, alcuni affrontavano diversamente la situazione. Incuranti degli allarmi e delle raccomandazioni, in parecchi si erano riversati nelle vie per sperimentare di persona quella singolare condizione di una Roma svuotata dal caos quotidiano di auto e turisti. Una strana euforia, simile a una follia collettiva, si era impossessata di loro, spingendoli a gesti quasi inconsulti, come riunirsi sui ponti e nelle piazze, sfidando le intemperie, per festeggiare la fine imminente e beffarda della città che si credeva « Eterna ».

Marcus camminava in mezzo a loro, invisibile come sempre. Teneva le mani infilate nelle tasche della giacca, il bavero alzato per nascondere il viso, la schiena ricurva, e si muoveva rasente ai muri dei palazzi per ripararsi dalla pioggia.

Era un alieno in mezzo a quell'improvvisato carnevale. Ma nessuno se ne sarebbe accorto. Erano tutti troppo impegnati a esorcizzare un timore di cui nessuno aveva voglia di parlare, che era anche la vera ragione che li aveva spinti fuori di casa. Finché era giorno, finché la debole luce del sole avesse garantito di scorgersi in volto l'un l'altro, ogni cosa sarebbe apparsa ai loro occhi solo come un'insperata e gioiosa novità. In realtà, Marcus conosceva bene quella paura inconfessata.

Nessuno sapeva cosa sarebbe accaduto al calare del buio.

Nonostante le misure adottate per prevenire l'anarchia e le rassicurazioni delle autorità, il tramonto rappresentava uno spartiacque inconscio. Da quel momento la città sarebbe diventata territorio delle ombre. Ancora se ne stavano acquattate ai confini della luce, ma avrebbero approfittato delle tenebre per uscire dai propri nascondigli e sfogare le pulsioni più pericolose.

Per questo Marcus accelerava il passo: aveva un brutto presentimento. Altrimenti non si spiegavano le istruzioni contenute nel foglietto che aveva rinvenuto nella propria tasca.

Trovare Tobia Frai.

In un frangente diverso, la prima cosa che avrebbe fatto sarebbe stata entrare in un Internet Café e cercare dei riscontri in rete. Ma il blackout cambiava tutto. Ciò che prima era semplice, adesso era praticamente impossibile. Perciò la prima tappa del penitenziere fu casa propria, in via dei Serpenti. L'idea era di indossare abiti asciutti. Avrebbe fatto in fretta, anche perché temeva che qualcuno potesse tenere d'occhio il palazzo per essere sicuro che non fosse sopravvissuto alla tortura del Tullianum. Non ricordando nulla del proprio nemico e non essendo nemmeno in grado di ricostruire i motivi che avevano messo a rischio la sua vita, doveva affidarsi all'istinto che gli diceva di adoperare molta prudenza.

Arrivato nei pressi dello stabile, si fermò all'angolo dall'altro lato della strada. Con discrezione, cominciò a guardarsi intorno. Nelle stradine del rione Monti si aggiravano solo ragazzi diretti verso i luoghi più affollati dove si stavano svolgendo gli assurdi festeggiamenti. Urlavano e ridevano, la loro esuberanza riecheggiava fra i palazzi, appena attenuata dallo scroscio della pioggia.

Marcus attese una quindicina di minuti, infreddolito sotto una pensilina. Alla fine, stabilì che era sicuro: nulla di sospetto, nessuno lo stava attendendo. Si allontanò dal proprio nascondiglio.

Si infilò rapidamente nel portone e salì le scale dell'antico stabile popolare, diretto alla soffitta. Negli anni, gli altri inquilini non avevano mai mostrato di domandarsi chi fosse l'enigmatico occupante dell'ultimo piano. Marcus si faceva vedere poco. Di giorno si chiudeva in casa ed evitava di fare qualsiasi rumore. Usciva di notte a svolgere le proprie missioni, per poi tornare soltanto all'alba.

Giunto sulla soglia del piccolo rifugio, recuperò la chiave che teneva nascosta in una rientranza occultata accanto allo stipite, quindi aprì.

Era tutto in ordine, così come ricordava di averlo lasciato. La valigia con gli abiti aperta sul pavimento, un materasso gettato in un angolo. Sulla parete accanto a quel giaciglio di lenzuola e coperte, sotto il crocifisso di legno, erano riportati appunti a penna. Risalivano alla prima volta che aveva contravvenuto al divieto di scrittura imposta ai penitenzieri – prima di quella mattina e prima del foglietto che si era ritrovato in tasca. Era accaduto dopo i fatti di Praga e la grave amnesia da cui era stato afflitto. Una volta giunto a Roma, nel disperato tentativo di ricordare il passato, aveva provato a segnare su quel muro i brandelli di memoria che riaffioravano nel sonno – i cadaveri del suo naufragio in se stesso, restituiti da un mare di oscurità, uno alla volta. Ormai erano scritte sbiadite, che appartenevano a un'ansia svanita. Adesso Marcus non temeva più ciò che gli era accaduto: aveva solo il timore che capitasse ancora.

Come stanotte, si disse. L'idea di non riuscire a ricordare le ultime ore lo assillava. Era un episodio transitorio o sarebbe successo di nuovo?

Mentre se lo domandava, si cambiò d'abito. Avrebbe voluto rimpiazzare anche le scarpe di tela bianca, zuppe di pioggia. Ma oltre a quelle scure, che non sapeva che fine avessero fatto, non ne possedeva altre. Per rinfilarsele, si sedette sull'unica sedia presente. E si bloccò. Qualcosa aveva attirato la sua attenzione. Appoggiata fra le coperte arrotolate del giaciglio c'era una foto che conosceva bene.

Nessuno sa di me. Nessuno conosce la mia identità, aveva ripetuto a se stesso nella prigione del Tullianum. Ma non era vero. Una persona sapeva di lui. E la foto ne era la prova.

Era l'immagine fugace di una donna, rubata con una macchinetta di cartone usa e getta comprata in un negozio di souvenir a Trastevere. Ricordava ancora il momento esatto in cui l'aveva scattata.

Dopo il loro ultimo addio – e dopo un bacio che non avrebbe più dimenticato – la seguiva spesso di nascosto. A spingerlo era l'insopprimibile esigenza di occuparsi di lei, di sapere che stava bene. Solo quello, si diceva. Ma un giorno aveva voluto fotografarla. Aveva atteso che uscisse di casa, una mattina d'autunno. Su Roma soffiava un vento fresco. Raffiche rapide ma energiche. Marcus si trovava alle sue spalle, attendendo il momento giusto per scattare. Una folata più forte delle altre e lei si era voltata, come se il vento avesse pronunciato il suo nome – Sandra.

Marcus aveva colto esattamente quell'istante.

Quell'unico, prezioso fotogramma racchiudeva la sua essenza. La forza, la dolcezza. E la malinconia che portava nello sguardo.

Marcus la custodiva sotto il cuscino. L'idea che la foto lo aspettasse in quella soffitta spoglia gli dava l'illusione di tornare a casa. Ma adesso non era nel posto che le aveva assegnato. E c'era soltanto una spiegazione.

Aveva avuto un ospite. Qualcuno che però, andando via, aveva voluto lasciare una traccia evidente della propria visita.

Marcus raccolse la foto con delicatezza. Sollevandola per un angolo, si svelò ai suoi occhi una piccola croce nera di ossidiana. Il significato dell'oggetto fu subito chiaro.

Il penitenziere era stato convocato.

4

Battista Erriaga era fermo in piedi davanti alla grande vetrata del suo lussuoso attico con vista sui Fori Imperiali.

L'esclusivo panorama era ingrigito dalla pioggia, ma il cardinale non se ne curava. Era assorto nei propri pensieri e intanto con le dita si rigirava l'anello pastorale intorno all'anulare della mano destra. Il gesto, che compiva quasi senza accorgersene, lo aiutava a riflettere.

Alle sue spalle scoppiettava il fuoco del grande camino di travertino rosa. Le fiamme si riflettevano danzanti sui divani bianchi e sulle pareti tutt'intorno, colorando i volti degli efebi di candido marmo o mescolandosi ai colori di un trittico sacro dipinto dal Guercino, già appartenuto nel XVII secolo alla collezione privata del cardinale Ludovisi, oppure al volto dolente di una Madonna del Perugino. A questi capolavori se ne sommavano altri del Ghirlandaio o di Antonio del Pollaiolo, Paolo Uccello o Filippo Lippi. Provenivano direttamente dai Musei Vaticani ed Erriaga, forte della sua posizione in seno alla curia, aveva preteso e ottenuto che arredassero il suo appartamento. Dopo aver trascorso un'infanzia e una giovinezza di fame e miseria nelle Filippine, adesso il cardinale amava posare il proprio sguardo solo sulla bellezza. Ma in quel momento le opere d'arte non gli procuravano alcun conforto.

La sua giornata era iniziata molto presto e nel peggiore dei modi.

E dire che la sera prima, dopo aver ascoltato le previsioni del tempo, aveva programmato di godersi il transito della tempesta al caldo di casa propria, sprofondato nella sua poltrona preferita in compagnia di Mozart, di una scatola di Montecristo n. 2 e di una bottiglia di Glenfiddich Rare Collection 1937.

Nonostante il clima di austerità che aleggiava da un po' di tempo in Vaticano, Erriaga non intendeva rinunciare a una buona dose di piaceri materiali. E a differenza di altri colleghi cardinali che in pubblico avevano sposato una linea più sobria negli atteggiamenti e nell'abbigliamento, riservando i lussi al privato, lui se ne infischiava. Continuava a indossare tuniche di seta e mohair acquistate nelle sartorie di via dei Cestari, portava al collo croci d'oro tempestate di lapislazzuli e ametiste. E seguitava a frequentare i ristoranti dove di solito le alte sfere vaticane stringevano accordi col mondo politico e imprenditoriale della capitale, come L'Eau Vive al Pantheon, dove amava farsi servire i famosi *Filets de perche à la pékinoise*, o il Velando di Borgo San Vittorio, dove come dessert ordinava sempre il semifreddo di castagne con crema al torrone di cui era molto ghiotto. Ovviamente pasteggiava con i vini più costosi: prediligeva Chambolle-Musigny e Brunello di Montalcino. E tutto questo perché lui non era e non sarebbe mai stato come nessun altro.

L'Avvocato del Diavolo del Tribunale delle Anime possedeva un potere enorme.

Il « primo confessore » di Roma conosceva i peccati più segreti degli uomini. E se ne serviva per stringere patti e ammansire i nemici, fuori e dentro la Chiesa. Qualcuno avrebbe potuto definire « ricatti » i suoi banali ammonimenti, ma Erriaga amava assolvere il proprio operato pensando a sé come a un buon padre di famiglia, che a volte è chiamato a redarguire i propri figli distratti dalla retta via. Sosteneva, specie con se stesso, di perseguire uno « scopo superiore » che, chissà come, coincideva sempre perfettamente col suo tornaconto.

Ormai erano anni che Erriaga teneva in pugno mezza Roma grazie ai segreti di cui era a conoscenza.

Il fatto era che molti, dopo essersi macchiati di una nefandezza, commettevano un errore fatale: decidevano di sgravarsi la coscienza con un prete. I peccati capitali, che non potevano essere assolti da un comune sacerdote, arrivavano fino al Tribunale delle Anime, ultima istanza dei cattolici per ogni *culpa gravis*. Era così che il cardinale veniva a scoprirli. Erriaga era conscio fin dal primo momento che il penitente di turno ci sarebbe ricascato. Facevano sempre così: prima si ravvedevano, ed erano sinceri, ma per spingerli a ricominciare bastava una cosa sola.

Il perdono. Il perdono era il più grande nutrimento per la tentazione.

Erriaga rimpiangeva i tempi della Santa Inquisizione, quando i peccatori venivano puniti severamente e fisicamente per le loro malefatte. Era comprovato che molti alla fine si convertivano e non cedevano più alle lusinghe del demonio.

Il peccato veniva estirpato col dolore.

Purtroppo però, il cardinale non disponeva di simili strumenti di persuasione, perciò detestava quando le cose sfuggivano al suo controllo.

E, dalla sera precedente, due notizie lo avevano turbato nel profondo.

La prima era stata l'annuncio del blackout come conseguenza imprevista del maltempo. Il pensiero era subito corso a un preciso momento della storia. La profezia di Leone X, si era detto, e una strana inquietudine aveva iniziato a pervaderlo, come acqua gelata che scorre nelle vene.

La seconda notizia era giunta dopo il distacco della corrente, mentre si dibatteva in un sonno agitato da cui non riusciva a svegliarsi. In un primo momento aveva benedetto la voce del suo segretario che l'aveva liberato dai tormenti. Poi guardandolo si era reso conto di avere di fronte il messaggero di qualcosa di funesto.

Una morte improvvisa era avvenuta fra le mura del Vaticano.

Per quanto Erriaga non fosse un uomo superstizioso, era stato costretto a domandarsi se per caso i due eventi non fossero in qualche modo collegati.

La profezia... I segni...

Aveva scacciato subito l'idea con fastidio. Ma, per quanto cercasse di ignorarlo, quel pensiero aveva messo piccole radici nella sua mente, come una pianta infestante che continua a ricrescere ogni volta che viene estirpata.

Se non ci fosse stato il blackout, avrebbe chiamato il numero di una casella vocale che conosceva soltanto lui e avrebbe lasciato un messaggio. Invece aveva dovuto cavarsela diversamente. Si era spogliato della veste talare e aveva indossato l'unico abito borghese che conservava in fondo all'armadio. Lo usava quando voleva muoversi per le strade di Roma senza che qualcuno lo riconoscesse. Poi si era infilato un pesante giaccone e, calatosi un cappellino con visiera sulla testa, si era recato presso un indirizzo del rione Monti. Lì aveva atteso più del dovuto. Poi, stufo e impaziente, era tornato indietro lasciando un chiaro invito all'inquilino.

Una croce di ossidiana.

Rientrato in casa, aveva congedato la servitù per rimanere solo. Tale cautela era insufficiente, lo sapeva. Si stava esponendo comunque a un rischio, ma non aveva scelta.

In quel momento udì un lieve rumore alle proprie spalle. Una porta che si apriva, passi.

Gli avevano lasciato aperta l'entrata di servizio e Marcus aveva usato una scala secondaria per salire fino all'appartamento. Di solito si accedeva direttamente tramite un ascensore che al momento, ovviamente, non funzionava. Tuttavia non sarebbe stato opportuno usarlo anche se ci fosse stata la corrente. Il penitenziere sapeva che la sua presenza in quella casa era un azzardo. Il cardinale prendeva sempre diverse precauzioni prima di incontrarlo e sceglieva luoghi discreti o isolati. Anche se la sua identità e la sua missione erano un segreto, nessuno doveva collegarli. Se Erriaga si era scomodato ad andare a cercarlo fino alla soffitta e poi l'aveva convocato in casa propria, allora la ragione era seria.

Il cardinale si voltò a guardarlo. Marcus se ne stava immobile nell'angolo più buio della stanza, ai suoi piedi si era formata una piccola pozzanghera di pioggia che si allargava lentamente sul pavimento di marmo bianco di Carrara. Sul suo volto erano evidenti i segni di ciò che era accaduto quella notte. Non ne avrebbe parlato a Erriaga, non ancora. Ma dal suo sguardo immaginò il pensiero che gli stava passando per la mente. Cioè se, in quello stato, poteva ancora fidarsi di lui.

« Stanotte è morto un uomo » disse il filippino. « Non uno qualsiasi. Era un uomo potente » ci tenne a sottolineare. « Uno di quelli che, di solito, pensano di essere immortali. E infatti è morto in un modo molto stupido. »

Marcus notò che il cardinale cercava di mascherare qualcosa col sarcasmo e il consueto disprezzo. Forse era paura?

« Conoscevi il vescovo Gorda? »

Il volto gli apparve in mente all'istante. Era impossibile non conoscere Arturo Gorda. Era stato il capo carismatico di una potente congregazione che organizzava raduni spirituali. Immense distese di persone raccolte in preghiera. Gorda era un uomo di speranza, un paladino dei poveri, dei disadattati. Capace come pochi di accendere le folle con una parola, un gesto.

In Vaticano ci avevano messo un po' a riconoscerne i meriti. Era percepito come un personaggio scomodo, non inquadrato, lontano da determinate logiche politiche. Era stato promosso e ammesso alla curia di Roma solo quando era già avanti con gli anni. Forse perché ormai non poteva più ambire al Soglio di Pietro. Gorda, però, era tenuto in grande considerazione dal pontefice, che lo voleva sempre accanto a sé. Gli aveva fatto riservare una piccola dépendance nel Palazzo apostolico, accanto ai propri appartamenti. Era molto più di un semplice consigliere. Quando parlava, dalla sua bocca si udiva la stessa voce del papa.

I potenti facevano a gara per farsi ricevere da lui. Ma Gorda preferiva essere popolare fra la gente comune. Era amato e, nonostante i privilegi a cui avrebbe avuto diritto, conduceva un'esistenza morigerata.

Per questo motivo, e altro ancora, il vescovo era l'esatto opposto di Battista Erriaga. E che i due non si amassero affatto non era un segreto. Ma la morte del rivale non consolava il cardinale. Anzi, per il momento e le modalità con cui era arrivata, era da considerarsi un problema.

«Gorda ha lasciato un segno» disse Erriaga.

« Qualcuno intravedeva in lui le qualità di un santo. Nessuno si sarebbe scandalizzato se dopo la morte fosse stato elevato agli onori degli altari. » Il cardinale l'avrebbe preferito, ed era sincero mentre lo pensava. « Invece, dopo stanotte... »

Erriaga si avvicinò al prezioso scrittoio del Settecento napoletano su cui Pio IX aveva vergato la bolla *Ineffabilis Deus*. Marcus scorse sul ripiano alcune Polaroid sparse. Il cardinale le aveva fatte scattare dagli uomini della gendarmeria pontificia subito dopo il ritrovamento del corpo. Le raccolse frettolosamente e poi le porse al proprio ospite con un gesto sbrigativo, quasi volesse mettere una distanza fra sé e le immagini.

Marcus le prese e cominciò a visionarle.

« Hanno dovuto spiegarmi cosa fosse, altrimenti da solo non ci sarei arrivato » affermò Erriaga. « La chiamano 'la gogna del piacere'. Pare sia una pratica di autoerotismo bondage. Un aggeggino interessante, non trovi? »

Nelle foto si vedeva un uomo anziano rannicchiato sul pavimento, nudo. Sul capo del cadavere, un visore per la realtà aumentata che mascherava gran parte del volto. L'apparecchio era collegato con un cavetto a un collare di cuoio che stringeva la gola della vittima.

« Sembra che alcuni individui provino piacere a farsi strangolare » affermò il cardinale. E Marcus ripensò al senso di soffocamento sperimentato quella mattina nel Tullianum. « Mentre sul visore scorrono immagini pornografiche, l'eccitazione sessuale aumenta. Alcuni sensori lo percepiscono e stringono progressivamente il collare provocando una lenta asfissia che – dicono – accresce il godimento.»

Marcus era alquanto sorpreso nell'ascoltare una simile descrizione dalle labbra del cardinale che, invece, sembrava non curarsi affatto della singolarità della cosa e continuava a parlarne con naturalezza.

«Nessuno poteva sospettare che il vecchio avesse l'abitudine di rinchiudersi nel proprio studio a guardare immagini depravate e a masturbarsi con l'aiuto di quell'affare.»

«Chi dice che stesse guardando pornografia?» osservò Marcus. Era la cosa più ovvia, ma lui non voleva accettarla.

«Hai ragione» dovette ammettere Erriaga, nessuno poteva confermarlo visto che il ritrovamento del corpo era avvenuto dopo l'inizio del blackout. «Ma, in fondo, per un sant'uomo che differenza fa? Gorda avrebbe dovuto andarsene come un martire, invece è morto come un cane.» Pronunciò l'ultima parte della frase con un tono cupo, accusatorio. Proprio come quando, in seno al Tribunale delle Anime, portava a termine la requisitoria su un peccatore. Era capace di condizionare il giudizio finale con la sola inflessione della voce.

Marcus non intervenne, né domandò nulla. La storia era già assurda di per sé.

Il cardinale si avvicinò al grande camino e si appoggiò con una mano alla mensola che lo sovrastava. Il bagliore del fuoco adesso si divertiva a disegnare ombre sinistre sul suo volto. «Gorda non usciva più da anni, ormai. Era agorafobico. Adesso il mondo vorrà conoscere la verità sulla sua fine. » E solo per questo motivo, Erriaga ringraziava il cielo per il blackout che avrebbe impedito ai media di diffondere subito la notizia della morte.

« Perché noi? Perché io? » chiese Marcus.

Con chiunque altro, Battista Erriaga avrebbe liquidato con irritazione una simile richiesta di spiegazioni. I suoi ordini non si discutevano, si eseguivano e basta. Ma Marcus non era un normale sottoposto. Ed era un prete pericoloso. Era stato addestrato a dare la caccia al male. Avrebbe dovuto celebrare i sacramenti come un comune sacerdote, invece gli era stata assegnata la più ardua delle missioni: conoscere e contrastare la reale natura dell'uomo. Alla lunga, qualcosa di quella bruma ombrosa in cui era abituato a investigare gli si era inevitabilmente appiccicato addosso. Erriaga lo intuiva dal suo sguardo immobile, dagli occhi cavernosi che non smettevano mai di scrutare ciò che avevano intorno. Il fine di Marcus, ultimo componente dell'Ordine dei penitenzieri, era quello di ripristinare il bene. E spesso ci riusciva. Ma la sua sete di giustizia poteva nascondere un'ansia di vendetta. Il cardinale non era disposto a sperimentare la fondatezza del proprio timore, perciò disse: « La fine di Arturo Gorda rischia di oscurare la nobiltà della sua opera. E allora sarebbero i poveri e i bisognosi a pagarne il prezzo, non sarebbe giusto ». Sperò che quella spiegazione bastasse a placare la curiosità del penitenziere. Non poteva certo dirgli che le ragioni erano altre, che qualcosa quella notte lo aveva gettato in una condizione di oscura prescienza. La profezia di Leone X, si ripeté, con lo sguardo perso nel fuoco del camino. « Ogni essere umano è peccatore. Ogni peccato è anche un segreto. Alcune colpe è giusto che muoiano con noi. Ma la morte spesso è impudica e si diverte a svergognarci. E a sporcare irrimediabilmente ciò che siamo stati in vita. »

Marcus sapeva che il discorso del cardinale riguardava anche lui: un prete che custodiva sotto il cuscino la foto di una donna. « Cosa vuole che faccia? » domandò.

Erriaga si ridestò, fissandolo. « Le pulizie. »

5

I computer emettevano un basso ronzio, simile a quello di uno sciame d'api.

Nella penombra, i telefoni squillavano. Le diverse postazioni, ciascuna illuminata da una lampada regolabile a led, sembravano piccole oasi di luce. Un vago odore di ammoniaca filtrava dall'impianto di aria condizionata e, in un angolo, il distributore dell'acqua continuava a mantenere il liquido a una temperatura costante – mai troppo fredda.

Vitali trovava rassicurante fare un novero di quelle piccole sensazioni. Non si fa mai troppo caso ai dettagli, pensò. Tranne quando vengono a mancare. Quando, per sortilegio, svaniscono dal quadro d'insieme, lasciandoci un senso di caducità e incertezza. E in quelle ore, là fuori, la gente stava perdendo i propri piccoli punti di riferimento. E aveva un assaggio della fine del mondo.

Cosa sarebbe accaduto l'indomani, quando Roma si sarebbe risvegliata dall'incubo del breve olocausto tecnologico? Nessuno poteva dirlo. E per Vitali ciò era abbastanza divertente.

La sala operativa dell'unità di crisi della polizia era situata in un bunker a pochi passi dal ministero degli Interni, in pieno centro. Potenti generatori le garantivano una piena autonomia. In omaggio a Maigret, le avevano dato come nome in codice « il formicaio ».

A Vitali piaceva, era calzante. In quel momento era al lavoro un'ottantina di persone. Nonostante il continuo viavai, non c'era alcuna frenesia. Tutto si svolgeva con calma. Il tono di voce era impostato su un livello moderato e ognuno dava l'impressione di sapere esattamente cosa fare.

Vitali, completo grigio chiaro, mocassini marroni e camicia azzurra, con una mano si accarezzò tre volte il nodo della cravatta blu per controllare che fosse a posto. Poi diede un altro bel sorso al suo bicchiere d'acqua fresca, osservando la grande parete di monitor che aveva di fronte a sé.

Più di un centinaio di schermi su cui si alternavano le immagini di oltre tremila telecamere piazzate in città.

Davanti alla distesa di monitor, un nutrito gruppo di agenti muniti di cartellina e auricolare prendeva nota di tutto ciò che appariva sospetto, con l'intento di registrare o prevenire il crimine. Era un lavoro minuzioso, che richiedeva grande pazienza, ma date le circostanze era più che necessario. Finora si erano presentati pochi casi in cui fare intervenire le pattuglie, e di gravità modesta. Una rissa fra i clienti di un supermercato che cercavano di accaparrarsi generi alimentari prima della chiusura forzata, qualche tossicodipendente che non aveva saputo resistere alla tentazione di scassinare una farmacia in pieno giorno.

La vera orda, però, sarebbe calata per le strade con il buio.

Vitali lo sapeva: a dispetto delle assicurazioni delle autorità, quella notte sarebbe stato il caos. Con la garanzia dell'invisibilità, gli sciacalli erano pronti ad assaltare negozi e uffici rimasti incustoditi. Lo stesso discorso valeva per i vandali che, indisturbati, avrebbero potuto fare scempio delle proprietà altrui. Per non farsi mancare nulla, in giro si respirava anche un clima da resa dei conti. Le bande di strada si preparavano alla guerra con i gruppi rivali e la criminalità organizzata ne avrebbe approfittato per ridiscutere rapporti e alleanze, nonché per fare un po' di pulizia fra le proprie fila. Fin dall'alba, Vitali aveva raccolto i segnali di ciò che stava per accadere a Roma, complice l'oscurità.

Ma c'era anche tutta una serie di crimini imprevedibili. L'anarchia avrebbe fatto impazzire tanta gente. Molti insospettabili avrebbero deciso di dare sfogo al rancore o alla rabbia che avevano accumulato negli anni. Vicini di casa che non si erano mai sopportati. Mariti che liquidavano le mogli. Mogli che facevano fuori i mariti. Impiegati che andavano a far visita a casa del capufficio.

La storia delle lenzuola appese alle finestre per chiedere aiuto era una balla colossale. Nessuno sarebbe stato al sicuro. Ogni psicopatico della città si stava già armando per consumare la propria vendetta o, semplicemente, per dare sfogo a un istinto sopito per anni.

Nessuno voleva ammetterlo, ma era impossibile presidiare in maniera efficace una metropoli grande quanto Roma.

Sebbene fossero stati fatti confluire in città reparti provenienti da altre regioni del Paese, gli uomini a disposizione della polizia per pattugliare le strade erano sempre troppo pochi rispetto alla mole di malintenzionati, e non tutti avevano l'equipaggiamento necessario a contrastare assalti organizzati o rivolte, e nemmeno crimini violenti. E i carabinieri non se la passavano certo meglio. Il piano di sicurezza era stato apprestato con un preavviso di poche ore. La maggior parte degli agenti non era stata destinata a proteggere la popolazione, bensì ministeri, palazzi del potere e ambasciate, tutti possibili obiettivi per terroristi dell'ultima ora. Politici e alte cariche dello Stato erano stati evacuati in gran segreto con le famiglie durante la notte per mezzo di convogli speciali, alla faccia dei comuni cittadini che non potevano lasciare la città.

Ciò che nessuno aveva detto alla popolazione, rifletté Vitali, era che la merda che stava capitando, in realtà, era molto più grossa e puzzolente di come volevano far credere. Ma se ne sarebbero accorti presto. Vitali continuava a ripeterselo pensando anche a quanti non avrebbero rivisto l'alba il giorno dopo.

Nonostante il ministero avesse predisposto da tempo un piano dettagliato per affrontare quel tipo di emergenza, la tecnologia che avrebbe dovuto supportarlo non era mai stata testata sul campo. Il sistema presentava grosse falle e il combinato « evento meteorologico *più* blackout» le stava mettendo drammaticamente in evidenza. Per esempio, nessuno era in grado di stabilire la durata delle potenti batterie che alimentavano la rete di telecamere di sicurezza inaugurata da appena qualche mese e costata diverse decine di milioni di tasse della collettività. Era il solito discorso. Quando la merda doveva affiorare, arrivava sempre tutta insieme.

Per questo, in quel preciso frangente, Vitali era grato.

Grato per l'ordine che vigeva in quella sala. Grato per le formichine operose che svolgevano diligentemente il proprio compito. Grato per la pistola che portava sotto la giacca perché, in quanto tutore della legge, era autorizzato a servirsene per far rispettare le regole. Grato per l'acqua fresca nel suo bicchiere, simbolo spesso trascurato di purezza e pulizia. Due valori a cui lui, invece, si era sempre ispirato.

Come molti altri colleghi, Vitali era stato chiamato in «servizio continuativo», un modo gentile per dire che anche lui era stato precettato. Ma, tanto, non aveva di meglio da fare. Aveva da poco iniziato una relazione e certo non gli sarebbe dispiaciuto chiudersi in casa con la sua nuova conquista e qualche grammo di coca e farsele entrambe a ripetizione. Quella vigliacca però doveva stare coi figli e il marito. Il brutto dell'Apocalisse era che, nel caso, lui avrebbe dovuto affrontarla da solo.

Perciò, l'ispettore Vitali dell'ufficio statistiche su crimine e criminalità era pienamente arruolabile.

Era sorprendente la rapidità con cui mutavano le sue qualifiche. Lo cambiavano di posto mediamente ogni sei mesi. Si era occupato di decoro pubblico, del parco automezzi, era stato nella redazione della rivista interna al corpo di polizia. Per un periodo – *Dio santo!* – l'avevano addirittura spedito in giro per le scuole per parlare agli studenti degli effetti devastanti della dipendenza dalle droghe. Tutte mansioni che qualsiasi agente avrebbe voluto scansare, di solito riservate ai piantagrane, a chi s'era beccato un provvedimento disciplinare oppure a chi aveva perso la testa in servizio, magari tirando fuori la pistola davanti a un paio di ragazzini intenti a imbrattare un muro. Ma a Vitali andava bene così. Che lo credessero pure un inetto o un poco di buono. Anzi, lo scopo era esattamente quello. E, fino a quel momento, la copertura aveva perfettamente funzionato.

Nessuno doveva sapere di cosa si occupava realmente l'ispettore Vitali.

Vide una piccola delegazione che attraversava il formicaio. C'erano il commissario Crespi della omicidi, il questore Alberti e il gran capo in persona, il prefetto De Giorgi. Vitali intercettò il suo sguardo e l'altro gli fece un cenno d'intesa. Prima di seguirli, bevve l'ultimo sorso d'acqua rimasto, poi gettò il bicchiere di carta nell'apposito scomparto per il riciclaggio dei rifiuti perché il caos, almeno nel formicaio, non prendesse ancora il sopravvento. Intravide la donna che era insieme ai suoi superiori.

Anche se non l'aveva mai vista di persona, la riconobbe ugualmente.

Sandra Vega camminava qualche passo più indietro rispetto agli altri. Un po' per soggezione verso le autorità che la precedevano, e poi perché si domandava cosa ci facesse lei al formicaio. All'alba, una pattuglia si era presentata a casa sua, a Trastevere. Due giovani colleghi, che non rammentava di conoscere, le avevano detto che erano lì per scortarla.

Sandra aveva appena finito di fare colazione e stava indossando la divisa perché, di lì a poco, avrebbe dovuto prendere servizio. Quella scena le era sembrata uscire da un passato che aveva cercato faticosamente di rimuovere. Dopo anni trascorsi nella squadra fotorilevatori della polizia scientifica, era riuscita a farsi trasferire all'ufficio passaporti. Si era trattato di una scelta precisa. Non ne poteva più della vita precedente. Essere sempre la prima ospite di una scena del crimine e analizzare luoghi, indizi, prove e corpi inanimati con la macchina fotografica, alla lunga si era rivelato usurante.

Dopo il caso del mostro di Roma aveva deciso di averne abbastanza.

I passaporti erano un ottimo rifugio. Gente che partiva – uomini d'affari, sposini che si apprestavano al viaggio di nozze, vacanzieri. Gente che arrivava – stranieri che, dopo anni trascorsi in Italia, finalmente avevano ottenuto la cittadinanza per sé e i propri figli.

Le vite di quegli individui le scorrevano davanti, innocue. Non avevano il potere di farle del male, come le immagini dei corpi mutilati. Arrivavano da lei con le fototessere, in cui per legge dovevano posare con espressione seria. Ma poi, quando avevano terminato la procedura burocratica, li vedeva andar via sorridenti perché pensavano a ciò che li attendeva. Il futuro. Anche se era una cosa cretina da dire, Sandra lo sapeva bene: i morti non avevano futuro. E quella semplice, banale constatazione era il motivo per cui trovava la forza di alzarsi ogni giorno. Perfino quella mattina.

Anche se a causa del blackout era stata esonerata dalle mansioni abituali e, come molti colleghi che lavoravano in ufficio, riassegnata temporaneamente al servizio attivo, Sandra non immaginava certo di meritare una scorta per andare al lavoro. Quando le avevano nominato il formicaio avrebbe dovuto insospettirsi. Cosa sarebbe andata a fare lei nella sala operativa? Il presentimento che ci fosse un motivo serio era diventato una certezza quando aveva trovato ad accoglierla il commissario Crespi.

Il suo vecchio superiore era agitato. « Il capo vuole vederti. »

Sandra adesso seguì docilmente la delegazione attraverso la sala operativa fino all'ingresso di un ufficio.

Il capo della polizia De Giorgi si fermò sulla soglia e attese che tutti entrassero, poi richiuse la porta. « Bene » disse. « Mi sembra che possiamo cominciare. »

Sandra conosceva tutti, tranne l'elegantone allampanato con dei mocassini orrendi, che continuava a toccarsi ossessivamente il nodo della cravatta per verificare che fosse in ordine.

I presenti presero posto sulle sedie d'acciaio che costituivano parte dello spartano arredamento della stanza. De Giorgi andò a sedersi dietro una piccola scrivania. Le pareti erano spoglie e sul tavolo c'erano soltanto due apparecchi telefonici collegati a una complessa pulsantiera. Il capo appoggiò le braccia sul ripiano, salvo poi sollevarle nuovamente, inorridito, e soffiare sulla polvere che ricopriva la superficie. « Sono stato costretto a lasciare il mio ufficio per venire in questo buco, ma evidentemente qualcuno si è dimenticato di ripulirlo. »

Sandra si accomodò sulla sedia più distante, accostata al muro, chiedendosi ancora cosa ci facesse lì, in mezzo a una riunione di pezzi grossi. L'elegantone era la presenza più inquietante. Se ne stava seduto con le gambe accavallate. Il volto perfettamente rasato intorno a un naso aquilino. L'abito grigio chiaro reduce da una precisa stiratura. Il fermacravatte d'oro come il vistoso anello con rubino che portava al medio della mano sinistra. Chi diavolo era?

« Il ministro mi prega di porgervi i suoi saluti » esordì il capo della polizia. Tutti annuirono per ringraziare, come se il ministro fosse lì. « Seguirà l'evolversi della situazione dalla sua villa in Toscana. » Erano così abituati a essere ossequiosi, notò Sandra, che dimenticavano quanto in realtà fossero ridicoli.

« Ho informato personalmente il ministro poco

fa» ci tenne a intervenire il questore Alberti. «La situazione è, tutto sommato, sotto controllo. Gli uomini sono addestrati, stanno contenendo il panico e affrontano brillantemente gli sporadici tentativi di approfittare del blackout per delinquere.»

«Bene, molto bene» si congratulò il capo della polizia. «Finora abbiamo svolto un ottimo lavoro. Bisogna continuare così.»

Ma guarda tu queste due grandissime teste di cazzo, pensò Vitali. Si complimentavano a vicenda mentre là fuori tutto precipitava rapidamente. Spostò lo sguardo verso la poliziotta e, dall'espressione, comprese che provava lo stesso suo disgusto. Vitali aveva chiesto che fosse presente un'altra donna alla riunione, per non farla sentire in minoranza, ma il capo della polizia se n'era infischiato delle cautele.

Intanto, il commissario Crespi si sporse verso Sandra. «Come stai?» le chiese a bassa voce. Il superiore aveva appoggiato la sua decisione di mollare tutto, era sempre stato gentile e lei lo stimava.

«Meglio» lo rassicurò. Dirgli semplicemente che andava bene sarebbe stata solo una frase di circostanza. E Crespi non si sarebbe accontentato. Tanto valeva usare una via di mezzo e dirgli una parte della verità. Cioè che non era ancora a posto, ma ci stava lavorando.

A Vitali non sfuggì il breve scambio. Aveva raccolto informazioni su Sandra Vega. Un tempo era considerata un'ottima fotorilevatrice. Ma due lutti avevano segnato, forse irrimediabilmente, la sua ancora giovane esistenza. Il marito fotoreporter era deceduto in circostanze misteriose anni prima. La Vega si era trasferita da Milano a Roma per indagare sulla sua morte. Alla fine era rimasta, aveva provato a rifarsi una vita con un altro e le era andata male, perché il compagno era stato ucciso in modo brutale. Roba da psicanalisi perenne, e forse anche da psicofarmaci.

« Il motivo che mi ha spinto a convocarvi qui lo conoscete già » disse il capo interrompendo i preamboli. « Ma è necessario ripeterlo a favore dell'agente Vega. » Indicò Vitali. « Forse lei non conosce ancora l'ispettore Vitali. È a capo dell'ufficio statistiche su crimine e criminalità. »

« Non sapevo neanche che esistesse un'unità preposta, signore » ammise Sandra.

In effetti aveva ragione, pensò Vitali, sorridendo fra sé. Era stata creata appositamente un'ora prima, e subito dopo gli era stato assegnato l'incarico di dirigerla.

« Gli uomini dell'ispettore Vitali si occupano della prevenzione dei reati. »

« Dovrebbe venire a uno dei nostri seminari, agente Vega » affermò l'ispettore. « Lo troverebbe molto istruttivo. » Vitali godeva come un matto ogni volta che, in circostanze simili, il capo della polizia cercava di giustificare un suo incarico di copertura.

« Ispettore, vuole per piacere esporre i fatti a beneficio dell'agente Vega? »

Vitali si alzò dal proprio posto e si diresse verso la poliziotta, piazzandosi di fronte a lei. « Ieri sera, più o meno alle ventidue e trenta, un tassista ripuliva la propria auto dopo aver terminato il turno pomeriggio-sera. In seguito, ci ha raccontato che lo fa sempre perché, cito testualmente, 'non si sa mai cosa combinano i clienti là dietro mentre non posso vederli'.» Sorrise, ma poi il ghigno scomparve dalla sua faccia.

Sandra cercava di capire lo scopo del racconto, ma per il momento si limitò ad ascoltare.

«Ebbene» proseguì Vitali. «Ieri sera, per l'appunto, quando ha scoperto un telefono cellulare incastrato fra i sedili, ha pensato subito che un passeggero l'avesse smarrito. Così, per prima cosa, lo ha acceso per verificare se poteva risalire al proprietario attraverso le ultime chiamate.» Vitali infilò una mano all'interno della giacca e ne estrasse un vecchio Nokia, un modello certamente superato rispetto ai moderni smartphone. Era custodito in una busta trasparente per reperti. Lo appoggiò sul tavolo del capo della polizia e con la mano fece cenno a Sandra di avvicinarsi con la sedia in modo che potesse vederlo bene. «L'apparecchio non contiene nessuna sim-card. In memoria non c'è alcun numero di telefono. Non risultano chiamate in entrata né in uscita.»

«E allora?» domandò la poliziotta, impaziente.

Vitali, invece, si prese tutto il tempo. «È uno dei primi esemplari con videocamera. Infatti, aprendo la cartella delle immagini, il tassista si è imbattuto in un filmato... di inaudita crudeltà.»

La breve pausa prima di concludere la frase gettò Sandra nell'angoscia. Tentò lo stesso di reprimere qualsiasi reazione. Voleva mostrarsi forte, perché detestava rivelare quanto invece fosse diventata debole negli ultimi tempi. « Cosa volete che faccia? » domandò con voce ferma, mentre già si mordeva un labbro.

Il commissario Crespi si sporse nuovamente verso di lei e le mise una mano sulla spalla. « Quando stamattina il prefetto De Giorgi mi ha chiesto chi fosse il miglior agente che abbiamo mai avuto nella squadra fotorilevatori, ho pensato subito a te. »

Non era andata esattamente così, si disse Vitali. Ma gli stava bene che l'anziano commissario la incensasse un po' se questo significava raggiungere lo scopo.

Loro volevano *espressamente* Sandra Vega.

« Io non faccio più parte dell'unità » gli rammentò lei, come a voler ribadire che quella parte della sua vita era un capitolo chiuso ormai. E Crespi, meglio di chiunque altro, avrebbe dovuto saperlo. « Qualcuno è morto, vero? » aggiunse gettando un'occhiata guardinga al cellulare sul tavolo, come se quell'aggeggio di plastica nera, apparentemente inanimato, potesse aggredirla. « Per questo anche lei è qui. Altrimenti che motivo avrebbero per coinvolgere la omicidi... »

Crespi annuì in silenzio.

« Per anni, lei ha fatto parte della squadra dei fotorilevatori della scientifica » la incalzò Vitali. « Con la sua Reflex è andata a caccia di dettagli sulle scene del crimine. È in grado di leggere e interpretare meglio di noi l'opera di un mostro. Un individuo che prova piacere a immortalare le proprie gesta e la sofferenza delle vittime in un video. »

Aveva proprio detto «opera»? Sandra provò un brivido. No, non voleva proprio averci a che fare.

«Ascolti, agente Vega» intervenne il questore Alberti. «Sappiamo quanto potrebbe essere doloroso per lei tornare a occuparsi di simili faccende, e che ciò potrebbe riaprire vecchie ferite. Ma le chiediamo uno sforzo per il bene della collettività. Stiamo correndo un grave pericolo e non possiamo sottovalutare la cosa.»

Non potevano ordinarglielo, ma la richiamavano lo stesso ai suoi doveri. A Sandra, però, non importava. Pensassero pure che si era imboscata all'ufficio passaporti con il solo intento di conservare uno stipendio e il diritto alla pensione. Per come la vedeva lei, non si trattava di meri privilegi. Alcuni colleghi terminavano la carriera senza subire alcuno scotto. Lei invece aveva pagato un prezzo elevatissimo per la divisa che indossava. «Mi dispiace» disse alzandosi. «Non potete chiedermelo. Non posso.» Si diresse verso la porta con l'intenzione di lasciarsi quella storia alle spalle.

Vitali la richiamò indietro. «Agente Vega, rispetto la sua decisione ma mi permetta di dirle un'ultima cosa.» Era molto serio. «Quel telefono non è stato 'dimenticato' su quel taxi. Qualcuno ce l'ha lasciato apposta. Sapeva che sarebbe stato ritrovato e che sarebbe finito qui, in questa sala. Perché ciò che contiene, che ci piaccia o meno, è un messaggio. Ed è un messaggio semplice... C'è un essere umano là fuori capace di fare cose indicibili ai propri simili. Vuole farci sapere che è forte, e potente. E che non si fermerà davanti a nulla... Non commetta l'errore di pensare che si tratti solo di un avvertimento o di una minaccia. È una dichiarazione d'intenti. Vuole dirci: questo è solo l'inizio.»

Sandra si voltò a guardarlo. «L'inizio di cosa?» Era spaventata.

«Non lo sappiamo. Ma, francamente, non mi aspetto niente di buono nelle prossime ore.»

«Avete tutta la tecnologia, le risorse e le competenze per catturarlo.»

«È vero, ma ci manca una cosa... Il tempo.» Vitali pensò all'emergenza meteorologica, al blackout e a tutti i mostri della città che attendevano solo l'arrivo della notte per scatenarsi. Doveva convincerla a tutti i costi. «Con tutto ciò che sta accadendo non abbiamo tempo per dargli la caccia come si deve. E lui lo sa.»

Sandra tentennò.

Vitali capì di aver scosso un poco l'antico senso del dovere. «Le chiedo solo di dare un'occhiata al filmato. Poi, se non se la sentirà di fornirci un'analisi, la capiremo e potrà dimenticare tutto.»

Dimenticare? Il figlio di puttana non sapeva che quelle immagini sarebbero riaffiorate nei suoi peggiori incubi notturni? Certo che lo sapeva, ma non gliene fregava niente. Come a nessuno dei presenti, d'altronde. Volevano solo servirsi di lei, usarla. Sandra passò in rassegna i loro sguardi muti e capì di avere ragione, e li disprezzò. Ora aveva un motivo in più per andarsene da lì finché era ancora in tempo.

« Quel cellulare purtroppo non basta a ricondurci all'uomo che cerchiamo » continuò Vitali, mentre Sandra era sul punto di avviarsi nuovamente verso l'uscita. « Sopra c'erano soltanto le impronte del tassista e una minuscola macchia di sangue. Non abbiamo trovato alcun riscontro nel database del DNA. Perciò non si tratta di un delinquente abituale. Abbiamo a che fare con una figura criminale totalmente nuova, diversa da quelle che conosciamo. Molto più perversa e pericolosa. L'unica cosa che sappiamo di lui è che soffre di un disturbo comune a migliaia di persone, perché secondo la scientifica quello sul telefono è sangue da epistassi. »

Sandra si bloccò. Le gambe le tremarono, e pregò che nessuno nella stanza se ne accorgesse. Era soltanto un pensiero irrazionale. Quante possibilità c'erano che Vitali parlasse della stessa persona? Eppure qualcosa le diceva che non le era più concesso di lasciar perdere.

Marcus – *il suo Marcus.*

Vitali si accorse di un impercettibile mutamento nell'espressione di Sandra e, ancor prima che lei parlasse, seppe con certezza che aveva cambiato idea.

« Va bene » disse la poliziotta cercando di mostrarsi calma. « Mi occuperò di questa cosa, ma solo di questa. » Tutti sembrarono soddisfatti. Non immaginavano che nutrisse un improvviso interesse personale. « Ho bisogno di visionare adeguatamente il materiale. »

« Le metteremo a disposizione le risorse necessarie » le assicurò il capo della polizia.

Mentre il superiore parlava, Sandra osservava il cellulare sul tavolo. Ormai la vista dell'oggetto, che finora aveva cercato di sfuggire, non le faceva più paura. Lei *doveva* sapere.

Vitali era soddisfatto: aveva raggiunto lo scopo. Io non sono realmente chi dico di essere, pensò. Ma anche tu, agente Vega, hai un segreto da nascondere. E lo scoprirò.

6

In Vaticano, il Palazzo apostolico era stato evacuato.

Il cardinale Erriaga aveva dato disposizioni precise in tal senso. Nessuno avrebbe dovuto accedervi per alcun motivo fino a nuovo ordine. Il tutto era facilitato dal fatto che, per ragioni di sicurezza legate al maltempo e al blackout, il pontefice era stato portato via da Roma la sera prima e adesso si trovava nella residenza di Castel Gandolfo.

Marcus aveva un'ora per completare la missione. Stavolta nessuna indagine, Erriaga era stato chiaro.

«Cosa vuole che faccia?»

«Le pulizie.»

Dopo l'impalpabile passaggio del penitenziere, la gendarmeria avrebbe ripreso possesso dei luoghi e soltanto allora sarebbero state avviate le indagini ufficiali sul decesso del vescovo Arturo Gorda, che si sarebbero concluse con una constatazione di morte per cause naturali. Per fortuna di Erriaga, la tragica fine dell'uomo era avvenuta all'interno delle mura del piccolo Stato sovrano. Se fosse successo in territorio italiano, il cardinale non avrebbe potuto impedire lo scandalo.

Nel comunicato ufficiale del Vaticano, che al termine del blackout avrebbe annunciato al mondo la scomparsa dell'alto prelato, sarebbe stata fornita una verità edulcorata. Avrebbero fatto riferimento a un generico « evento cardiaco ».

Una bugia buona, pensò Marcus mentre attraversava il cortile di San Damaso sotto la pioggia battente. Salì lo scalone di marmo fino al secondo piano. I passi solitari risuonarono nella Loggia di Raffaello, un tripudio di stucchi e fregi colorati armonicamente distribuiti in una leggera architettura di finestre e pilastri. Mentre la percorreva, il penitenziere sollevò il capo per godere dello spettacolo delle tredici volte affrescate. Riconobbe le Storie della Genesi, con la creazione della luce e la separazione della terra dalle acque. La creazione di Eva, la cacciata dal paradiso terrestre. Le Storie di Isacco e di Giacobbe, Mosè, Salomone, per terminare con le Storie di Cristo. Pensò ai privilegiati che, nei secoli, erano stati ammessi a quello stupore compiendo lo stesso cammino. Pochi, si disse. Uomini potenti che avevano lasciato un segno indelebile nella storia. Alcuni fra loro erano abietti, indegni. Altri, veri santi.

E adesso lui. L'uomo delle « pulizie ».

Giunse di fronte alla porta dell'appartamento riservato al vescovo Gorda. Era stata chiusa subito dopo il rinvenimento del cadavere. Erriaga aveva affidato a Marcus l'unica chiave per accedervi. Il penitenziere la usò per aprire l'uscio ed entrò richiudendoselo subito alle spalle.

La prima stanza era un disimpegno. Trasse dalla tasca un paio di guanti di lattice, li indossò per non lasciare impronte. Per lo stesso motivo, si sfilò le scarpe di tela bianche sporche di fango. Poi s'incamminò per perlustrare gli altri ambienti.

L'alto prelato viveva in maniera semplice. L'arredamento era sobrio ed essenziale. Nessuno sfarzo, nessuna concessione alla mondanità. Unica eccezione, forse, i libri. C'erano ripiani colmi di tomi, altri erano accatastati negli angoli. Probabilmente costituivano il principale passatempo di Gorda che, per via dell'agorafobia, non usciva più da molti anni.

I volumi formavano una specie di percorso obbligato. Marcus lo seguì e si trovò in una camera con un letto singolo, sormontato da un crocifisso di legno. Una porticina nascosta nel muro introduceva a un bagno cieco. Accanto, c'era lo studio del vescovo.

Varcò la soglia e si trovò davanti la tragedia di quel corpo anziano esanime, rannicchiato sul pavimento, come fosse collassato.

Ciò che non si evinceva dalle Polaroid che gli aveva mostrato Erriaga era che il cadavere si trovava proprio di fronte a un piccolo altare a muro su cui, come era obbligatorio per ogni prete, Gorda celebrava la sua solitaria messa quotidiana.

La postura e la nudità rivelavano, perciò, qualcosa di blasfemo. Ma l'affronto a Dio gli era costato caro.

Il visore, come una maschera grottesca, gli copriva gli occhi e gli avvolgeva il cranio, fino alla nuca. L'elemento tecnologico strideva con l'ambiente. Non c'erano computer o televisori nella clausura di Gorda.

Il vescovo aveva fatto un'eccezione per assecondare la propria perversione segreta.

Immagini pornografiche, ripensò Marcus.

Da sotto quella specie di casco argentato spuntavano ciuffi di capelli bianchi. Il congegno era collegato con un cavetto nero al collare di cuoio. Il penitenziere si avvicinò e vide che sulla gola, a contatto con le finiture, la pelle sottile del vecchio era graffiata. Ha provato a liberarsi con le mani dalla stretta, si disse. I residui di sangue sotto le unghie lo confermavano.

Strozzamento meccanico, fu la sua conclusione.

Per un momento a Marcus mancò l'aria. Erano gli echi del panico da soffocamento provato nel Tullianum. Gorda aveva sperimentato la stessa cosa, ma per scelta. « Pare sia una pratica di autoerotismo bondage » aveva detto Erriaga. « Sembra che alcuni individui provino piacere a farsi strangolare. » Marcus si chiese quando per Arturo Gorda il piacere si fosse trasformato in sofferenza e poi nella consapevolezza di stare per morire. Il vescovo aveva avuto il tempo per recitare almeno una preghiera? Oppure, come aveva sostenuto il cardinale, era morto davvero « come un cane », prigioniero di quella trappola?

La gogna del piacere.

Gorda era stato rinvenuto in quello stato dalla suora che aveva il compito di portargli una tazza di caffè d'orzo verso le otto. La religiosa era fuggita via in preda al terrore e aveva avvertito subito i gendarmi. Per ciò che aveva visto, la poverina avrebbe ricevuto in premio un trasferimento in un convento sperduto dell'Africa, dove avrebbe trascorso il resto dei propri giorni. I gendarmi sarebbero stati adeguatamente ricompensati – e minacciati – perché tenessero la bocca chiusa. Marcus conosceva bene i metodi di Erriaga per prevenire le emorragie di notizie.

Intorno e sul cadavere non c'erano segni dell'intervento di terze persone. L'evidenza avvalorava la tesi della morte accidentale. Tanto più che, a poca distanza dal corpo, c'era una scatola nera foderata di velluto in cui il vescovo riponeva il dispositivo che l'aveva ucciso.

Era un oggetto elegante e costoso, considerò Marcus. Il paladino dei poveri sapeva come viziarsi.

Ma lui non si trovava lì per giudicare. Il suo dovere era far sparire le tracce di una fine indecorosa, che avrebbe potuto creare imbarazzi al Vaticano. Per quanto non gli piacesse affatto ciò che stava per fare, era convinto che fosse la cosa migliore. La Chiesa era forte, ma gli uomini che la servivano spesso erano deboli. E lui stesso non faceva eccezione.

Rimosse quei pensieri. Era il momento di mettersi al lavoro. Prima finiva e prima poteva tornare all'indagine che aveva lasciato in sospeso. Scoprire cosa gli era accaduto quella notte. Perché si era ritrovato nudo e ammanettato in fondo al Tullianum. E, soprattutto, *chi* lo odiava a tal punto da aver deciso di ucciderlo in modo tanto crudele, attraverso la tortura dell'affamamento.

Trova Tobia Frai.

Cominciò slacciando il collare. Il cuoio era rivestito internamente di alcantara, per non lasciare lividi o segni. Il meccanismo per indossare la gogna era molto semplice, ma Gorda non era riuscito comunque a liberarsi. O non ne aveva avuto il tempo. Magari il soffocamento gli aveva provocato un infarto divenuto fatale in pochi secondi. Marcus lo sapeva, non esisteva mai una ragione univoca dietro la morte, spesso era un insieme di concause. L'unica cosa certa era che qualcosa era andato storto. Escluse un malfunzionamento della macchina – certi aggeggi avevano sempre un dispositivo di sicurezza. Molto più banalmente, il vescovo aveva corso un rischio troppo grosso per la sua età.

Marcus sistemò il corpo sul pavimento, facendogli assumere una posizione supina. Osservò ancora una volta la nudità del cadavere e si accorse che, all'interno della coscia destra, il prelato aveva impresso un tatuaggio.

Un piccolo cerchio azzurro.

Il colore era quasi del tutto svanito, lasciando solo un alone, segno che risaliva a molti anni prima. Forse un piccolo gesto di ribellione durante la gioventù, pensò il penitenziere. Chissà se Gorda se ne era pentito. Forse Marcus era l'unico estraneo a conoscere il dettaglio, magari il vescovo se ne vergognava. La morte era sempre poco rispettosa dei pudori umani. Nel caso di Gorda, poi, ne aveva fatto scempio.

Marcus doveva ancora togliergli il visore. L'aveva volutamente lasciato per ultimo, perché nutriva l'irrazionale timore di incrociare lo sguardo spaventato del vescovo sotto la maschera. Per prima cosa, aprì le chiusure automatiche, una per volta. Quindi sfilò lentamente il copricapo. Le orbite avevano quasi espulso i bulbi oculari, com'era tipico nei casi di strozzamento. Marcus si fece forza e, con due dita, li spinse indietro finché non tornarono nella posizione originaria. Poi gli abbassò le palpebre. Stava per iniziare a recitare una preghiera per l'anima di quel peccatore, quando la sua attenzione fu attratta nuovamente dal visore che giaceva per terra.

Anche a distanza, poté scorgere che lo schermo era ancora acceso.

Allora lo prese e se lo avvicinò alla faccia. Non c'era nulla di pornografico nell'immagine proiettata. Era una semplice scritta.

« Assenza di segnale. »

Il visore era collegato a Internet. Il vescovo lo stava usando prima del blackout, perciò era naturale che adesso non ci fosse connessione. Forse era meglio così. Non avrebbe voluto conoscere altri dettagli torbidi dell'esistenza di Gorda. Meglio che muoiano insieme a lui, pensò.

Si concentrò su ciò che restava da fare. Ricollocò il congegno nella scatola nera foderata di velluto. L'avrebbe portato con sé andando via e l'oggetto sarebbe sparito per sempre.

Poi si mise a frugare l'appartamento in cerca di qualcos'altro di compromettente. Guardò nei cassetti e svuotò gli armadietti del bagno. Sfogliò perfino alcuni libri. Non c'era tempo per una perquisizione accurata, Erriaga avrebbe dovuto accontentarsi. Rimaneva soltanto un dettaglio per completare la messinscena: rivestire il cadavere.

Si diresse verso l'armadio del vescovo in cerca di un abito appropriato. Lo aprì e, rovistando tra gli indumenti, si accorse che Gorda conservava un vecchio giornale ingiallito. Marcus lo prese.

Era una copia del *Messaggero*, la data di pubblicazione risaliva al 23 maggio di nove anni prima.

Forse era necessario far sparire anche quello. Per sincerarsene, cominciò a sfogliarlo. Nulla, però, attirò la sua attenzione. Niente di sospetto o di compromettente. Fino a che non giunse alla sezione della cronaca di Roma. Fu il titolo a catturargli lo sguardo. Recitava: *Scomparso a Roma il piccolo Tobia Frai*.

Fu come un lampo nella testa. Il penitenziere rivide l'immagine dall'appunto che si era ritrovato in tasca al Tullianum: « Trova Tobia Frai ».

Non poteva essere solo una coincidenza.

Sul giornale spiccava la foto in bianco e nero di un bambino di tre anni. Occhi grandi e limpidi, il volto sorridente pieno di lentiggini. Indossava una T-shirt chiara e portava un cappellino con lo scudetto della Roma.

Marcus iniziò a leggere.

« Tobia Frai è scomparso ieri verso le diciotto in pieno centro, a pochi passi dal Colosseo. Il piccolo era a passeggio con la madre che sostiene di averlo perso di vista per pochi secondi. La donna, infatti, ha denunciato prontamente l'accaduto a una pattuglia che transitava di lì. La polizia, che in un primo momento aveva ipotizzato che il bambino si fosse allontanato da solo smarrendo la strada, adesso non esclude altre ipotesi investigative. Saranno visionati i filmati delle telecamere di sicurezza che sorvegliano la zona. Contemporaneamente, per cercare di fare luce sul destino del piccolo Tobia, le autorità chiedono aiuto ai turisti e ai cittadini che si trovavano in zona nel momento della scomparsa. Chiunque stesse fotografando o filmando il Colosseo è pregato di inviare il materiale all'indirizzo mail della questura di Roma.»

Marcus, incredulo, continuava a tenere il giornale davanti alla faccia. Quando lo riabbassò, si accorse che c'era qualcos'altro in fondo al mobile. Un allarme scattò nella sua testa. Anomalia, si disse.

Un paio di scarpe di tela bianche. Identiche alle sue.

7

5 ore e 38 minuti al tramonto

Il video rinvenuto nel telefonino smarrito sul taxi durava duecentosei secondi.

« Ma per uno dei due protagonisti saranno durati come un'eternità » disse Vitali mentre abbassava le luci nella sala tecnica del formicaio.

Crespi si era seduto in disparte: a quanto pareva, il commissario aveva delegato al collega ogni spiegazione. La stranezza non sfuggì a Sandra. In fondo, l'ispettore Vitali era solo un burocrate, un passacarte. Ufficio statistiche su crimine e criminalità, ancora non se ne faceva una ragione. Perché la omicidi gli lasciava un simile margine di libertà? Ma ormai non poteva tirarsi indietro. Era già piazzata alla postazione davanti al grande schermo al plasma. Era spento ma dalla superficie nera, simile all'ardesia, proveniva lo stesso uno scuro bagliore.

« È un sistema Pro Tools di ultima generazione » spiegò Vitali. « È in dotazione ai fotorilevatori da appena qualche mese. È molto semplice: le basterà toccare lo schermo per fermare, mandare avanti o indietro le immagini, o per ingrandire o ridurre un fotogramma. »

Sarà come essere lì, pensò Sandra. Di solito lei arrivava *dopo*, quando il male si era già consumato. E poteva sempre rifugiarsi dietro la Reflex, e lasciare che il freddo meccanismo della macchina sbrigasse il lavoro sporco. Stavolta, invece, avrebbe partecipato, anche se indirettamente, a ciò che era accaduto.

« È pronta? » chiese l'ispettore, temendo un ripensamento.

Sandra si prese ancora qualche secondo e si voltò verso Crespi, che rimase impassibile. « Sì. »

Vitali si armò di un telecomando e fece partire la registrazione.

Dapprima, le immagini furono instabili e fuori fuoco. Dopo aver spaziato per alcuni secondi su un pavimento lurido, l'obiettivo della videocamera del cellulare si sollevò di scatto, fissandosi su quello che sembrava un vecchio letto d'ospedale. Tutt'intorno, mattonelle sbeccate e umidità.

Disteso sul lercio materasso c'era un uomo.

Sandra provò un senso di liberazione quando scoprì che non si trattava di Marcus. Ma il sollievo durò poco. Lo sconosciuto piangeva e si dimenava in una posa innaturale. Una corda lo avvolgeva in spire che salivano dalle caviglie sino ai fianchi. Le braccia erano spalancate e si tendevano verso la spalliera a cui, con dei legacci, erano assicurati i polsi. Fino alla vita era ancora vestito, ma offriva il torace nudo.

Come la vittima di un sacrificio.

« Ti prego... no... » supplicava. Capelli corvini, tagliati molto corti. Magro al punto che, sotto la pelle glabra, si intravedevano le ossa del costato. Il volto era scavato e l'espressione congestionata per lo sforzo di sollevare il collo sottile e le spalle, nel tentativo di liberarsi. Era solo disperazione, pensò Sandra. Non ci sarebbe riuscito. Anche lui lo sapeva. Eppure un estremo istinto di sopravvivenza lo spingeva a provarci lo stesso, a ribellarsi con tutte le energie che aveva in corpo. « Ti prego, lasciami andare... » Le vene all'altezza delle tempie pulsavano così forte da far immaginare che presto sarebbero scoppiate, inondandogli la faccia di rosso. Una striscia di muco giallastro gli scivolava dal naso lungo il labbro, fino a impastarsi con le lacrime e la saliva della bocca.

« Cosa vede, Vega? » domandò Vitali.

« Ha l'incarnato giallastro, la pelle screpolata. Si vedono i lividi della necrosi delle vene. Gli mancano alcuni denti e gli altri sono anneriti, perciò gli si potrebbero dare approssimativamente cinquant'anni. Ma, in realtà, non è così anziano. » Invecchiamento da abuso di sostanze stupefacenti, così lo chiamavano. Una vita difficile lasciava sempre segni inequivocabili. « Esperienze di droga. Una collezione di piccoli precedenti. Dentro e fuori dal carcere. » In tanti l'avrebbero definito un rifiuto della società. Quanti ne aveva fotografati di tipi così quando era alla scientifica? Di solito venivano trovati cadaveri in un fosso accanto a una strada, in mezzo alla spazzatura, senza denaro o documenti che consentissero l'identificazione. L'obitorio era pieno di corpi senza un nome. « A volte a farli fuori è il loro spacciatore, capita quando diventano troppo molesti. Ma più spesso ad ammazzarli è un disperato come loro, col solo intento di mettere le mani su una dose e pochi spiccioli.»

Vitali non confermò né smentì, non disse nulla. Perché poi nel video accadde qualcosa.

L'operatore, che era rimasto immobile fino ad allora, allungò un braccio. Nell'inquadratura apparve una mano con un guanto di lattice. L'uomo teneva qualcosa fra le dita.

Un'ostia nera.

Si avvicinò al prigioniero, gliela cacciò fra le labbra e gli tappò la bocca con il palmo per costringerlo a mangiare. Poco dopo, Sandra vide che lo sguardo della vittima mutò. Gli occhi, che fino a poco prima cercavano disperati la pietà del carceriere, adesso si immobilizzarono fissando il vuoto. L'espressione del viso si rilassò. L'aguzzino gli tolse la mano dalla bocca e si allontanò nuovamente, restando a guardare.

Il prigioniero mosse le labbra. Dapprima lentamente, quindi sempre più veloce. Emetteva solo una specie di sussurro. Un frenetico susseguirsi di sillabe che emergevano e svanivano. Blaterava. Poi il volume della voce aumentò, ma le parole rimasero incomprensibili.

«Che lingua sta parlando? Non capisco» chiese Sandra. «Sembra ebraico» ma non ne era sicura.

«È aramaico maccabaico» puntualizzò, serio, Vitali. «Era usato in Palestina ai tempi di Cristo.»

L'affermazione dell'ispettore spiazzò Sandra. Come faceva un tossicodipendente a conoscere una lingua parlata duemila anni prima?

«Sta dicendo: 'Il Signore delle ombre cammina con me. Lui è il maestro della verità. Lui è la nuova vita'» tradusse Vitali.

Sandra lo fissò, era serio.

Intanto, il prigioniero continuava a ripetere le frasi, come in una litania. Che razza di storia era quella?

Vitali sapeva cosa stesse passando nella mente di Sandra Vega. La poliziotta si stava domandando perché l'ispettore a capo dell'ufficio statistiche su crimine e criminalità fosse interessato a quel filmato e come facesse a sapere con esattezza cosa stava dicendo il prigioniero. Ma a Vitali non interessava. Era venuto il momento di sparigliare un po' le carte. Perciò gli stava bene che Sandra Vega iniziasse a nutrire dei dubbi su di lui e sulla sua funzione.

Intanto, nello schermo, l'operatore appoggiò il telefono con la videocamera sulla spalliera del letto. La ripresa ora era sbilenca, ma si poteva scorgere abbastanza bene l'ombra che si chinava sul prigioniero e gli afferrava la mandibola con una mano, per tenerlo fermo. Poi, a completamento della blasfema eucarestia, cominciava a versare il contenuto di una coppa d'oro nella bocca spalancata. Pane e vino – corpo e sangue. L'altro non si opponeva, beveva come in trance. Si sentiva il suono del liquido che scendeva gorgogliando nella gola, come acqua sporca nello scarico di un lavandino. Una volta terminata l'operazione, l'ombra tornò indietro senza voltarsi e mostrarsi in volto, e riprese il telefono per continuare a filmare.

L'uomo disteso adesso non parlava più. Aveva semplicemente gli occhi sgranati e lo sguardo sempre assente. Sandra si domandò cosa stesse per succedere. Cosa gli aveva fatto bere? Non era vino. Improvvisamente il corpo della vittima fu scosso da una potente convulsione. Sembrava che la corda e i lacci con cui era legato non potessero reggere quella forza sovrumana. Dalla pelle del torace dell'uomo cominciò ad affiorare qualcosa. La poliziotta d'istinto si avvicinò allo schermo per vedere meglio.

Era vapore.

Nell'organismo stava avvenendo una reazione caustica. L'effetto era il miasma che scaturiva dai pori della pelle. La carne iniziò ad assumere un colore brunito, come se stesse bruciando dall'interno. L'espressione della vittima, pur travolta da potenti spasmi muscolari, continuava a essere indifferente. Ma lo spettacolo non era ancora finito. La pelle iniziò a piagarsi, a incistarsi di bolle purulente. Si scorgevano l'esofago e la trachea. Poi toccò ai polmoni. I bronchi emersero come due lembi carbonizzati. Le piaghe divennero presto ulcere, collassarono una alla volta aprendo tanti piccoli buchi nella polpa viva. Dalle ferite, però, non sgorgava sangue, bensì ancora fumo, simile a zolfo.

Sandra si immedesimò col tassista di Roma che aveva rinvenuto il telefono con quel filmato nella memoria. Pensò alla reazione del poveretto quando, nel tentativo di risalire al legittimo proprietario attraverso il contenuto del cellulare, si era trovato davanti un simile orrore. Ne sarebbe rimasto segnato per il resto dell'esistenza.

La convulsione del prigioniero cessò improvvisamente. L'obiettivo indugiò ancora un poco sul cadavere devastato. Nel silenzio che seguì, rimase solo un leggero e tremendo sfrigolio.

Poi la ripresa si arrestò.

Quella non era l'opera di uno strafatto di coca e acidi, pensò subito Sandra. C'era del metodo.

« Allora, che può dirmi? » chiese Vitali.

La poliziotta si voltò a fissarlo. Il suo sguardo rivelava ostilità. « Cosa vuole sapere? »

« A parte l'assassino, ci sono un mucchio di interrogativi irrisolti, agente Vega. Si va dall'identità della vittima al luogo dove è avvenuta l'uccisione. Non sappiamo nulla di tutto ciò. »

Omicidio rituale, avrebbe voluto sentenziare Sandra. Invece disse: « Minuto uno e ventisette secondi ». Poi, senza aggiungere altro, con un gesto della mano fece scorrere all'indietro le immagini sullo schermo. Rallentò i fotogrammi, avanzò lentamente fino a trovare il punto esatto. « Guardi qua... »

Vitali si sporse. Vide il braccio sinistro della vittima che, nel tentativo di liberarsi dal legaccio teso sulla spalliera del letto, si divincolava in maniera innaturale. Sandra appoggiò le dita unite sul fotogramma, le spalancò e lo ingrandì.

Sulla pelle dell'avambraccio c'era un piccolo tatuaggio.

« Un cerchio azzurro » disse Vitali per confermare che adesso lo vedeva anche lui.

« Può far analizzare la ripresa quante volte vuole, ispettore. Non troverà altro di rilevante. » Sandra pronunciò la frase con estrema sicurezza e riservando uno sguardo anche a Crespi che non aveva aperto bocca e adesso la osservava in evidente imbarazzo.

Vitali percepì la tensione fra i due. Era esattamente ciò che voleva. « Va bene, può prendersi la giornata libera, agente Vega. »

Sandra lo fissò, incredula. « E il blackout? »

« Sapremo fare a meno di lei » sorrise l'altro, beffardo.

« Come crede, ispettore » fu la risposta secca della poliziotta. L'ostia nera, l'aramaico maccabaico, il « Signore delle ombre », quella specie di sacrificio umano: aveva visto e sentito fin troppo. Recuperò la giacca della divisa che aveva appoggiato sulla spalliera della sedia, passò davanti a Crespi e lasciò la sala senza salutare.

Poco dopo, anche l'anziano commissario si alzò dal proprio posto. Infilò le mani nelle tasche dei pantaloni e si apprestò a uscire. Prima, però, si voltò ancora verso il collega. « È proprio sicuro di ciò che stiamo facendo? »

« Non devo darle spiegazioni. » Se fosse stato solo un semplice ispettore, Vitali non avrebbe mai potuto rivolgersi con quel tono a un superiore. Ma lui non era *semplicemente* un ispettore. Per questo Crespi, dopo la risposta, girò i tacchi e se ne andò come un cane bastonato.

Vitali, però, era soddisfatto. Il cerchio azzurro, ripeté fra sé. Era contento che Sandra se ne fosse accorta. Era come dicevano tutti: in gamba. Forse la poliziotta immaginava ancora di trovarsi lì per via del proprio talento di fotorilevatrice. Sandra Vega non sapeva che la vera ragione della sua presenza quella mattina era un'altra. Ma, dopo aver visionato il video, certamente avrebbe nutrito dei sospetti.

Bene, molto bene. Vitali le sarebbe stato addosso finché non avesse capito quanto realmente c'entrasse lei in quella storia.

Perché ciò che Sandra non sapeva, e che Vitali si era guardato bene dal rivelarle, era che nel telefonino rinvenuto dal tassista, oltre al terribile filmato, c'era qualcos'altro.

8

La Città del Vaticano era uno Stato autonomo di mezzo chilometro quadrato nel cuore di Roma. Era circondato da altissime mura che, oltre alla Basilica di San Pietro e ai palazzi del potere ecclesiastico, custodivano dei magnifici giardini, perfettamente curati.

In mezzo a essi, però, stonava da sempre la presenza di un bosco incolto di circa due ettari. La fitta vegetazione rendeva il luogo impervio e quasi inaccessibile. Al confine della selva c'era un piccolo convento di clausura. Le suore che vi dimoravano appartenevano a un antico ordine monacale, quasi del tutto estinto.

Le vedove di Cristo.

Erano solo tredici e avevano abbracciato una fede rigorosa, rinunciando a ogni benessere, perfino alla medicina. Si nutrivano dei soli frutti del proprio orto e avevano fatto voto di silenzio. Unica eccezione, la preghiera. Tuttavia, da ventitré anni il loro compito più gravoso era sorvegliare un uomo di cui il mondo esterno ignorava l'esistenza.

Un mostro terribile. Un essere immondo. Un assassino seriale.

Il novero dei suoi crimini era una grande vergogna per la Chiesa, e doveva essere tenuto segreto a ogni costo. Perché, prima di essere fermato e imprigionato là dentro, Cornelius Van Buren era stato un prete missionario.

I temporali avevano concesso una breve tregua. La pioggia, però, era solo diminuita, senza cessare. Marcus camminava a fatica nel bosco. Sapeva di essere solo, ma avvertiva comunque una presenza. Come quella che aveva sentito nel Tullianum, guardando in faccia il buio nella botola. Alzò lo sguardo. Sopra di lui, appollaiati sugli alberi, c'erano centinaia di uccelli neri. E lo fissavano. Il penitenziere accelerò il passo.

Poco dopo, scostò un ramo e si ritrovò nella piccola radura che proteggeva il convento. Se non fosse stato per il fumo che usciva da un comignolo, il posto sarebbe sembrato disabitato. Il penitenziere conosceva bene la strada per giungervi, l'aveva percorsa varie volte negli ultimi anni. Durante le visite a Cornelius aveva svolto un utile apprendistato. Era raro, infatti, imbattersi in una personalità omicida tanto complessa e raffinata. Per quanto disprezzasse quell'uomo per via di ciò che aveva commesso mentre era un missionario, da lui aveva attinto una conoscenza purissima dell'animo umano, non contaminata dalle categorie di « bene » e « male ». I due elementi non avevano alcun valore per Van Buren. Sosteneva di essere un mostro non perché fosse nella sua natura, ma perché era la volontà di Dio.

Arrivato nei pressi della porta di legno, Marcus bussò tre volte e poi tre volte ancora. Era il segnale concordato che gli avrebbe permesso di accedere alla prigione. Venne ad aprirgli una delle consorelle. Indossava il tipico abito dell'ordine, la cui caratteristica principale era un drappo nero che nascondeva interamente il volto.

La vedova di Cristo riconobbe il penitenziere e lo fece entrare. Poi, benché fosse ancora giorno, prese una candela e gli fece strada. Lì gli effetti del blackout erano irrilevanti, poiché l'energia elettrica, come ogni altro progresso tecnologico, non era mai arrivata. Era come fare un viaggio all'indietro nel tempo, ma il convento sembrava distante anche nello spazio. Pur essendo ubicato a poche decine di metri dalle mura che separavano il Vaticano dalla vita caotica di Roma, era un luogo in cui regnava la pace.

La suora precedeva Marcus. Mentre camminava, la stoffa della lunga tonaca sfiorava il pavimento di pietra, lasciando intravedere solo le scarpe. Era così che lui le identificava, le calzature erano l'unico elemento che distingueva ciascuna vedova di Cristo dalle proprie consorelle. Davanti a sé, in quel momento, aveva un paio di stivaletti neri, molto castigati e allacciati fin sugli stinchi.

Non era nemmeno possibile stabilire l'età della suora. L'unica parte visibile del corpo era la mano che reggeva la candela. Alla luce della fiammella, la pelle del dorso sembrava liscia come seta. Come se la quiete che dimorava in quel luogo avesse il potere di levigare le persone, e anche la loro anima.

L'unico su cui non aveva effetto era Cornelius.

Salirono le scale lentamente e poi percorsero un

corridoio cieco e buio, al termine del quale si trovava la cella del missionario. Marcus notò a distanza che il suo ospite lo stava già attendendo, con le braccia appoggiate alle sbarre di ferro brunito e le mani giunte.

La suora con gli stivaletti neri si fermò a metà corridoio e gli affidò la candela. Da lì in poi, il penitenziere avrebbe proseguito da solo.

Arrivò nei pressi dell'inferriata e si ritrovò davanti al solito vecchio stanco. L'incarnato di Cornelius era lattiginoso. I suoi denti ingialliti. Indossava un cardigan logoro e sformato. Pantaloni troppo larghi, che mettevano in evidenza la sua magrezza. Aveva una postura ricurva e radi capelli bianchi. Si lavava poco ed emanava un cattivo odore. Ma Marcus sapeva fin troppo bene che non doveva lasciarsi ingannare dall'apparenza.

Il mostro sembrava domato. Invece era ancora pericoloso.

Appena tre anni prima era fuggito e aveva ucciso una delle sue carceriere. Non pago, aveva fatto il cadavere a pezzi, disseminandoli nel bosco. In lui albergava ancora la belva feroce di un tempo. Dimenticarsene avrebbe significato morire.

« Benvenuto, pellegrino » lo salutò Cornelius. « Cosa ti porta nella casa del Signore? » Nella cella c'erano una branda, una sedia di legno e uno scaffale con una ventina di libri. Si andava dal *De continentia* di sant'Agostino al *De libero arbitrio* di Erasmo da Rotterdam, dalla biografia di san Tommaso a quella di Roscellino di Compiègne, fino a giungere alla *Di-*

vina Commedia. Da ventitré anni, quei testi di argomento religioso costituivano l'unico contatto fra la bestia e la civiltà degli uomini. Era stato lo stesso Battista Erriaga a selezionare i titoli. Per il resto, l'Avvocato del Diavolo l'aveva condannato al più completo isolamento. Così Cornelius rileggeva in continuazione le stesse pagine per impedire alla noia di ucciderlo prima del tempo.

Marcus si accomodò su una panca addossata al muro. « Arturo Gorda » disse.

L'altro preferì rimanere in piedi. « Il vescovo... Che gli è successo? »

« È morto stanotte. » E aggiunse: « In modo indegno ».

« Suicidio? »

« Strozzamento meccanico. »

« Interessante. Parlamene, ti prego. »

Marcus iniziò a descrivere la scena che si era ritrovato davanti, nonché lo strumento della « gogna del piacere ».

Quando ebbe finito, a Cornelius scappò un sorriso. « Immagino quanto il nostro comune amico Battista Erriaga si stia affannando per insabbiare la storia del santo depravato. »

« Ha mandato me a ripulire tutto. Ho fatto un buon lavoro, il mondo non ne saprà mai nulla. »

« Però? » Van Buren aveva capito che c'era dell'altro.

« Anomalie » rispose Marcus. « Cominciamo dalle scarpe... »

« Quali scarpe? »

Il penitenziere abbassò lo sguardo sulle calzature di tela bianche che portava ai piedi. « Stamattina mi sono svegliato nel Tullianum. Ero nudo e ammanettato. Qualcuno mi ha messo lì per farmi morire di fame. L'unico cibo che mi è stato concesso è stata la chiave delle manette. Sono riuscito a liberarmi solo perché l'ho vomitata. Non ricordo nulla delle ore precedenti al risveglio: né ciò che ho fatto né chi ha voluto punirmi in questo modo. Soprattutto, non so perché me lo sia meritato. È come se nella mia mente ci fosse un buco nero. »

« Che c'entra questo con le scarpe? »

« Le ho trovate accanto ai miei vestiti. Non so da dove vengano. Però Gorda ne aveva un paio identico nel proprio armadio. »

« Quanti posseggono scarpe simili? Chi ti dice che non sia casuale? »

« Questo... » Marcus prese dalla tasca interna della giacca il quotidiano con la notizia della scomparsa del piccolo Tobia Frai, avvenuta il 22 maggio di nove anni prima. La porse a Cornelius che la esaminò. « Non so perché il vescovo conservasse questo vecchio giornale. Ma è la seconda coincidenza con quanto mi è accaduto nel Tullianum. Infatti, in una tasca dei miei vestiti, ho trovato la pagina strappata di un taccuino. Sopra c'era un messaggio scritto con la mia grafia: *'Trova Tobia Frai'*. »

Cornelius restituì il giornale a Marcus. Poi si strinse le mani dietro la schiena e fece alcuni passi nella cella.

« Un bambino scomparso da nove anni, scarpe bianche di tela, il Tullianum, un vescovo morto in circostanze assurde, la tua breve amnesia... » Terminato l'elenco, tornò a voltarsi verso Marcus. « Se ti aiuto, cosa riceverò in cambio? Quale sarà la mia ricompensa? »

Il penitenziere si aspettava la domanda. « Fai la tua richiesta. »

Cornelius ammutolì, era allettato dalla proposta. « Un libro. »

« D'accordo. »

Van Buren era incredulo e felice. « Ma non un libro qualsiasi. Quello che voglio si trova presso la Biblioteca Angelica. È un incunabolo. La *Historia naturalis* di Plinio il Vecchio, tradotta dall'umanista Cristoforo Landino. Fu dedicato a Ferdinando I d'Aragona, re di Napoli. Contiene meravigliose miniature. » Mentre lo descriveva, gli occhi gli scintillavano come quelli di un assetato di sapere davanti alla fonte della conoscenza.

« Lo avrai » confermò il penitenziere.

« E che dirà Erriaga? »

« Che si fotta » fu la risposta netta. Nel corso delle precedenti visite, Marcus aveva tenuto sempre un atteggiamento distaccato nei confronti del missionario. La distanza gli serviva per non scordare chi aveva di fronte, ma anche per rimanere imparziale riguardo agli argomenti che avrebbero trattato nelle loro conversazioni. Fra i due c'era stato sempre un patto tacito: nessuno doveva spingersi al di là di quel confine e invadere il territorio altrui. Non sarebbero mai diventati amici, e tantomeno confidenti. Gli incontri con Marcus erano un diversivo per la straziante routine di Cornelius. Il penitenziere sapeva che il prigioniero non vi avrebbe mai rinunciato. Per questo, fino ad allora, non era mai stato necessario offrirgli qualcosa in cambio d'aiuto. D'altronde, stavolta l'altro aveva giocato d'anticipo, domandandogli una ricompensa. Forse perché intuiva che la posta in gioco era elevata.

« Va bene, ti aiuterò » confermò Van Buren. « Ma a una condizione: dovrai dirmi tutto. Se mi nascondi qualcosa, me ne accorgerò. »

« Questo vale anche per te » ribadì Marcus. L'accordo era sancito. « Cosa ti ispira questa storia? »

Cornelius era dubbioso. « Non lo so... Abbiamo troppi elementi a disposizione – troppe anomalie. Rischiamo di fare confusione. »

« Credo che siano i brandelli della memoria persa. Se li rimetto insieme potrò scoprire anche perché li ho dimenticati. »

Van Buren scosse il capo. « Spiacente, non credo funzioni in questo modo. Devi prima fare ordine nelle cose... Partiamo da ciò che sta accadendo in città in queste ore. »

Marcus tacque. L'altro non poteva essere a conoscenza del blackout. « Cosa ne sai? » domandò dopo un po'.

« Nell'antica Roma, gli *àuguri* interpretavano la volontà degli dei dal volo degli uccelli... Io ho fatto lo stesso: il responso è stato che attualmente siamo sotto una grave minaccia. »

«Non hai nemmeno una finestra» fece notare il penitenziere.

«Non mi prendo gioco di te» lo rassicurò l'altro. «La mia vista è limitata, ma il mio udito è ancora efficiente. E stamane, all'alba, pioveva. E ho anche sentito il frullo delle ali degli uccelli – centinaia. Gli uccelli non volano con la pioggia. Perciò deve averli spaventati per forza qualcosa.»

«Il silenzio» disse Marcus, e ripensò ai volatili neri che aveva visto nel bosco. «L'improvviso silenzio li ha disorientati.»

Cornelius sembrava soddisfatto della propria capacità deduttiva. «Solo un cataclisma o una peste improvvisa riescono ad ammutolire una civiltà.»

«Oppure un blackout di ventiquattro ore.»

Cornelius sembrò sorpreso. «Così Roma sta sperimentando per un giorno ciò che io provo da ventitré anni.»

«Credo di sì. Ma adesso che lo sai, dimmi a cosa serve questa informazione» tagliò corto Marcus.

Il vecchio andò a sedersi sulla branda per riposare le membra stanche della fatica di sopravvivere in cattività. «Leone X...»

«Cosa?» Marcus non aveva sentito.

«Nel 1513, il quartogenito di Lorenzo de' Medici salì al soglio di Pietro col nome di Leone X. Era diventato cardinale in segreto, a soli tredici anni.»

«Il papa avversato da Lutero» rammentò Marcus. «Il pontefice che ha permesso la vendita delle indulgenze per i peccati.» Per questo motivo, era anche un nemico della Penitenzieria e del Tribunale delle Anime.

« È vero, ma era anche un conciliatore. Salvò la vita a Machiavelli, si circondò di artisti come Raffaello. In lui dimoravano due nature, spesso in conflitto tra loro, come in tutti gli uomini. »

« Che c'entra con ciò che sta accadendo oggi? »

« Leone X emanò una bolla. Dispose che Roma non dovesse 'mai mai mai' rimanere al buio. Per sottolineare l'importanza della raccomandazione, ripeté il termine 'mai' tre volte. »

« Perché una simile disposizione? Cosa c'era nel buio di Roma che spaventava tanto il papa? »

« Nessuno l'ha mai saputo. Però Leone X è morto nove giorni dopo, forse avvelenato. »

Marcus sapeva che non era la prima volta che un papa veniva assassinato. Non era raro che nella Chiesa certe questioni di potere fossero risolte ricorrendo a mezzi estremi. Gorda era un consigliere molto ascoltato dall'attuale pontefice, una figura prominente. « Stai cercando di dire che il vescovo potrebbe essere stato ucciso? »

Ma Cornelius eluse la domanda ponendo un altro interrogativo. « Dimmi, hai guardato bene il suo cadavere? C'erano strani segni su di lui? »

Marcus rammentò il tatuaggio sbiadito nell'interno coscia. « Un cerchio azzurro. » Come faceva Van Buren a saperlo? « Ho rispettato l'accordo: sai tutto e adesso tocca a te parlare. »

« Ordine, Marcus. Non basta sapere, devi mettere

prima ordine in ciò che sai» lo ammonì l'altro per la seconda volta.

«Sono già stanco dei tuoi giochetti. Ora basta.»

Cornelius si rimise in piedi, ricominciò a passeggiare per la cella. «Rifletti: il primo tassello è il blackout. E il secondo?»

Marcus non intendeva assecondare i tentativi di manipolazione di quel sadico, ma cercò di calmarsi. «Il mio risveglio nel Tullianum.»

«No, ti sbagli» disse l'altro con vigore. «Continui a pensare solo a ciò che ti è accaduto perché ti ossessiona la breve amnesia che hai subito. Ha risvegliato in te la paura che possa ricapitarti ancora una volta di perdere definitivamente la memoria, come tanti anni fa a Praga. Invece devi partire da ciò che è successo dopo.»

«La morte di Gorda.»

«E come è morto il vescovo?»

«L'ho già detto. Strozzamento meccanico. Morte accidentale.»

«La 'gogna del piacere'... E tu come stavi per morire?»

«Volevano affamarmi in quel pozzo.»

«Allora cosa avete in comune tu e il vescovo, a parte delle stupide scarpe bianche di tela?» Cornelius cominciò ad alterarsi. «La gogna, l'affamamento: non sono forse tecniche di tortura?»

«Vuoi dirmi che dietro i due episodi c'è la stessa mano?»

« Perché me lo domandi? Lo sapevi già prima di venire qui. »

« Non è possibile: Gorda ha fatto tutto da solo. La dinamica, il modo e le circostanze escludono assolutamente l'intervento di terze persone. » Marcus non riusciva a crederci. In lui montava la rabbia perché era convinto che Van Buren nascondesse qualcosa di essenziale. « Come facevi a conoscere la storia del tatuaggio? »

« Non lo sapevo, infatti. Ti ho chiesto solo se sul corpo c'erano segni e tu mi hai risposto 'un cerchio azzurro'. »

« Stronzate » ribatté il penitenziere. « Dimmi cosa sai. »

Cornelius sorrise. « La bolla papale, il buio di Roma... A cosa ti fanno pensare? »

« A un mistero che dura da troppi secoli. »

« E cosa prova la gente comune quando si trova davanti a un mistero? »

« Paura » fu la risposta.

« Esatto: abbiamo tutti paura dell'ignoto. E qual era l'intenzione di Leone X quando ha emesso la bolla? »

« Proteggere, prevenire. »

« Giusto! Perché era a conoscenza di qualcosa che gli altri non sapevano. Qualcosa che sarebbe accaduto col buio. »

« Vuoi dire che la bolla contiene una profezia? È assurdo: non esistono le profezie. »

« Il buio era il nemico di Leone X. E in che parte della giornata il buio è più buio? »

« Di notte » fu la risposta stizzita di Marcus.

« E quand'è che una notte è più buia delle altre? »

« Non lo so. » Ne aveva abbastanza di indovinelli.

« Avanti... » lo esortò Van Buren.

« Quando non c'è la luna. »

« No » urlò Cornelius. « La notte più buia e spaventosa è quella in cui la luna c'è... ma nessuno può vederla. »

Marcus ripensò al cerchio azzurro. « Un'eclissi. »

Lo disse a bassa voce, ma Cornelius comprese lo stesso che l'allievo aveva imparato la lezione. « Esatto. » Gli occhi del vecchio maestro non riuscivano a contenere la contentezza. « E che cos'è un blackout se non un'eclissi tecnologica? Il mondo intorno a noi cessa di essere come lo conosciamo. Come i nostri antenati davanti alla temporanea sparizione della luna, ci sentiamo improvvisamente fragili e indifesi. Vulnerabili. »

« Accadrà qualcosa dopo il tramonto. Qualcosa di terribile » capì il penitenziere – l'epifania lo atterrì. Qualcuno poteva anche credere che un papa l'avesse profetizzato cinquecento anni prima. Non Marcus. Per lui c'era sempre una spiegazione razionale. Ed era ancora più convinto che Van Buren gli celasse qualcosa. « Come faccio a impedire ciò che accadrà? Dimmelo. »

« Ordine » gli rammentò l'altro, perentorio. « Stanotte torna da me con ciò che scoprirai e cercheremo insieme le risposte.» Poi aggiunse con un tetro sorriso: «E mi raccomando, non dimenticare di portare con te quel libro».

9

Il Tevere aveva superato il livello di guardia.

Era l'ultima novità dell'emergenza. Da qualche ora, il fiume era costantemente monitorato nel timore di un'improvvisa esondazione. Era impossibile prevedere quanta pioggia sarebbe ancora caduta su Roma e se gli argini sarebbero riusciti a contenere una piena.

Il personale della protezione civile era stato incaricato di spostare le opere d'arte, che arricchivano musei e palazzi, ai piani alti degli edifici. Si mettevano in sicurezza i monumenti erigendo muri di sacchi di sabbia, simili a trincee. Piazza Navona, l'Ara Pacis, il Colosseo, il Pantheon e tutte le chiese e i siti archeologici sembravano campi di battaglia.

Nonostante non avvenisse un'esondazione da più di quarant'anni, era sempre vivo nella gente il ricordo dei capricci del grande fiume che, in passato, aveva più volte invaso il centro storico. Il Tevere ribadiva ancora una volta chi fosse il vero padrone di Roma, chi per secoli le aveva donato bellezza e prosperità, e chi avrebbe potuto riprendersi tutto in pochi minuti.

Anche per questo i locali dell'archivio della questura erano deserti.

Il personale addetto infatti era stato dislocato dove

era più utile. Sandra ci sperava, perché non voleva spiegare ai colleghi il motivo per cui si trovava lì. La grande stanza affrescata, nell'antico palazzo che era sede della polizia di Roma, la accolse con la sua quiete intatta. Somigliava alla sala di consultazione di un'immensa biblioteca. Però sui lunghi tavoli di legno, al posto dei tomi secolari, c'erano moderni computer che in quel momento funzionavano grazie all'energia dei generatori.

Sandra si sedette davanti a uno dei terminali e iniziò a inserire gli estremi della ricerca incentrata sul nome di Vitali.

Partì dallo stato di servizio e vide che l'ispettore aveva peregrinato parecchio negli ultimi anni. Prima di approdare all'ufficio statistiche su crimine e criminalità, aveva diretto l'ufficio pensionamenti, quindi aveva sovrainteso la gestione del parco automezzi. Si era occupato di comunicazione, della rivista del corpo e così via. Tutti incarichi modesti, che non prevedevano alcun ruolo operativo e non contemplavano, perciò, alcun rischio.

Tuttavia quella mattina al formicaio, nell'ufficio del questore, Vitali aveva rivelato un'assoluta padronanza della situazione. Si era espresso come un *profiler* nel descrivere l'assassino del filmato rinvenuto nel telefono. « C'è un essere umano là fuori capace di fare cose indicibili ai propri simili... Non commetta l'errore di pensare che si tratti solo di un avvertimento o di una minaccia. È una dichiarazione d'intenti. Vuole dirci: questo è solo l'inizio. »

Qualcosa non quadrava in quel poliziotto, Sandra ne era convinta. Cercò di risalire ai vecchi fascicoli dell'ispettore, per capire chi fosse davvero. La risposta degli archivi fu un blocco insormontabile.

« File di quarto livello » recitava la dicitura sul monitor.

Ufficio statistiche un cazzo, si disse Sandra. Il quarto livello di riservatezza era destinato ai casi in cui erano in gioco questioni di sicurezza. Vi rientravano le indagini su cellule terroristiche, gruppi eversivi, serial killer.

In quali di queste categorie rientrava l'omicidio a cui aveva assistito nel filmato? Un drogato che parlava aramaico dopo essere stato comunicato con un'ostia nera. L'acido che era stato costretto a bere e che gli aveva bruciato le carni dall'interno. Il cerchio azzurro sulla pelle. L'assassino che aveva ripreso tutto con un telefonino, lasciandolo poi di proposito su un taxi per farlo pervenire alla polizia.

Perché su quel cellulare c'era una macchia di sangue da epistassi? Marcus era davvero coinvolto in quella storia, oppure Sandra si era fatta solo condizionare perché non riusciva a togliersi quell'uomo dalla testa?

Rammentò la traduzione fatta da Vitali delle parole del condannato prima di morire: « Il Signore delle ombre cammina con me. Lui è il maestro della verità. Lui è la nuova vita... »

Era una preghiera, e ciò avvalorava il coinvolgimento del prete penitenziere. Ma, nello stesso tempo, quella supplica non era come le altre. Qualcosa stonava.

Per questo decise di approfondire la questione con l'uomo più religioso che conosceva.

La porta tagliafuoco che immetteva sulla scala d'emergenza al terzo piano della questura era scollegata dall'allarme antincendio. Eppure la manutenzione dell'impianto era costante. Ogni volta che il sensore veniva riparato, trascorreva qualche giorno e si rompeva di nuovo. Nessuno dei tecnici riusciva a spiegarsi il mistero. Tuttavia, per svelare l'arcano, sarebbe bastato andare lì verso le undici del mattino, allorché il commissario Crespi si serviva dell'uscita per accedere al ballatoio e fumare la sua unica sigaretta della giornata. Solo Sandra era al corrente del fatto che era proprio lui a disattivare il sensore, perché si era ritagliato un'oasi privata di piacere e non voleva assolutamente rinunciarvi. Anche a discapito della sicurezza dei colleghi.

Forse era l'unico, vero peccato di un uomo irreprensibile come Crespi, pensò Sandra.

Era convinta che nemmeno l'allerta meteo e il blackout avrebbero impedito al commissario di concedersi quei pochi minuti di solitaria beatitudine. Perciò, quando andò a cercarlo, lo trovò esattamente dove si aspettava di trovarlo.

« Vega, che ci fai qui? Non avevi il resto della giornata libero? »

Il commissario aveva appena acceso la sigaretta. « Dobbiamo parlare. »

« Di cosa? »

« Chi è Vitali? »

Crespi sbuffò il fumo, non sapeva dove guardare. « Che razza di domanda è? »

« Pretendo di sapere chi è *veramente* Vitali... »

« Perché non te ne torni a casa? Hai sentito che il Tevere potrebbe esondare? »

A Sandra, però, non importava nulla del Tevere. Si avvicinò e lo fissò dritto nei piccoli occhi verdi. « Tu, lui, il questore, il capo della polizia: avete messo su una bella recita per me stamattina. Cosa c'è sotto? Ho il diritto di saperlo. »

« Te l'abbiamo detto. Che altro c'è da sapere? »

« Non mi importa che mi abbiate messo in mezzo. Fa più male che ci sia anche tu dietro questo schifo. »

Crespi tacque per un istante di troppo. Sembrava mortificato.

Sandra capì che non si era sbagliata. Fece calare i toni. « Ho sempre pensato che fossi diverso dagli altri, migliore. E mi sono sempre fidata di te. Anche adesso mi fido di te, altrimenti non sarei qui. » Era un brav'uomo. E lei conosceva il suo posticino segreto solo perché era stato lui a portarla lì, un giorno che era scoppiata a piangere per il troppo stress accumulato. Era stato ai tempi dei terribili fatti del mostro di Roma, dopo che aveva detto addio a Marcus. Crespi non voleva che gli altri poliziotti la vedessero in lacrime, così le aveva offerto un rifugio e una spalla su cui sfogarsi. « Avanti, commissario, dimmi che sta succedendo. Ti prego. »

L'uomo trasse un profondo respiro, il suo stomaco prominente sobbalzò. Si passò una mano fra i capelli, grattandosi la nuca alla ricerca di un motivo valido per rompere gli indugi. Alla fine lo trovò. « Di questa cosa non si parla mai. Certi argomenti possono generare equivoci, imbarazzi... E poi ai contribuenti non piace che le tasse siano spese per cose del genere, specie se ci sono un sacco di delinquenti comuni a cui dare la caccia. E la stampa è sempre brava a fomentare l'opinione pubblica. Ecco perché Vitali gode di uno status particolare all'interno del corpo di polizia, e si preferisce mantenere un profilo basso riguardo alla questione. »

Sandra non riusciva a seguire il senso del discorso. Il superiore tergiversava, le sembrava impazzito. « Crespi, ma di che parli? Quale questione? Non capisco... »

L'altro deglutì e la fissò. « Sezione crimini esoterici. »

Sandra comprese in un istante le remore del commissario. « Di che si tratta? »

« In verità, il solo componente è Vitali » disse a bassa voce. « La sezione si occupa di reati che hanno a che fare con la religione: predicatori che plagiano ragazzi indifesi e li schiavizzano nelle loro comunità, fanatici invasati che uccidono per mondare la società dalle proprie colpe, sette sataniche... »

Sandra ripensò al video nel telefonino. A cosa aveva assistito, esattamente? L'impressione di trovarsi davanti a una specie di sacrificio umano non era svanita. Ora Crespi le forniva quasi la certezza. « Parlami di Vitali. »

« È uno stronzo, ma questo l'avrai capito anche tu. »

Era strano sentire un simile linguaggio uscire dalle labbra di uno come Crespi, sempre attento alle parole, mai volgare. Se aveva usato un simile frasario, allora c'era da credergli. « Non piace neanche a me. »

« Sì, ma non dirlo troppo in giro. Tratta materie delicate ed è abituato a muoversi in una zona grigia. Quando indaga gode di ampi poteri e ha orecchie dappertutto. È un uomo influente, anche i capi lo temono. Gira voce che sia a conoscenza di svariati segreti con cui si è garantito una specie di 'immunità di servizio'. »

« Che intendi dire? »

« Che è autorizzato a ricorrere a metodi non convenzionali, che spesso rasentano il limite del codice penale senza però violare palesemente alcuna legge. Nei casi di cui si occupa, più del risultato conta la discrezione. »

Sandra lo scrutò bene negli occhi. « Anche tu hai paura di lui, vero? »

Crespi gettò via il mozzicone di sigaretta e, contravvenendo alla regola che si era imposto, quel giorno ne accese una seconda. Diede una profonda boccata e puntò un dito contro Sandra. « Ascoltami bene: stagli lontano, hai capito? Non ti impicciare dei suoi affari, lascialo perdere. »

«Allora spiegami tu cos'è quel video...»

«Cazzo, non mi stai ascoltando.» Crespi aveva superato anche la dose massima di parolacce. «Tornatene a casa e goditi il giorno di ferie che ti ha regalato Vitali.»

«Il video» ribadì lei.

L'anziano poliziotto la fissò, fumando, poi proseguì controvoglia. «Probabilmente l'assassino ha fatto bere alla vittima un composto a base di soda caustica, diluita per rallentarne l'efficacia e rendere tutto molto più doloroso. Ecco, il dolore è un elemento molto importante in questa storia.»

«Perché? Spiegamelo.»

«Perché si tratta di un omicidio rituale.»

Sandra ci aveva visto giusto, anche se in presenza di Vitali non aveva detto nulla.

«Non si sa chi sia il poveretto che è morto in quel modo orribile. Ciò che sappiamo è che l'ostia nera fa parte di un cerimoniale molto antico. Era in uso presso la Chiesa dell'eclissi.» Crespi si guardò intorno, preoccupato. «Cristo santo, non dovrei parlarti di questo.»

Se il commissario nominava invano Nostro Signore, allora la cosa era seria.

«Prima che tu fossi coinvolta, c'è stata un'altra riunione col questore e il capo della polizia. Questo ieri sera, subito dopo il ritrovamento del filmato nel telefonino. È stato allora che Vitali ci ha spiegato che la setta risale all'epoca di papa Leone X. I membri approfittavano delle notti di eclissi di luna per compiere uccisioni a Roma. Vittime innocenti. »

« A che scopo? »

« Non lo so, Vitali non ce l'ha detto. Ha aggiunto solo che i seguaci si tatuavano un piccolo cerchio azzurro sulla pelle. »

Sandra l'aveva notato sull'avambraccio della vittima. « E l'uomo del video? Se era un adepto, perché è stato ammazzato? »

« Mi chiedi troppo, non ne ho idea » sospirò Crespi. « Forse solo Vitali lo sa. Sembra a proprio agio con queste stronzate. Dice che l'ostia nera simboleggia l'ombra della terra che si riflette sulla luna, che, grazie all'assunzione, i membri della setta raggiungono 'l'estasi della conoscenza' » affermò con enfasi.

« E tu che ne pensi? »

« Che fino a ieri mi sarei messo a ridere per una cosa del genere. Ma poi ho visto lo stesso filmato che hai guardato tu... E quel tizio parlava in aramaico – Cristo santo. »

« Non credi che il blackout e l'emergenza ci stiano giocando un brutto scherzo? Voglio dire: la situazione che stiamo vivendo in queste ore è assolutamente inedita, potrebbe condizionare la nostra capacità di giudizio. »

Crespi ci pensò un momento. « Forse hai ragione. Siamo come i nostri antenati davanti a un evento naturale che non riuscivano a spiegare. La paura influisce sulla nostra lucidità. »

Sandra, però, aveva ancora un'ultima domanda.

« Perché sono stata coinvolta? Perché io? E non rifilarmi la balla che sono la fotorilevatrice più brava di Roma. »

Crespi si arrese. « Su quel cellulare, oltre al filmato, c'era una tua foto. »

La rivelazione scosse Sandra Vega più della scoperta che sull'apparecchio probabilmente ci fosse traccia del sangue di Marcus.

« Vitali è in dubbio sul fatto che tu possa essere coinvolta. Anzi, ritiene che l'assassino abbia voluto annunciarci chi è la prossima vittima... Per questo ti ha dato il resto della giornata libera. Quel bastardo vuole usarti come esca. »

10

2 ore e 35 minuti al tramonto

Da quando la sera prima era stata diffusa la notizia del blackout, per Rufo lo Scarafaggio era iniziata una febbrile attesa, un misto di euforia e impazienza.

Chiuso nel garage dove viveva, si era preparato per tutta la notte all'evento, pensando a come avrebbe potuto far fruttare quell'occasione irripetibile: ventiquattro ore di assoluta Babilonia. Avrebbe potuto fare qualsiasi cosa e rimanere impunito. Certo, doveva stare attento, ma l'idea di mettersi al lavoro era troppo ghiotta.

Come tutti, Rufo lo Scarafaggio aspettava di varcare il confine del tramonto. Il buio sarebbe stato connivente. Ma, per prima cosa, doveva scegliere una vittima.

Aveva iniziato a fantasticare molto presto sulla fortunata che avrebbe meritato l'onore di essere stuprata. Di solito, cercava prede facili. Scartava le tossiche e le barbone perché aveva paura di beccarsi una malattia. Perciò non rimanevano che le turiste straniere ubriache, le autostoppiste, le ragazze scappate di casa. Andavano bene anche le grassottelle che si mettevano in mostra su Internet – quei cessi in rete riuscivano ad accalappiare uomini che mai e poi mai nella vita reale le avrebbero anche solo guardate. Da non crederci. Però rientravano nel target di Rufo perché, come le altre, di rado in seguito sporgevano denuncia. Un po' per vergogna, un po' perché in fondo sapevano di essersela cercata.

Il blackout, tuttavia, cambiava le regole del gioco. Perché allora accontentarsi?

Per tutta la notte, Rufo lo Scarafaggio aveva immaginato la bruna che incontrava spesso al supermercato. Borsone da palestra, vago sentore di sudore, grandi tette e un culo deciso. Oppure c'era la biondina che lavorava al negozio di telefonia – uh! Era uno schianto! Come gli altri commessi, indossava una divisa orrenda, ma dai pantaloni a vita bassa le spuntava sempre un tanga colorato. Si piegava apposta per provocare, la puttana. E poi c'era la proprietaria del bar in cui andava a prendere il caffè ogni mattina. Era separata e aveva un figlio. Il marito doveva averla lasciata perché alla signora piaceva troppo scopare in giro – sì, era proprio così. La donna scherzava pesantemente coi clienti, le piaceva che le facessero tutti la corte. Anche se la troia non aveva mai degnato Rufo di uno sguardo. Per lei e per le altre, lui non esisteva neanche. Era solo il ragazzo gracilino, timido e introverso, che camminava rasentando i muri e si infilava negli angoli. Uno scarafaggio, appunto. Ma uno di quelli che non vale nemmeno la pena di schiacciare. Se solo avessero saputo ciò che sapeva fare con un vibratore e un coltello... Rufo si era sempre limitato a guardarle a distanza. Troppo belle e irraggiungibili per uno sfigato come lui. Se per farsele avesse dovuto usare il « solito metodo », sarebbe finito in galera di sicuro.

Adesso, invece, no. Poteva essere ambizioso. Gli sembrava di essere uno scarafaggio dentro una dispensa di dolciumi. Tutto quello zucchero delizioso!

Dopo una lunga riflessione, aveva escluso la bruna del supermercato, perché non aveva tempo per reperire informazioni sul suo conto, e la proprietaria del bar, per via del figlio che poteva essere con lei. Non rimaneva che la biondina del negozio di telefonia. Non ci aveva messo tanto a scoprire dove abitasse.

L'idea era di entrarle in casa e farle una sorpresa.

Ma, prima di mettersi in azione, aveva bisogno che calasse il sole. Si era masturbato almeno quattro volte da quando era sveglio. Adesso doveva darsi una calmata, altrimenti non ne avrebbe avuto abbastanza per la notte. Per distrarsi, si mise a sistemare l'attrezzatura e ricapitolò anche il piano che aveva escogitato. C'era il coprifuoco e doveva essere prudente. Se gli sbirri l'avessero beccato con quella roba nello zainetto, l'avrebbero picchiato a sangue. Bastardi. Era sicuro che quei sadici con la divisa non vedessero l'ora di mettere le mani su qualche poveraccio per fracassargli il cranio a manganellate. Quella notte ci sarebbe stata la terza guerra mondiale a Roma. Ma si sa, gli scarafaggi se ne fregano delle bombe. In fondo, erano le sole creature del pianeta a essere sopravvissute per milioni di anni a ogni genere di estinzione.

Nel chiuso del garage, ripeté a mente il percorso che aveva deciso di fare per eludere la ronda delle guardie. Poi controllò ancora una volta la piccola videocamera GoPro che si sarebbe piazzato sulla fronte durante l'agguato. Doveva funzionare a dovere. In verità, l'unico problema erano le batterie. Non potendo ricaricarle con la corrente elettrica, sperava di farcela con quelle che aveva. Sarebbe stata una beffa se l'avessero piantato proprio sul più bello. Aveva speso un bel po' di soldi per quel gioiellino, ma la resa finale era notevole. Le immagini erano stabilizzate, la luminosità autocorretta. Certo, spesso interveniva in postproduzione per migliorare i video.

Molti avrebbero potuto commettere l'errore di scambiare Rufo lo Scarafaggio per un semplice maniaco stupratore. Lui invece era anche un piccolo tycoon di successo. La sua giovane startup macinava profitti in rete.

L'ultima frontiera del porno su Internet era lo stupro.

Rufo, in fondo, non si sentiva un comune filmmaker ma una specie di artista. La sua opera era già leggenda fra i cultori del genere. Ultimamente, lo Scarafaggio si stava anche attrezzando per lo streaming in diretta. Aveva un mucchio di idee.

Chissà quanto avrebbe fruttato in termini economici la violenza sessuale sulla biondina del blackout. Una fortuna, ne era convinto. Rufo aveva intenzione di filmare tutto, anche l'ingresso nell'appartamento. Mentre ci pensava, un'ondata di calore gli risalì dall'inguine. Sentì che il pene gli diventava ancora duro. Senza resistere all'impulso, s'infilò una mano nei pantaloni e lo strinse – 'fanculo, per farsi a ripetizione la biondina avrebbe preso un Cialis. Col capo gettato all'indietro e gli occhi chiusi, attendeva solo l'orgasmo. Invece arrivò un improvviso dolore lancinante al basso ventre.

« Come stai, Rufo? » chiese Marcus mentre stringeva forte fra le dita i suoi testicoli. « A cosa ti stai preparando? » Lo sollevò di qualche centimetro da terra.

Rufo non riusciva a parlare. L'aria gli era fuoriuscita in un istante dai polmoni e non aveva più la forza di inspirare. L'uomo gli era arrivato alle spalle – come aveva fatto a entrare nel garage? Però l'aveva riconosciuto dalla voce. Il tizio con la cicatrice sulla tempia sinistra a cui sanguinava sempre il naso e che lui aveva ribattezzato « il Guastafeste ». L'unica volta che si erano incrociati, aveva posto fine a una delle sue migliori performance con una ragazza asiatica, a cui lo Scarafaggio aveva dedicato un lungo corteggiamento di coltello. Di quell'incontro aveva ancora un chiaro ricordo, perché poi aveva trascorso quasi due mesi in ospedale con una vertebra incrinata e un trauma pelvico da schiacciamento.

« Rufo lo Scarafaggio » disse Marcus. « Sembra il protagonista schifoso di una brutta favola. » Mollò un poco la presa per farlo respirare. Si guardò in giro. « Hai messo su una nuova tana, vedo. I pionieri del web cominciano sempre da un garage, bravo. »

Rufo blaterò qualcosa. Ma nemmeno lui era sicuro che fossero parole.

« Non capisco... Che stai cercando di dirmi? » Il penitenziere si avvicinò con la bocca all'orecchio dello stupratore seriale. « Risparmia il fiato e rispondi rapidamente: la 'gogna del piacere', un aggeggino bondage davvero carino. Quello che ho trovato, però, ha qualche optional in più: visore per la realtà aumentata, sensori che percepiscono l'eccitazione e dosano lo strozzamento, connessione a Internet per i contenuti pornografici. Il tutto rinchiuso in un'elegante scatola foderata di velluto nero. »

« ... ricco... »

Marcus capì solo quella parola. Allora decise di dare a Rufo un po' di tregua. Lasciò la presa sui testicoli e vide lo Scarafaggio crollare sul pavimento e poi contorcersi con le mani strette al basso ventre, il viso paonazzo. « Potresti ripetere ciò che hai detto, per favore? »

Dopo un po', Rufo riuscì a emettere un filo di voce. « Che solo un ricco può permettersi certa roba... »

« Il dettaglio non mi era sfuggito. Dimmi qualcosa che non so, oppure ricomincio la disinfestazione... Decidi tu. »

Rufo lo Scarafaggio si voltò sulla schiena e rimase a guardare il soffitto per un lungo istante, cercando di reprimere il dolore. « Intendevo dire che sarà costato un sacco di soldi perché probabilmente è un pezzo unico, fatto su misura. »

« Chi fabbrica questa roba? »

« Finiture in cuoio ed elettronica, giusto? »

Marcus capì di aver scelto la persona giusta a cui domandare. « Esatto. »

« Allora a Roma c'è solo uno che lavora così. Un vero artigiano. I suoi clienti sono gente di classe e, soprattutto, danarosa. Non badano a spese per ottenere un servizio di qualità. »

« Come si chiama? »

« Non ha un nome. Lo chiamano il 'Giocattolaio'. »

La definizione era appropriata per la merce che vendeva. Sofisticati giochi per adulti, piccole perversioni meccaniche. « Dove lo trovo? »

« Certo non nell'elenco telefonico. » Rufo si mise a ridere, ma smise subito perché una fitta gli rammentò che per il momento era meglio restare immobili. « Ti ho appena detto che non ha un nome, perciò è logico che nessuno sappia dove abita, non ti pare? »

« Allora come faccio a trovarlo? »

Rufo pensò che aveva l'occasione per salvare la pelle. « Se ti ci porto, prometti che dopo non mi uccidi? »

Marcus confidava in quel genere di proposta. « Non lo so. »

Rufo camminava davanti e cercava di ripararsi dalla pioggia mantenendosi sotto i balconi. Marcus procedeva qualche passo dietro di lui, senza mai perderlo d'occhio e incurante di bagnarsi.

In giro c'era meno gente rispetto al mattino, e

quelli che incrociavano affrettavano il passo per tornare a casa prima dell'inizio del coprifuoco. La luce oltre le pesanti nuvole scure era cambiata. Marcus sapeva che dovevano fare in fretta.

Il tramonto era vicino.

Il quartiere Parioli era uno dei più eleganti della città, la zona ben presidiata dalle forze dell'ordine. Forse per via della nota agiatezza degli abitanti, pensò il penitenziere. Il coprifuoco non sarebbe bastato a tenere lontani i ladri. Presto sarebbero arrivati in massa, famelici e spietati.

Il Giocattolaio non avrebbe avuto problemi, perché da molto tempo aveva preso opportune precauzioni. Abitava in una bella villetta con giardino, risalente agli anni Cinquanta, circondata da un alto muro di mattoni con filo spinato alla sommità. C'erano telecamere ovunque. Dal loro occhietto rosso, Marcus capì che il padrone di casa era munito di un generatore. Il penitenziere contò almeno tre diversi sistemi d'allarme esterni. Chissà quanti ne celava l'interno. C'era una sola possibilità di entrare. Così, appena arrivarono di fronte al cancello, Marcus spinse Rufo verso il citofono.

« Si incazzerà di brutto quando vedrà che ti ho portato qui » disse lo Scarafaggio. « Sempre che decida di aprirci. »

« Spero per te che sarai convincente » lo minacciò Marcus.

Rufo allungò un braccio verso la pulsantiera, ma si arrestò subito. « Cosa cazzo... »

Lo Scarafaggio prima osservò il cancello, poi vi appoggiò una mano. Spinse, e il cancello si aprì. Interrogò Marcus con lo sguardo, perché non sapeva cosa fare. Il penitenziere gli diede una seconda spinta e lo costrinse a entrare.

« Ehi, ti ho portato qui, adesso puoi proseguire da solo » protestò l'altro.

Marcus non lo ascoltò nemmeno. Lo afferrò per un braccio e si diresse verso la casa. Giunti sotto al portico, si accorse che dall'interno non proveniva alcun suono. E, a dispetto del generatore, non c'erano nemmeno luci accese. Anche la porta d'ingresso era semplicemente accostata. « Descrivimi il Giocattolaio, cosa sai di lui? »

« Che è grasso, pelato e s'incazza facilmente » rispose Rufo.

« Quanti anni ha? »

« Che ne so, credo una cinquantina. »

« Ha armi? » Dall'espressione dello Scarafaggio comprese che non si era mai posto il problema.

« Senti, me la sto facendo sotto. Perché non mi lasci andare? »

Marcus lo ignorò di nuovo e lo scagliò verso la porta che si aprì facendolo capitombolare all'interno.

« Figlio di puttana » imprecò Rufo.

Il penitenziere entrò e, dopo averlo scavalcato, si guardò intorno. Era una strana casa. Le pareti erano dipinte di rosso scuro e contenevano delle teche. Si avvicinò a una di esse. C'era una giostrina di latta magnificamente decorata, i cavallini erano smaltati e lucenti. In un'altra vetrina c'era un circo in miniatura automatizzato. In una terza, un pupazzo a molla.

Al Giocattolaio piacevano i balocchi del passato.

« Che collezione, eh? » disse Rufo. « La prima volta che sono stato qui sono rimasto... »

« Silenzio » lo interruppe Marcus. In mezzo al rumore della pioggia, aveva percepito un suono che proveniva da qualche parte della casa. « Lo senti anche tu? »

« Dovrei sentire cosa, esattamente? »

Andava e veniva, era come un lamento. Ma il penitenziere non era sicuro che fosse reale. Forse era un residuo della sua recente amnesia, forse un acufene presente soltanto nella sua testa. Raccolse Rufo dal pavimento e lo trascinò con sé verso il corridoio.

Arrivarono in una sala circolare. Le finestre davano sul giardino interno. I pini, spogliati dai recenti temporali, erano grotteschi e macabri come scheletri danzanti.

« Questo è il laboratorio » annunciò lo Scarafaggio.

La grande stanza era divisa a metà. Da una parte c'erano una postazione di computer e un tavolo d'acciaio su cui erano sparsi dei componenti di robotica. Dall'altra, un bancone da lavoro. Sopra, arnesi da artigiano. Ma anche cuoio, velluto, seta. C'era anche una specie di stoffa chiara che sembrava morbida e invitante al tatto.

« È la famosa pelle del Giocattolaio » disse Rufo.

« Che cosa ci fa con questa? »

L'altro scoppiò a ridere. « Come cosa ci fa? Tu che ci faresti? Non ti viene voglia di palparla? »

Marcus capì che lo stava solo prendendo in giro. Si disinteressò della stoffa e si avvicinò ai computer. « Cosa sai della 'gogna del piacere'? »

« Il Giocattolaio una volta mi ha detto che l'aveva perfezionata a puntino. Quella che mi hai descritto è la versione 'lusso'. È collegata a un database dove ci sono immagini che di solito non trovi nell'Internet ufficiale, ma solo nella rete sommersa – il cosiddetto Deep Web. Roba estrema o roba *snuff*. Si può essere condannati solo per il fatto di possederla. »

Il penitenziere non riusciva a togliersi dalla testa le due immagini di Arturo Gorda. Quella che dava di sé alla maggioranza della gente – per loro era già santo. E quella che aveva offerto a pochi occhi quella mattina – nudo e immondo. « Visto che i contenuti pornografici provengono direttamente da Internet, forse allora la gogna è dotata di un qualche controllo remoto. »

« Può essere » ammise Rufo. « Io non me ne intendo molto. »

Ma Marcus ormai parlava ad alta voce solo per sé, per essere sicuro che la teoria avesse un senso. « Se il congegno è controllabile a distanza, qualcuno può introdursi indisturbato nel software e manometterne il funzionamento. »

« Un virus informatico. Sì, certamente » convenne lo Scarafaggio.

Allora Gorda è stato certamente assassinato, pensò

Marcus. E il suo assassino poteva aver agito proprio da lì. Mentre nella sua testa l'ipotesi prendeva forma di certezza, fu nuovamente distratto dal suono lamentoso che aveva udito entrando nella casa.

Stavolta, però, lo sentì anche Rufo. « Che cazzo è? Sembra il pianto di un... »

« ... bambino. » Marcus adesso ne era sicuro.

Si voltarono nella stessa direzione. Il lamento proveniva da dietro una porta chiusa. Marcus si avviò.

« Ehi, aspetta » provò a fermarlo Rufo. Ma l'altro non aveva voglia di ascoltare. « Cazzo » imprecò lo Scarafaggio, e lo seguì.

Marcus aprì la porta e varcò la soglia. Dovette attendere che le pupille si abituassero alla penombra. Poi lo vide. Non si era sbagliato.

C'era un bambino in piedi in mezzo alla stanza.

« Mamma! Mamma! Vieni a prendermi, mamma! » supplicò terrorizzato. « Non mi lasciare qui! Non mi lasciare solo! »

Il penitenziere fece un passo verso di lui. Riconobbe il cappellino con lo scudetto della Roma.

« Mamma! Mamma! Vieni a prendermi, mamma! Non mi lasciare qui! Non mi lasciare solo! »

L'anomalia gli saltò subito agli occhi: in nove anni, Tobia Frai non era mai cresciuto.

« Porca puttana! » esclamò Rufo alle sue spalle. « Fa venire i brividi. »

Il bambino era rinchiuso in una delle teche del Giocattolaio. Piccole lacrime gli rigavano il volto.

Quando parlava, la bocca si muoveva appena. Ma, soprattutto, il volto era inespressivo.

« Mamma! Mamma! Vieni a prendermi, mamma! Non mi lasciare qui! Non mi lasciare solo! » ripeté per la terza volta.

« Cristo, sembra vero. » Rufo era serio.

La famosa pelle del Giocattolaio, pensò Marcus. La stessa che aveva visto nel laboratorio. Serviva per fabbricare perfetti simulacri di carne a grandezza naturale.

« Quest'uomo è un dio. » Lo Scarafaggio era ammirato. « Ti piace seviziare le donne? Lui te ne costruisce una che chiede pietà. Sei un pedofilo ma hai paura di finire in galera? Lui ti permette di soddisfare le tue fantasie senza rischiare d'infrangere la legge. »

Appagava i vizi più sordidi delle persone. Permetteva loro di soddisfare ogni voglia perversa rimanendo puri come angeli.

« Aspetta un momento. » Rufo si avvicinò alla teca. « Io so chi è! Avevo dieci anni e mia madre rompeva le palle perché non voleva che andassi in giro da solo. Era una fissa. Diceva: 'Per strada c'è un sacco di gente che ruba i bambini, potresti finire come Tobia'... Questo piccolo bastardo ha rovinato la mia infanzia » rise. « Non si è mai saputo che fine ha fatto, ma spero proprio che sia crepato. »

Marcus non aveva voglia di replicare alle nefandezze che uscivano dalla bocca dello Scarafaggio. Il fatto che in quel momento avesse scoperto grazie a Rufo che Tobia Frai non era mai stato ritrovato lo disturbava.

Si chinò perché accanto alla teca con la bambola c'era un telefono cordless. Era ancora acceso ma, ovviamente, non c'era la linea. Qualcuno ha telefonato da qui recentemente, si disse il penitenziere.

« Ehi, ti sanguina il naso. »

Marcus si portò una mano al viso. Rufo aveva ragione.

« Come l'altra volta » commentò lo Scarafaggio. « Sono io che ti faccio questo effetto? » E rise di nuovo.

Mentre il penitenziere si osservava le dita bagnate di rosso, qualcosa attraversò rapidamente il suo campo visivo e andò a posarsi proprio sul sangue.

Una piccola mosca dalla livrea di un blu metallico, molto elegante.

« Voglio che tu te ne vada » disse. « E non rimetterai mai più piede in questo posto. »

Rufo era incredulo. Davvero non intendeva ucciderlo? Davvero poteva tornarsene al garage e riprendere i propri piani per la notte? Il tizio che durante il loro primo incontro gli aveva spappolato i testicoli sembrava serio. « Sì, d'accordo » disse, cercando di nascondere l'eccitazione. Poi, prima che il bastardo guastafeste cambiasse idea, girò i tacchi e si avviò verso l'uscita. La biondina del negozio di telefonia lo stava aspettando, anche se lei non lo sapeva ancora.

Rimasto solo, Marcus si chinò sulla mosca blu. « Avanti, piccola » la esortò. « Portami da lui. »

11

Lo sciame stazionava nel corridoio del secondo piano. Gli insetti facevano la spola fra il soffitto e la stanza chiusa, passando sotto la porta.

Marcus si avvicinò alla maniglia, ma indossò i guanti di lattice prima di aprire. Quando l'uscio si spalancò, il penitenziere fu investito da una nuvola nera. La scacciò e solo allora avvertì l'odore nauseabondo. Indietreggiò, come respinto da una mano invisibile. Si sforzò di coprirsi naso e bocca con la manica della giacca e avanzò di nuovo, cercando di forzare il blocco. Riuscì a superare la barriera del miasma ed entrò.

Un piccolo bagno di servizio. Era buio, ma le imposte dell'unica finestra erano solo accostate, in modo da lasciare uno spiraglio alle mosche blu.

Il corpo era nella vasca. Legato mani e piedi. Nudo. La descrizione di Rufo era corretta. Il Giocattolaio era grasso e pelato. Lo ricopriva una sostanza vischiosa e giallastra su cui brulicavano migliaia di larve. Il miele dei morti.

Calliphora erythrocephala, meglio nota come « mosca blu ».

Marcus aveva riconosciuto subito l'esemplare di

fauna cadaverica attratto dal sangue dell'epistassi, sgocciolato sulla sua mano. Poi gli era bastato seguirlo.

Al Giocattolaio era toccata in sorte la peggiore delle torture antiche. La bambola di cera.

Un contrappasso atroce ma, in fondo, elegante. Dopo averlo legato, si cospargeva il condannato di latte dolce. Poi lo si lasciava in una stanza con una finestra aperta. E si attendevano gli insetti.

La mosca blu scambiava per tanfo cadaverico l'odore del latte riscaldato dal calore della pelle. E andava a deporre le uova sulla carne. Dopo qualche giorno, si schiudevano liberando le larve che iniziavano a nutrirsi del malcapitato mentre era ancora in vita.

Dopo aver predisposto il bagno di mosche per il Giocattolaio, l'assassino era sceso di sotto e aveva atteso davanti al computer che il vescovo Gorda attivasse la gogna. Una volta connesso alla rete, lo aveva strozzato a distanza.

Nel frattempo, però, aveva cercato di uccidere anche Marcus, rinchiudendolo nel Tullianum.

Il penitenziere non poté fare a meno di chiedersi ancora una volta che c'entrasse lui con quella storia. Che ruolo aveva? Perché non riusciva a ricordare nulla?

Trova Tobia Frai.

Per adesso aveva trovato solo un tremendo simulacro del bambino. Smise di lacerarsi con gli interrogativi nel momento in cui scorse un marchio sulla caviglia del Giocattolaio.

Come il vescovo, anche lui aveva il tatuaggio dell'eclissi, il cerchio azzurro.

Avrebbe voluto cercare altre anomalie. Ma dalla finestra filtrava una luce sempre più pallida, che presto sarebbe mutata in oscurità. Ci siamo, si disse: il crepuscolo. Non poteva rimanere bloccato lì, doveva andare. Un istinto, però, lo frenava. Non essendo riuscito a capire il senso del cordless accanto alla bambola, voleva sperare che l'assassino avesse lasciato qualche altro segno. Non può finire qui, non può finire così.

Vuole condurmi altrove.

Si inginocchiò davanti al cadavere. Se c'era davvero qualcosa, era lì che doveva cercarlo. Non aveva senso che l'assassino l'avesse piazzato da qualche altra parte. Così si fece forza, immerse una mano nella vasca e cominciò a rovistare il fondo dove si era accumulato uno strato di grasso mieloso, residuo della putrefazione. Trattenne i conati e chiuse gli occhi.

Dopo un po', sentì qualcosa al tatto. Non si era sbagliato.

Ripescò una sfera di carta appallottolata. Non può essere qui da molto, si disse. Altrimenti gli acidi della decomposizione l'avrebbero corrosa. La aprì. Un'altra pagina strappata al misterioso taccuino. Riconobbe ancora una volta la propria grafia. Nessun riferimento a Tobia Frai.

Stavolta, c'era un altro nome.

12

Battista Erriaga era immobile davanti allo spettacolo offerto dalle vetrate dell'attico affacciato sui Fori Imperiali.

Sul cielo di Roma incombevano grandi nuvole rossastre, gravide di una pioggia di sangue. Le ombre cominciavano ad allungarsi sulla città, e preparavano l'invasione delle tenebre.

Il cardinale continuava a rigirarsi l'anello pastorale intorno all'anulare. E intanto si domandava se quella, in fondo, non fosse la giusta punizione per tutti i peccati dell'umanità. Compresi i suoi.

Poche ore prima era andato in scena il secondo ritrovamento del corpo senza vita del vescovo Arturo Gorda. Quello « ufficiale », con l'ambiente ripulito da Marcus. Erriaga aveva deciso che, quando avesse di nuovo incontrato il penitenziere, si sarebbe complimentato per l'ottimo lavoro svolto. Nessuna traccia della « gogna del piacere », nessun corpo nudo.

Ma poi era accaduto qualcos'altro.

Il cardinale aveva impiegato anni per circondarsi di lussi e privilegi. La sua casa era l'emblema del potere conquistato con fatica e, a volte, spietatezza. I mobili d'antiquariato, i quadri del Guercino e del Ghirlandaio e quant'altro di prezioso era riuscito ad accumulare avrebbero dovuto essere un rifugio, una consolazione. Ma, in quel momento, gli rammentavano soltanto che avrebbe potuto perdere ogni cosa.

La profezia di Leone X. I segni.

Dalle finestre aveva visto il vessillo nero esposto sul tetto del palazzo della Cancelleria. Un segnale segreto, concordato. Annunciava la convocazione straordinaria del Tribunale delle Anime.

Per questo Erriaga era pronto a uscire di casa e a sfidare la fine del mondo. Anche se il suo segretario personale l'aveva informato della minaccia di una piena del Tevere.

Ma continuava a tormentarsi di domande. Quale urgenza aveva consigliato di non rimandare la seduta della santa corte al termine del blackout e dell'emergenza meteo? Quale grave colpa era stata confessata? E perché era necessario che si decidesse in fretta se concedere o meno il perdono? Gli era venuta in mente un'unica risposta.

Il solo peccato che non può attendere è quello di un penitente in punto di morte.

La profezia di Leone X. I segni.

No, l'Avvocato del Diavolo non poteva proprio esimersi dal proprio dovere.

Sandra aveva acceso tutte le candele che aveva in casa perché non voleva che il buio la cogliesse di sorpresa. Poiché non c'era corrente ad alimentare il boiler, aveva fatto una doccia gelata. Erano venuti meno i piccoli conforti della vita quotidiana. Ma l'aspetto peggiore era che fosse accaduto rapidamente, senza la possibilità di adattarsi al nuovo ordine delle cose.

Prima di dichiararsi sconfitta, però, aveva preso una decisione. Se stava arrivando davvero la fine del mondo, lei l'avrebbe accolta come si doveva.

Per questo aveva scelto un abito elegante dall'armadio – un tubino nero a cui abbinare delle décolleté tacco dodici. La lingerie di pizzo – reggiseno a balconcino, calze autoreggenti e perizoma. Poi si era accomodata di fronte allo specchio della consolle acquistata a un mercatino quando era arrivata a Roma, e aveva cominciato a prepararsi. Aveva steso sul viso una crema, poi il fard. Quindi era passata agli occhi – la matita, l'ombretto e il mascara sulle ciglia lunghissime. Infine aveva fatto scorrere la morbida punta del rossetto sulle labbra carnose.

Mentre portava a termine con gentile lentezza le operazioni di maquillage, ripensò alla chiacchierata con Crespi sulle scale antincendio della questura.

C'era una sua foto sul telefonino rinvenuto sul taxi, ancora non riusciva a crederci.

«Vitali è in dubbio sul fatto che tu possa essere coinvolta» aveva detto il commissario mentre fumava la seconda sigaretta della giornata. «Anzi, ritiene che l'assassino abbia voluto annunciarci chi è la prossima vittima... Per questo ti ha dato il resto della giornata libera. Quel bastardo vuole usarti come esca.»

Invece di pensare al pericolo che stava correndo, Sandra provò a fare un computo matematico dell'esistenza. Quante sigarette fumava il commissario Crespi? Una al giorno. Forse s'illudeva di scongiurare un cancro, ma messe in fila una dietro l'altra facevano sempre trecentosessantacinque in un solo anno. Quante volte lei si era truccata davanti a uno specchio? Mediamente, una volta a settimana da quando era adolescente, giusto? Quante paia di scarpe aveva posseduto? Quanti abiti da sera? Quanti cadaveri aveva fotografato nel lavoro per la scientifica? E, invece, quanti suoi compleanni erano stati immortalati in una foto? Quante volte era stata al cinema? Quanti i libri letti? Quante pizze aveva mangiato? Quanti gelati? Sembravano sempre poche le volte che avevi fatto qualcosa. Poi le mettevi insieme e ne usciva un numero che non immaginavi.

E quel numero era proprio la tua vita.

Quante volte aveva pronunciato il nome di Marcus nel segreto della sua mente? Quante volte aveva pensato a lui? Quante volte si erano incontrati in quegli anni? Quante parole si erano detti? E quanti baci c'erano stati?...

Uno soltanto.

Il sole calava sull'orizzonte oltre le nuvole, e la poliziotta non poteva fare a meno di considerare che, nel momento in cui era costretta a fare un bilancio della propria vita, lei era sola.

Le persone sole non hanno nulla da perdere, si disse.

Infilò in borsa il distintivo e la pistola. Una folata di vento da una finestra aperta spense le candele. Sandra Vega diede un'ultima occhiata soddisfatta all'immagine di sé che svaniva nello specchio.

Se Vitali voleva un'esca, allora lei era pronta a morire.

Davanti agli schermi del formicaio erano tutti in attesa.

Dai semplici agenti fino al capo della polizia: li accomunava la stessa tensione. Dall'alto della propria postazione, De Giorgi sorvegliava ogni cosa come un capitano di vascello. Accanto a lui, il questore Alberti e il commissario Crespi della omicidi. Più Vitali osservava quei tre, più li disprezzava.

Li aveva messi in guardia, ma non avevano voluto ascoltare.

Per capire chi fra loro avrebbe avuto ragione dovevano aspettare le sedici e undici. Oltre quel confine, il tramonto avrebbe privato Roma della luce e sarebbe iniziata la seconda fase dell'emergenza.

Il coprifuoco.

Da quel momento, tutti i sistemi di sicurezza sarebbero stati messi alla prova. Di lì a poco avrebbero scoperto anche se il piano di prevenzione che avevano predisposto avrebbe funzionato. Il responso era lì, sui monitor che avevano di fronte. Le tremila telecamere che, come piccole sentinelle, vigilavano sulle strade e le piazze si erano già convertite alla modalità notturna. Gli obiettivi a infrarossi rimandavano le immagini di una Roma insolita, ingoiata dal buio. E deserta.

Una città fantasma.

Esclusi i ministeri, le caserme, i commissariati e i grandi alberghi, pochi possedevano un generatore. Inoltre il carburante delle pompe di benzina e ogni altra fonte energetica erano stati confiscati per assicurare il funzionamento di quelli in uso agli ospedali e ai centri anticrisi dislocati nei vari quartieri.

La popolazione era inerme.

Era la dittatura della tecnologia, pensò Vitali. La gente ne stava sperimentando le conseguenze. Ti rende l'esistenza più facile ma, in cambio, ti sottomette. Credi di averne il controllo, invece ne sei schiavo. Adesso erano liberi. Ma la libertà li spaventava. Non sapevano gestire la nuova situazione, e così diventavano un pericolo gli uni per gli altri.

Le sedici e undici.

Il confine era stato appena superato.

Da ciò che appariva sugli schermi, il coprifuoco stava funzionando. L'ordine di restare in casa era stato recepito, nessuna orda rabbiosa era scesa per le vie. I poteri straordinari concessi alle forze di polizia erano serviti da deterrente per i malintenzionati. Certo, nessuno poteva dire cosa stesse accadendo al chiuso delle abitazioni, ma era già un successo.

Per celebrarlo, dal formicaio si levò un applauso liberatorio.

Il capo della polizia sembrò contrariato, ma alla fine non poté fare a meno di unirsi agli altri. Anche il questore e Crespi lo imitarono. Vitali rimase immobile. A differenza dei superiori, voleva conservarsi scaramantico. La notte era ancora lunga e l'alba troppo lontana. Un agente attirò la sua attenzione. C'era una radiochiamata per lui.

« Ispettore, la Vega è appena uscita » annunciò la voce all'altro capo della frequenza.

Vitali non ne fu sorpreso. In fondo, le aveva piazzato una pattuglia sotto casa proprio perché se l'aspettava. « D'accordo. Arrivo subito. »

Nel momento in cui riattaccò, si accorse che l'applauso intorno a lui perdeva rapidamente vigore. Si guardò in giro e vide solo facce stranite.

« Che sta succedendo? » disse qualcuno e altri lo imitarono. Il capo della polizia si rabbuiò improvvisamente. Erano tutti increduli, paralizzati. Fissavano ancora gli schermi, ma con espressione diversa. Vitali si voltò in direzione della parete di monitor.

Si stavano spegnendo, uno a uno.

« Come è possibile? » domandò De Giorgi, infuriato. « Le batterie che alimentano la rete sono in funzione, vero? »

Nessuno gli rispose, perché si misero subito a verificare sui terminali la ragione dell'improvviso inconveniente.

Credono che sia un guasto tecnico, pensò Vitali. Poveri illusi. Là fuori stavano manomettendo le telecamere. Era questa la verità che non riuscivano ad accettare.

« Mettetemi subito in contatto con una pattuglia » ordinò il questore.

Poco dopo, gli altoparlanti diffusero la voce di un

agente. « Qui piazza del Popolo. » Il tono concitato cercava di avere la meglio sui rumori di fondo. « La situazione ci è sfuggita di mano. Abbiamo bisogno di rinforzi. » Poi ribadì: « Subito! »

Si udì un colpo sordo. Poi accadde qualcosa e la voce tacque improvvisamente.

« Agente » lo chiamò il questore. « Agente, mi risponda. »

A differenza degli altri, Vitali sembrava divertito. Non capitava tutti i giorni di assistere a un simile spettacolo. La destituzione dell'autorità costituita. La fine delle regole. La resa della civiltà.

Dalla radio ancora accesa iniziò a giungere un suono oscuro, spaventoso. Vitali pensò agli zoccoli dei cavalli che annunciavano l'arrivo dei cavalieri dell'Apocalisse. Quel rumore era fatto di urla di giubilo mischiate a grida di terrore. Di scoppi lontani, vetri infranti e schianti metallici. Di fuoco e di battaglia. Nessuno in quella sala l'avrebbe più dimenticato. Nessuno sapeva più cosa fare.

Ci siamo, si disse l'ispettore. La fine di Roma era appena cominciata.

IL TRAMONTO

1

14 ore e 3 minuti all'alba

La sera era fresca. I temporali avevano concesso una breve tregua e c'era un dolce profumo di umidità.

Dopo la giornata passata al formicaio, l'ispettore Vitali era felice di prendere un po' d'aria. Indossava un impermeabile beige sul completo grigio chiaro. Si sistemò la cravatta blu in modo che fosse perfettamente perpendicolare alla fibbia della cintura. Poi inspirò, godendosi il momento di quiete.

In quella parte della città non c'erano tumulti, che invece si concentravano intorno a piazza del Popolo. Tutto era tranquillo. Le forze dell'ordine erano accorse dove era in corso la guerriglia, e lì in giro non si vedeva nessuno.

Vitali estrasse dalla tasca una torcia elettrica e s'incamminò lungo la strada lucida di pioggia come una lastra di vinile. Nel silenzio, i mocassini marroni producevano un rumore musicale. L'ispettore si sentiva come il protagonista della *Dolce vita* di Fellini. Sarebbe potuto andare alla Fontana di Trevi per incontrare una bionda fatale che faceva il bagno in abito da sera. Ma gli avevano riferito che proprio in quei minuti il monumento era il dominio di alcuni writer impegnati a ridipingere il travertino bianco con lo spray.

E poi lui aveva un altro appuntamento.

Mentre passeggiava al buio, da un angolo gli spuntò davanti un uomo armato di coltello. « Il portafoglio » disse.

Vitali lo guardò e gli bastò un istante per comprendere. Aveva già visto quello sguardo vuoto, assente. È proprio cominciata, si disse. Era incredibile, stava accadendo veramente.

Senza esitare, estrasse dall'impermeabile la Beretta d'ordinanza e fece fuoco. Il colpo a distanza ravvicinata impresse una spinta all'uomo, che volò all'indietro e ricadde al suolo con un tonfo morbido. L'ispettore si avvicinò al cadavere, gli puntò addosso il fascio della torcia e lo guardò con biasimo.

Il bello dell'anarchia era che valeva anche per i tutori della legge.

Riprese la propria strada, Sandra Vega non poteva aspettare. Gli agenti che le stavano alle calcagna lo avevano aggiornato via radio sulla sua posizione. Vitali li intercettò in via dei Coronari e congedò i suoi uomini con un segnale della torcia. Poi la spense e iniziò a seguire la donna, tenendosi una cinquantina di passi dietro di lei. Da quel poco che riusciva a cogliere nell'oscurità, la Vega era vestita di nero e, dal suono, riconobbe pure le scarpe col tacco. Lasciava dietro di sé una scia di profumo. Si domandò dove stesse andando così tirata a lustro e, soprattutto, con tanta calma.

Giunta quasi a metà della storica strada degli antiquari, Sandra Vega girò a destra. Vitali accelerò il passo e si sporse oltre l'angolo. Era un vicolo cieco e lei era scomparsa. Ma lui fece in tempo a notare la lama di luce che fuoriusciva da una porticina, subito richiusa, e comprese dove fosse finita la collega. Si avvicinò e attese qualche momento. Poi decise di bussare.

Venne ad aprirgli un energumeno in giacca e cravatta che lo squadrò dalla testa ai piedi. « Prego? »

« Sono qui con un'amica, è entrata poco fa » mentì.

« Ha con sé l'invito? »

« Veramente no. »

« È una festa privata, si entra solo se invitati. »

Vitali non aveva voglia né tempo di stare a discutere, ma decise lo stesso di essere gentile. Siccome, data la situazione, era sicuro che il distintivo da poliziotto da solo non sarebbe servito a molto, dopo averglielo mostrato aprì anche l'impermeabile quel tanto che bastava perché l'energumeno notasse l'arma nella fondina e capisse quanto fosse determinato a passare. « Non sono qui per creare problemi. Voglio solo divertirmi un po'. »

L'altro ci pensò un momento. Poi si convinse a farlo entrare.

Gli indicò la direzione e l'ispettore si incamminò lungo un corridoio di servizio. Riconobbe ben presto il noto albergo di lusso e capì che quella sera si accedeva da un'entrata secondaria. Poco dopo, sbucò nella lounge.

L'atmosfera era soffusa. Candele ovunque e, di sottofondo, la musica di un piano. Si sentì subito fuori luogo, perché era l'unico fra i gentiluomini presenti a non indossare uno smoking. Anche le signore erano in abito da sera, portavano con disinvoltura preziosi gioielli e sorridevano. Mentre il mondo fuori si avviava determinato verso il caos, là dentro la gente preservava classe e buone maniere. Perché non può essere sempre così?, si chiese. Coppie appartate a conversare sui divanetti, oppure al bancone del bar. Bevevano i loro cocktail e si scambiavano chiacchiere innocue a voce bassa, per non disturbare gli altri.

Scorse la schiena di Sandra, i capelli lunghi sciolti sulle spalle. Si trovava nella hall, davanti alla postazione del concierge. La vide farsi consegnare due chiavi e avviarsi verso un angolo della grande sala. La poliziotta si fermò accanto a un salottino vuoto. Invece di sedersi, fece scivolare discretamente qualcosa sul tavolino. Poi camminò fino alle scale e cominciò a salire. Vitali ne approfittò per andare a controllare cosa avesse lasciato con tanta nonchalance.

Una delle chiavi della stanza. L'ispettore allora capì che si era sbagliato: la vera festa si svolgeva ai piani superiori.

Aveva cominciato a farlo un anno prima, allorché la vedovanza era diventata troppo frustrante per i suoi trentatré anni.

Era arrivata a sapere di quel posto per caso. La prima volta l'aveva sentito nominare ascoltando involontariamente i discorsi di due donne nello spogliatoio della palestra. Sembrava più un pettegolezzo e non vi aveva dato credito. Poi le era capitato di conoscere qualcuno che, invece, l'aveva frequentato. Non aveva approfondito molto la questione, per non sembrare troppo interessata all'argomento, però ne era allettata. Dopo una breve indagine per scoprire di cosa si trattasse esattamente, una sera aveva trovato il coraggio di andare a verificare di persona.

Avveniva tutto con riservatezza, unico obbligo insieme all'abito da sera. Le feste si svolgevano una volta al mese e, per l'occasione, l'hotel chiudeva al pubblico. Gli ospiti arrivavano da un'entrata di servizio, poi erano liberi di fare come credevano. Si poteva trascorrere la serata al bar o nella lounge, parlando amabilmente con degli sconosciuti. Oppure decidere di appartarsi con qualcuno in una delle stanze.

Sandra aveva escogitato un metodo.

Si faceva consegnare due chiavi della stessa camera dal concierge e ne abbandonava una dove capitava. Sul bancone del bar, in una delle toilette. Poi saliva di sopra e si spogliava. Spegneva la luce e attendeva.

A volte, trascorreva poco tempo prima che la porta si aprisse e si richiudesse. Sentiva i passi avvicinarsi sulla moquette e poi una mano che cominciava ad accarezzarla. Alcuni si limitavano a quello, altri salivano su di lei e la penetravano. Parlavano, oppure stavano in silenzio. C'erano quelli che facevano tutto lentamente, e quelli che venivano velocemente. Erano uomini, ma a volte anche donne. Una in particolare era stata molto dolce; Sandra avrebbe voluto che tornasse ma non era accaduto. L'importante per lei era non dover vedere le loro facce, non immaginava nemmeno che aspetto avessero. Non avrebbe retto alle pratiche di corteggiamento che si svolgevano di sotto, nella lounge. Tante parole per giungere a uno scopo. Le bastava quello scambio di bisogni segreti, inconfessabili. Poi ognuno poteva tornare nel mondo senza sapere nulla dell'altro.

Ma un giorno era successa una cosa differente.

Nella stanza era entrato qualcuno che però non si era avvicinato al letto. Era rimasto lì, con le spalle alla porta chiusa. Sandra aveva percepito la sua presenza. Poteva sentirne il respiro e i suoi occhi che riuscivano a vederla, anche al buio. Poi, dopo qualche minuto, era andato via.

Non era stata l'unica visita. La cosa si era ripetuta. Ogni volta, il misterioso ospite faceva un passo in più dentro la stanza. Era arrivata a contarne sei. Ma alla fine il visitatore si ritirava sempre, scomparendo senza nemmeno toccarla.

Grazie a lui aveva compreso una cosa che nemmeno immaginava. Cioè la reale motivazione che la spingeva a frequentare quel posto. Non era una perversione. Era una cura. Alcune terapie sono distruttive oltre che umilianti. Ma a volte bisogna lavare via il male con il male. E Sandra Vega era stanca di sé e dell'immagine riflessa dagli specchi. Per questo aveva bisogno di contravvenire alle regole, di calarsi in qualcosa di totalmente lontano dalla persona che tutti conoscevano, che lei conosceva. Chissà cosa vedeva lo sconosciuto in lei. Avrebbe voluto scoprirlo, era sicura che lui sapesse la verità.

La sera del blackout era perfetta per un nuovo incontro. Per questo Sandra aveva deciso di trascorrerla all'hotel. Giunta nella solita stanza, si era preparata come sempre a vivere un'altra avventura col caso. Poteva entrare il mostro che aveva ucciso il povero tossicodipendente nel video. Se ne sarebbe accorta perché lui le avrebbe dato prima un'ostia nera. Sandra rammentò l'effetto che aveva avuto sull'altra vittima, che aveva addirittura parlato in aramaico. Chissà come avrebbe reagito lei.

«Vieni a prendermi», disse all'oscurità.

La porta si aprì, poi si richiuse. Ci furono dei passi. Le bastò quel dettaglio per riconoscere il misterioso principe del silenzio, l'uomo che non la sfiorava mai. Stavolta, però, ne fece più di sei, spingendosi addirittura fino al letto. Ma ancora non trovava il coraggio di toccarla. Sandra provò qualcosa di nuovo. Non era mai accaduto prima, aveva paura. Allora infranse la regola che si era imposta e decise di parlargli. «Sei in pericolo» gli disse. Perché, in qualche modo, aveva sempre saputo chi era il visitatore silenzioso.

«Anche tu» le sussurrò Marcus.

2

Erano turbati.

Nessuno dei due, però, disse una parola sul motivo per cui entrambi sapevano di trovare l'altro lì. Sandra approfittò del buio per rivestirsi. « Speravo che venissi. »

Data la scarsa dimestichezza con le relazioni umane, Marcus non era in grado di interpretare la natura di quella speranza. Era in pena per lui oppure aveva voglia di vederlo?

« Dobbiamo andare via al più presto » disse lei. « Temo che qualcuno mi stia seguendo. »

« Chi? »

« Nella migliore delle ipotesi, un poliziotto rompipalle. Hai notato qualcuno di strano venendo qui? »

« Descrivimelo. »

« Alto, magro, naso aquilino. Stamattina indossava un completo grigio chiaro, mocassini marroni e una cravatta blu, ma potrebbe essersi cambiato d'abito. »

« No, non l'ho visto. »

« Si chiama Vitali. È pericoloso. »

Nessuno dei due fece cenno alla particolare circostanza che li aveva fatti incontrare. Sembrava impossibile che, fino a poco prima, Sandra fosse nuda e distesa sul letto. Lei non gli chiese nemmeno come facesse a sapere che era in quell'albergo. Lui non nominò le volte precedenti in cui era stato lì. Era una situazione imbarazzante per entrambi.

« Sei sicura che questo Vitali ti stia seguendo? »

« Mi ha messo appresso due agenti. Poi sono spariti » disse lei mentre si rinfilava le calze autoreggenti. « Perciò credo che sia subentrato lui. »

« Con tutto quello che sta accadendo in città, potrebbe aver cambiato programma. »

« Non credo. Sono io il suo piano, al momento. Mi sembra un tipo che difficilmente molla qualcosa, anche perché la sua materia d'indagine è molto particolare. Crimini esoterici. »

Marcus registrò l'informazione. « Su cosa sta indagando questo Vitali? »

Sandra accese una candela che era sul comodino. Finalmente riuscirono a guardarsi negli occhi. Provò una sensazione strana, e immaginò che per lui fosse la stessa cosa. « La sua indagine sei tu » disse. Poi infilò una mano sotto il materasso e recuperò la pistola che aveva nascosto per precauzione. Controllò sicura e caricatore.

« Non penserai di sparare a un poliziotto, vero? »

« Non lo so più cosa penso. Mentre venivo qui ho visto del fumo levarsi nella zona di via del Corso. Perciò adesso non mi fido di nessuno. »

Marcus le fece cenno di tacere. Aveva colto qualcosa, un lieve rumore. Proveniva dal corridoio. Istintivamente, si allungò verso la candela e la spense. Il suono si ripeté. Sembrava proprio il crepitio prodotto dalle assi di un pavimento sotto il peso dei passi di qualcuno.

Nei corridoi dell'hotel erano state predisposte lanterne a batteria per agevolare gli ospiti nella ricerca delle stanze. Una luce ambrata filtrava da sotto la porta. Marcus e Sandra erano concentrati sulla fessura, in attesa di ricevere una smentita ai loro timori. Videro un'ombra di scarpe avanzare lentamente e superare la stanza. Ma poi tornare indietro e fermarsi.

C'era qualcuno dietro la porta.

Trascorsero alcuni istanti di immobilità. « La seconda chiave » sussurrò Sandra. « Dove l'hai messa? »

« Non sono entrato con una chiave » ammise lui.

« Mio Dio » le scappò detto. L'intruso avrebbe aperto la porta da un momento all'altro, lo sapeva. E non avevano scampo. Ma non accadde nulla, non ancora. L'ombra era sempre ferma, come in attesa di qualcosa. « Perché non entra? »

« Non lo so. »

« La finestra » disse lei, pensando che forse c'era il tempo per scappare. « C'è la scala antincendio, potremmo usarla per andarcene. »

« No. »

La determinazione di Marcus la sorprese. « Come no? »

Il penitenziere continuava a fissare la porta. « Usciremo da lì. »

Prima che lei potesse dire qualcosa, si sentì prendere la mano. Raccolse dal pavimento la borsa e le décolleté e lo seguì senza sapere esattamente cosa stessero facendo.

Il penitenziere spalancò la porta e scavalcò le scarpe che Vitali aveva lasciato sull'uscio per disorientarli. Percorsero il corridoio in fretta, perché la minaccia poteva nascondersi in ognuna delle altre stanze. Alle loro spalle si avvertì un rumore di vetri infranti. È entrato dalla finestra, pensò Sandra. Ci aspettava proprio sulla scala antincendio. Marcus accelerò il passo. Lei si rese conto che non avevano un posto per nascondersi e nelle strade deserte sarebbe stato semplice per Vitali individuarli. « Dove stiamo andando? » domandò.

Lui avvertì la nota timorosa nella sua voce. « In un posto sicuro, fidati di me. »

Vitali si maledisse quando non trovò nessuno nella camera. Il trucco delle scarpe non aveva funzionato. D'altronde, non aveva scelta. Per quel che ne sapeva, la Vega poteva essere armata. E lui non ci stava a fare da bersaglio sulla soglia. La puttanella era molto più furba di quanto avesse immaginato.

Non è la prossima vittima, pensò. È coinvolta. Forse anche lei fa parte della Chiesa dell'eclissi.

L'ispettore superò d'un balzo i vetri rotti per non ferirsi i piedi scalzi e si precipitò verso la porta aperta. Arrivato sulla soglia, puntò prima la pistola, poi guardò fuori. Vide la poliziotta che si allontanava di corsa. Un uomo la teneva per mano. Chi era? Ebbe la tentazione di fare fuoco, ma si trattenne. Invece, si infilò in fretta i mocassini che aveva abbandonato in corridoio e si lanciò all'inseguimento dei fuggiaschi.

Li scorse sparire dietro un angolo. Avevano un discreto vantaggio, ma ce la poteva fare. Gli si parò davanti un'altra coppia. Per scansarla, inciampò e fu sul punto di cadere. Mantenne l'equilibrio appoggiandosi alla parete. Riprese a correre. Quando svoltò nel corridoio alla sua sinistra, la Vega e l'altro uomo erano svaniti.

Merda. Due file di porte chiuse. Potevano essere entrati ovunque. Merda.

Inspirò ed espirò più volte, per calmarsi. Poi rimise l'arma nella fondina. La caccia adesso si faceva difficile.

Tornò nella stanza presa dalla Vega, sperando di trovare qualche indizio. Accese la torcia. Si sentiva lo stesso un idiota a perlustrare in giro con quell'accidenti in mano. Come facevano gli sbirri quando non era stata ancora scoperta l'elettricità? Doveva essere un inferno. Adesso avevano la scientifica, il DNA, i computer che confrontavano migliaia di indizi. Quei progressi facevano apparire banale l'apporto di una semplice lampadina ai fini dell'indagine. Fino a qualche ora prima, Vitali aveva dato quella e molte altre cose per scontate. Ora non poteva più permetterselo. Nessuno poteva.

Mentre faceva tali considerazioni, individuò una traccia. Se avesse avuto a disposizione la tecnologia per esaminarla, avrebbe esultato. Ma anche così poteva accontentarsi.

Sul copriletto c'era una macchia rossa, appena essiccata. Sangue, si disse. Bene. L'uomo che era con Sandra Vega poteva essere il tizio con l'epistassi.

3

Si chiamavano « case staffetta » perché offrivano un rifugio sicuro in situazioni di necessità. Come quando si era in fuga da un pericolo o si voleva far perdere per qualche tempo le proprie tracce.

A Roma ve n'erano diverse, ma Marcus ne conosceva solo alcune. Facevano parte del glorioso passato dei penitenzieri. Dopo lo scioglimento ufficiale dell'ordine, avvenuto tanti anni prima per motivi che il cacciatore del buio aveva scoperto solo dopo l'amnesia di Praga, molte di quelle abitazioni di fortuna erano in stato di abbandono.

Tuttavia, in alcune si potevano ancora trovare un telefono analogico con una linea sicura, un computer collegato a Internet, cibo in scatola e una cassetta del pronto soccorso con medicinali e tutto l'occorrente per curarsi senza dover ricorrere a un dottore. Ovviamente, c'erano vestiti puliti e un letto comodo.

Marcus aveva già usato la casa staffetta di via del Governo Vecchio. Vi aveva trascorso quasi un mese perché nutriva il sospetto che qualcuno si fosse messo sulle sue tracce. Preservare la segretezza della propria identità era la priorità dei penitenzieri. Una seconda volta c'era andato per suturarsi una ferita al braccio, dopo aver schivato quasi del tutto un colpo di coltello.

Il palazzo era antico e rientrava fra le molteplici proprietà della Chiesa fuori dalle mura del Vaticano. Marcus fece strada a Sandra con una torcia elettrica. Per arrivare fin lì, avevano sfruttato il riparo del buio. Era stato strano camminare insieme per Roma. Forse l'oscurità era la dimensione migliore per loro due.

Il maltempo aveva ripreso a infuriare sulla città e adesso erano entrambi fradici di pioggia. Puntandole addosso il fascio della torcia, Marcus si accorse che la donna tremava. « Accendo il fuoco. »

Rimasta sola, Sandra posò la borsa e andò a sedersi accanto al camino spento, le braccia e le ginocchia strette per il freddo. Passando una mano sul bracciolo della poltrona, si accorse che c'era parecchia polvere. Da quanto tempo la casa era disabitata? Marcus tornò con alcune fascine e della carta. Le sistemò nel camino e, poco dopo, la fiamma illuminò la stanza. Sandra si sporse verso il fuoco scoppiettante, cercando il calore con le braccia tese. Lui si sedette per terra. Solo allora lei si accorse del sangue secco sul suo labbro. Allungò una mano per indicarglielo, ma Marcus si ritrasse.

« Scusa, non volevo » disse lei. « Soffri sempre di epistassi? »

« A volte. » Marcus si affrettò a ripulirsi col dorso della mano. « Hai fame? »

« Sì » ammise Sandra.

« Dovremo accontentarci di qualche scatoletta di tonno, ma almeno questo posto è sicuro. »

« Andranno bene. »

« Che ora sarà? »

Sandra controllò, erano appena le sei. « Mio Dio, fuori sembra notte fonda. »

« Un tempo a Roma c'erano dei frati che si assicuravano che nelle edicole sacre, sparse per la città, non mancassero mai candele e olio per le lampade. Li chiamavano 'luminaristi'. Lo scopo non era solo devozionale. Avevano scoperto che grazie alla luce delle fiammelle si commettevano meno crimini. La gente si sentiva più sicura e i malintenzionati non godevano della protezione delle tenebre. È così che è nata l'idea dell'illuminazione pubblica. »

« Non lo sapevo » ammise Sandra. « È una bella storia. » Era felice quando lui parlava, sarebbe rimasta per ore ad ascoltarlo accanto a quel fuoco che, poco a poco, le stava togliendo il gelo di dosso.

Rimasero in silenzio per un attimo di troppo e i loro sguardi, che di solito si sfioravano, stavolta non poterono evitarsi.

Marcus fu il primo a rompere l'incantesimo. « Vado a cercarti dei vestiti asciutti. »

Prima che si allontanasse, Sandra lo fermò prendendogli la mano. « Dobbiamo parlare. »

« Lo so » disse lui con gli occhi bassi.

Trovò una scatola con degli abiti. A parte una felpa scura con cappuccio, non c'era altro che potesse andar bene per Sandra. Marcus sperava anche di trovare un paio di scarpe per rimpiazzare quelle di tela bianche che portava ai piedi, ma non fu fortunato.

Tornò da lei con la felpa e una coperta. Aveva con sé anche le scatolette di tonno, alcune confezioni di cracker e due bottigliette di acqua minerale.

La poliziotta allestì un piccolo picnic accanto al fuoco. Mangiarono in silenzio il pasto frugale, ma fu piacevole lo stesso.

Fu Marcus a iniziare il discorso. Partì dalla fine. « Ho trovato un biglietto con su scritto il tuo nome accanto al cadavere di un uomo che chiamavano il 'Giocattolaio'. »

« Chi è stato a scriverlo? »

« Io. »

Sandra fu stranita dalla risposta.

Marcus le raccontò del Tullianum, di come fosse sfuggito alla tortura dell'affamamento, del biglietto trovato insieme alla medaglietta di san Michele Arcangelo. *Trova Tobia Frai.*

« Come sei finito lì? »

« È questo il problema: non lo ricordo. Forse stavo seguendo una pista e ho sottovalutato il pericolo che correvo. »

« Un'amnesia transitoria. »

« Se solo ricordassi il caso di cui mi stavo occupando, sarebbe molto più facile adesso. »

« Hai scoperto poi chi è Tobia Frai? »

« Sì » disse subito Marcus. « Ma ci arriviamo fra un momento... » Aveva deciso di contravvenire ai comandi di Battista Erriaga e al giuramento di segretezza dei penitenzieri. Le raccontò del vescovo Arturo Gorda, della « gogna del piacere » con cui era stato ucciso a distanza, delle scarpe di tela bianche identiche alle sue, del Giocattolaio mangiato vivo dalle mosche. E, solo alla fine, della bambola umana. « La fedele riproduzione di un bambino scomparso nove anni fa nei pressi del Colosseo, di cui non si è saputo più nulla. Il suo nome era Tobia Frai. Il vescovo Gorda possedeva un vecchio giornale con la notizia della sparizione. » Marcus omise solo la parte della storia in cui avrebbe dovuto citare Cornelius Van Buren. La presenza di un serial killer prigioniero in Vaticano era l'unico segreto che non se la sentiva di svelare. Così tenne per sé anche la faccenda della bolla di Leone X e il possibile legame coi tatuaggi, il cerchio azzurro che aveva rinvenuto sulle due vittime.

« Scarpe, pagine strappate a un misterioso taccuino, tecniche di tortura usate per uccidere, la scomparsa di un bambino risalente a nove anni fa » ricapitolò Sandra per verificare se avesse capito bene. « Abbiamo un bel po' di elementi. »

« Abbiamo? » chiese Marcus. « Io non voglio coinvolgerti oltre in questa storia. »

« Anche se non te lo ricordi, hai scritto il mio nome su un biglietto. E poi ci ha già pensato chi sta seminando la scia di morti a coinvolgermi. Il bastardo ha piazzato una mia foto nella memoria di un telefono. »

« Di cosa parli? »

« Ieri sera... » Si bloccò. « Oddio, sembra passata un'eternità... Comunque, ieri sera un tassista ha trovato un telefonino abbandonato sul suo taxi. All'interno c'era una mia foto. Ma anche un video amatoriale in cui un tizio ammazzava un tossicodipendente facendogli ingerire soda caustica. Che dici: assomiglia a qualcosa che conosci? »

Una tortura, pensò subito Marcus.

Sandra proseguì: « L'assassino ha fatto ingoiare alla vittima un'ostia nera e il tossico si è messo a parlare in aramaico antico, invocando un certo 'Signore delle ombre'. E aveva uno strano tatuaggio sull'avambraccio ».

« Un cerchio blu » la anticipò Marcus senza accorgersene.

Sandra lo fissò. « L'hai trovato anche sulle tue vittime, vero? »

Marcus notò che era delusa per il fatto che glielo avesse tenuto nascosto. « Non capiresti » provò a difendersi lui.

« Cosa non dovrei capire? La storia di papa Leone X? I membri della Chiesa dell'eclissi che nelle notti in cui la luna era coperta dalla propria ombra compivano misteriosi rituali? »

A quanto pareva, Sandra Vega ne sapeva addirittura più di lui. « Come hai scoperto queste cose? »

« Me le ha dette in via confidenziale un amico commissario. » Crespi aveva cercato di proteggerla, gliene sarebbe stata sempre grata. « Mi ha detto anche che Vitali cerca riscontri a questa roba esoterica, è una specie di ossessione per lui. »

Marcus non sapeva cosa dire. « In hotel mi hai rivelato che sono in pericolo. Perché? »

« Perché sul maledetto telefono del taxi, oltre alla

mia foto e al video, c'era il tuo sangue. Sangue da epistassi. »

Marcus prese una delle due bottigliette d'acqua e si alzò. Cominciò ad andare in giro per la stanza. Le ombre delle fiamme del camino sembravano seguirlo, infilandosi dispettose fra le sue gambe. « Qualcuno sta cercando di incastrarci » disse dopo un po'.

« Chi? »

« Lo stesso uomo che ha torturato fino alla morte il tuo drogato, e poi il vescovo e il Giocattolaio. »

« E che ha cercato di eliminare te al Tullianum » gli rammentò Sandra.

« Credo che si sia procurato il mio sangue dopo avermi tramortito, poi l'ha piazzato sul cellulare come una specie di 'assicurazione': la polizia avrebbe avuto un indizio per dare la caccia a me invece che a lui. »

Sandra si era fermata ad ascoltarlo. « Allora è sicuro. C'è qualcuno dietro questa storia. »

« Credo di sì e ne sono convinto dall'inizio. Non so a cosa miri, ma ha ucciso in modo volutamente brutale tre membri della Chiesa dell'eclissi. Sono sempre più persuaso che mi abbia lasciato una possibilità di sopravvivere, ma non so il motivo. Altrimenti perché farmi ingoiare la chiave delle manette? Gli servivo a depistare Vitali. »

La teoria filava. « Il telefonino nel taxi serviva proprio a questo. Forse l'indagine che non ricordi è la stessa dell'ispettore: davate la caccia a lui. Ha avuto l'occasione di farvi fuori con una mossa sola e l'ha sfruttata: sviare Vitali e fare di te una preda.»

«E ha coinvolto te perché tu portassi il poliziotto fino a me.»

Sandra si rabbuiò. Ora era chiaro. Rammentò le parole usate la prima volta dall'ispettore per descriverlo: «Non si tratta di un delinquente abituale» aveva detto. «Abbiamo a che fare con una figura criminale totalmente nuova, diversa da quelle che conosciamo. Molto più perversa e pericolosa.» Molto più perversa e pericolosa, si ripeté Sandra. Poi si rivolse nuovamente a Marcus: «Ha un compito da svolgere e non vuole essere fermato».

«Sì, ma quale?»

La poliziotta prese la borsa e iniziò a frugarci dentro in cerca di qualcosa. «Ecco cosa faremo: annoteremo gli elementi che abbiamo e li analizzeremo uno per uno.»

«Non è prudente scriversi le cose.»

Gli riservò uno sguardo divertito. «Non essere assurdo: con tutto quello che sta succedendo là fuori stanotte, dovremmo preoccuparci di qualche appunto su un assassino senza scrupoli?»

Il penitenziere era ancora convinto che non fosse la cosa più saggia da fare, però cedette.

Sandra trovò carta e penna. Ricapitolò: «Tre vittime: il vescovo, il Giocattolaio e un drogato di cui ignoriamo l'identità». Poi scrisse un elenco degli indizi.

Metodo di uccisione: antiche pratiche di tortura.
Scarpe di tela bianche (Marcus e vescovo Gorda).
Ostia nera (drogato).
Tatuaggio del cerchio azzurro: Chiesa dell'eclissi. Sacrifici di vittime innocenti.
Blackout – Leone X.
Taccuino misterioso.
Tobia Frai.

Quando ebbe finito, porse l'elenco a Marcus perché controllasse che non mancava nulla.

« La mia amnesia » disse subito.

« L'ho considerata un elemento accidentale. Non credo rientri nel piano dell'omicida, non poteva causartela. Di certo, però, è stato un colpo di fortuna per lui il fatto che tu non riesca a ricordare quale pista stavi seguendo prima di stamattina. »

« Vorrei che l'aggiungessi comunque. Non so ancora perché ho scritto i foglietti con il tuo nome e quello del bambino scomparso. Non rientra nel mio metodo. »

« È un'anomalia » convenne Sandra. Rammentava in cosa consisteva il metodo di Marcus perché l'aveva visto all'opera in passato e ne era rimasta sconvolta. In calce alla lista aggiunse:

Elemento accidentale: amnesia transitoria Marcus.

« Bene, da dove ripartiamo? » domandò poi.

« Il bambino » rispose il penitenziere. « La sua scomparsa è la sola cosa che abbiamo. Dobbiamo capire il collegamento con la Chiesa dell'eclissi.»

Trova Tobia Frai.

«Si tratta di un caso irrisolto, ormai la pista è fredda. Gli indizi saranno evaporati, le testimonianze inquinate da falsi ricordi.»

«All'epoca, però, fu chiesto a chi si trovava nella zona del Colosseo al momento della sparizione d'inviare foto e filmati al sito della questura.» Marcus stava riportando ciò che aveva letto sul vecchio giornale. «Trattandosi di un luogo molto frequentato e di un pomeriggio di primavera, la speranza degli investigatori era ricostruire cosa fosse successo al bambino attraverso immagini colte in maniera del tutto casuale da passanti e turisti.»

La poliziotta ci rifletté un momento. «Non sarà facile, ma forse so da dove cominciare una ricerca: esiste un archivio speciale per casi del genere... Però come facciamo ad arrivarci con il caos che ha invaso le strade di Roma?»

Marcus lo sapeva.

4

Sandra Vega odiava i topi.

Erano il suo incubo da quando era bambina. Una volta, a Milano, la città in cui era nata, ne aveva visto uno gigantesco che, in pieno giorno, aveva aggredito un povero piccione e poi si era messo a divorarlo. Ricordava con ribrezzo la scena. Perciò, mentre con Marcus camminava nelle fogne di Roma per raggiungere la meta, stava costantemente all'erta temendo di vederne spuntare a frotte da un momento all'altro.

Il sottosuolo della città era un dedalo in cui si mescolavano tubature di vario genere, canali di scolo e preziosi residui del passato – catacombe, resti di antiche vestigia e perfino cimiteri. L'idea di Sandra era che Roma avrebbe dovuto essere un grande museo, preservato con rigore e incontaminato da qualsiasi ingerenza moderna. Il fatto che invece in quel museo ci vivessero milioni di persone le sembrava semplicemente assurdo.

Il penitenziere si muoveva con disinvoltura fra le gallerie. Molte volte se n'era servito per spostarsi indisturbato da un punto all'altro. Avrebbe addirittura potuto spegnere la torcia e proseguire al buio. Lungo il tragitto, sbucarono in un'ampia sala. Marcus sollevò il fascio di luce e mostrò a Sandra la magnificenza di una volta affrescata.

« Che posto è questo? » chiese lei, affascinata dalle scene conviviali e di libagioni.

« Una villa patrizia. » Poi le indicò un punto preciso. « Vedi quell'uomo e la donna? Erano i padroni della casa. »

Due giovani sposi, ritratti mentre raccoglievano i doni di un frutteto per offrirli ai propri ospiti.

« Nessuno conosce il loro nome » precisò Marcus. « Ma, anche dopo migliaia di anni, continuano a sorriderci e a mostrarci quanto fossero felici. »

C'era qualcosa di miracoloso nella spiegazione del penitenziere. Sandra non poté fare a meno di paragonarli a loro due. Non erano mai stati felici insieme. Forse non era nemmeno il loro destino. Le poche volte che si erano incontrati, era stato a causa di qualcosa di malvagio.

« Dobbiamo andare » la esortò Marcus. Poi distolse la luce dagli affreschi e i volti tornarono a spegnersi nell'oscurità dei secoli.

Proseguirono finché la galleria terminò davanti a un muro.

« E adesso? » chiese Sandra.

« Adesso dobbiamo risalire. »

Si inerpicarono su una scaletta di metallo e sbucarono in via San Vitale, a qualche decina di metri dal palazzo della questura. Dai garage era un continuo andirivieni di pattuglie a sirene spiegate. Sandra trascinò Marcus per la giacca e si nascosero dietro un angolo. Appena la via fu libera, la poliziotta si tirò su il cappuccio della felpa e, seguita dal penitenziere, attraversò la carreggiata diretta al palazzo di fronte, la sede degli archivi della scientifica. Nonostante avesse chiesto di essere trasferita dall'unità fotorilevatori, Sandra aveva conservato le chiavi per accedere. Pregò soltanto che, nel frattempo, non avessero cambiato la serratura. Quando la chiave girò nella toppa, tirò un sospiro di sollievo.

Lo stabile era vuoto, anche perché in mezzo al caos di quella notte nessuno poteva sprecare tempo mettendosi a scartabellare fascicoli.

«Ciò che ci interessa si trova di sotto» annunciò Sandra.

Era il luogo in cui si conservavano i casi irrisolti.

Un sotterraneo ammuffito che ospitava un labirinto di alti scaffali. Secondo la macabra leggenda che circolava fra i poliziotti, lì si potevano sentire i morti senza giustizia urlare nella quiete il nome dei carnefici.

Sandra non provò nemmeno a verificare se i generatori della questura fornissero corrente elettrica al palazzo. Anche se erano sottoterra, non sarebbe stato prudente accendere la luce. «Tobia Frai non è mai stato ritrovato, l'incartamento del suo caso dev'essere per forza qui» disse mettendosi alla ricerca.

Mentre lei passava in rassegna gli scaffali con la torcia, Marcus se ne stava in disparte e la osservava.

«Eccolo» annunciò la poliziotta. I faldoni con il

nome di Tobia erano addirittura otto. Sandra sfilò dal ripiano uno dei grossi raccoglitori impolverati e lo portò al tavolo di consultazione. Sulla copertina era riportato il sommario del contenuto. Rapporti, rilevazioni, centinaia di file conservati in vetusti dvd. « Il modo più sicuro per bloccare un'indagine è farla soffocare sotto una montagna di cartaccia » affermò sconsolata.

E c'erano fotografie. Migliaia di immagini scattate da turisti e passanti.

Sotto gli occhi di Marcus, la poliziotta aprì il faldone e trovò subito un documento che sintetizzava l'indagine. « Qui dice solo che Tobia Frai è svanito nel nulla e non è mai più riapparso... Bla, bla, bla... Non una traccia, non un indizio: nove lunghi anni di assoluto silenzio. » Sembrava impossibile. Anche perché la sparizione era avvenuta in un luogo molto frequentato. « Sicuramente nella zona intorno al Colosseo c'erano centinaia di persone, specie in un pomeriggio di fine maggio. Come è possibile che nessuno si sia accorto di nulla? » Erano state impiegate decine di agenti per visionare foto e video inviati spontaneamente alla questura, ma non ne era stato ricavato nulla.

In quei fotogrammi, Tobia appariva sempre in compagnia della madre, una ragazza di ventisei anni di nome Matilde.

Marcus taceva, perplesso. Sandra, invece, non riusciva a trattenere la frustrazione. « Anche se qui dentro c'è qualcosa, non ce la faremo mai a trovarlo. Ci vorrebbero mesi, forse anni. » Voltò pagina e lo spostamento d'aria fece scivolare un pezzo di carta sul pavimento. Sandra si piegò per raccoglierlo.

Era una nota con dei numeri. *2844. 3910. 4455.* Il foglietto era stato strappato da un taccuino.

Per la terza volta in poche ore, Marcus riconobbe la propria grafia. Alzò gli occhi e si guardò intorno. « Sono stato qui » si disse. Ma non lo ricordava.

« Come è possibile? » Sandra non riusciva a crederci. « Come hai fatto a entrare? »

« Non lo so » dovette ammettere lui, ancora sconcertato. « Ho scritto io questi numeri, è certo. »

« Allora cosa pensi che siano? »

L'incubo dell'amnesia tornò a tormentarlo, ma non poteva distrarsi – non ora. « D'accordo, proviamo a ragionare. » Anomalie, rifletté. « Ho lasciato l'appunto per mandare un messaggio, quindi se l'intento era comunicare la soluzione non dev'essere difficile. »

« Le foto » disse subito Sandra. « L'unica risposta che mi viene in mente è che l'elenco ha una corrispondenza nella numerazione delle immagini contenute nei fascicoli. »

Presero tutti gli otto faldoni dallo scaffale e iniziarono a scartabellarli. Dietro ogni foto c'era un numero progressivo.

Finalmente, trovarono le tre indicate nel foglietto.

Le misero una accanto all'altra. Nella prima c'era una signora di mezz'età con degli shorts fucsia, una canotta e un cappellino giallo con la visiera trasparente.

Sorrideva all'indirizzo dell'obiettivo, posando accanto a una comparsa vestita da centurione romano. Sullo sfondo, l'Arco di Costantino e una piccola folla di visitatori. Proprio fra quelli, si misero a cercare il bambino col cappellino della Roma. Ma Tobia non c'era.

L'anomalia stavolta apparve a Sandra. Un uomo che si aggirava solitario fra i turisti. « Io l'ho già visto » disse a Marcus, indicandoglielo.

« Lo conosci? »

Non di persona, avrebbe voluto dire. « È il drogato che ho visto uccidere nel video del telefono. » Giustiziare, sarebbe stato il termine esatto.

« Sono passati molti anni da questa foto, sei sicura che sia proprio lui? »

L'ostia nera. Le frasi in aramaico. Il Signore delle ombre. L'uomo era più giovane, naturalmente, e non ancora del tutto sfigurato dalla propria dipendenza, ma Sandra non aveva dubbi. « Sì » confermò.

La seconda era un'immagine di gruppo. Pellegrini in gita insieme al parroco, sicuramente contenti di aver inserito nel programma di visita ai luoghi sacri anche la tappa al Colosseo. L'uomo di prima si scorgeva di spalle, accanto a un chiosco di souvenir.

Fu la terza foto, però, a lasciarli sgomenti. Una panoramica del noto monumento che comprendeva la fermata della metropolitana e, soprattutto, i bagni pubblici. L'uomo era esattamente lì davanti.

E teneva in braccio *una bambina*.

« Che... » Sandra non capiva.

Marcus sì, ma non era contento di esserci arrivato.

« Subito dopo averlo rapito, l'ha portato in bagno e gli ha cambiato i vestiti. » Accarezzò con il dito l'abitino bianco.

Il gesto di tenerezza non sfuggì a Sandra, sottolineava quanto era stato semplice far sparire nel nulla Tobia. Per tanto tempo avevano cercato un maschietto in quelle foto. Si sbagliavano. Pochi riuscivano a distinguere con chiarezza il sesso di un bambino di tre anni. I poliziotti, ma anche i presenti alla scena in quel pomeriggio di primavera, erano stati ingannati dall'abitudine. L'esperienza gli aveva insegnato che un bambino vestito da femmina *è* una femmina.

« La Chiesa dell'eclissi rapisce Tobia... Ma a che scopo? » si chiese Sandra.

Entrambi temevano la risposta.

« Forse dovremmo domandarci perché *proprio* Tobia? » disse Marcus.

« Cosa intendi dire? »

« Quanti minori c'erano al Colosseo quel giorno? Il rapitore sceglie a caso? »

« Ha preso la preda incustodita, approfittando di un attimo di distrazione della madre. »

« Chi ci dà la certezza che sia andata proprio così? »

« Se ci pensi, il luogo si prestava bene a un rapimento: quale posto migliore della folla per far sparire un minore? »

Marcus non ne era persuaso. « Ma, per lo stesso motivo, era maggiore anche il rischio di fallire. Perché non prendere un bambino in una zona meno sorvegliata? »

« Vuoi dire che ti sembra scelto *troppo* a caso? »

« Non lo so, ma è plausibile anche credere che avessero uno scopo. Che Tobia Frai non fosse un bambino come gli altri. Che fosse importante per loro. »

« Qual è il prossimo passo, allora? »

« Scoprire perché. »

5

11 ore e 23 minuti all'alba

La biondina del negozio di telefonia si chiamava Caterina e aveva paura.

Rufo lo Scarafaggio poteva leggerglielo in faccia mentre la osservava, nascosto dalla pioggia battente. Era in piedi sul balcone di casa della ragazza. Si era arrampicato fino al quinto piano con l'attrezzatura da alpinismo che conservava nello zaino. Era perfettamente visibile dietro i vetri, ma Caterina non si era ancora voltata nella sua direzione. Il suo piccolo cervello le diceva che tanto il pericolo non sarebbe mai arrivato da lì. Se ne stava seduta sul pavimento, con la schiena contro il muro, fissando in allerta la porta d'ingresso. Impugnava una torcia spenta ma si era circondata di candele accese. Aveva preparato una tana col piumone e tutto l'occorrente per affrontare una lunga notte di veglia – un libro che non avrebbe aperto, bottigliette d'acqua che non avrebbe bevuto, una scatola di biscotti al cioccolato che non avrebbe nemmeno assaggiato. E teneva accanto a sé un grosso coltello da cucina.

Sei sola, povera Katy. E la solitudine è la punizione per quelle carine come te. A furia di tirartela con tutti, adesso non hai nessun fidanzato che ti protegga.

Rufo lo Scarafaggio si sistemò bene la videocamera GoPro sul caschetto. Era giunto il momento di entrare in scena.

Quando il vetro s'infranse in mille pezzi, Caterina ebbe il tempo di voltarsi e di stupirsi. Ma non poté fare altro. Né afferrare il coltello, né urlare. Non era abbastanza lucida per capire che l'estraneo che aveva sfondato la finestra e ora si avvicinava a grandi passi verso di lei era il pericolo che, in fondo, aveva atteso fino a quel momento. Lo Scarafaggio ebbe tutto il tempo per arrivarle di fronte e tramortirla con un diretto in piena faccia. Proprio così: il ragazzo timido e gracilino a cui una volta lei aveva mostrato un cellulare era invece tanto forte e risoluto da farle una cosa del genere. Rufo agiva a volto scoperto perché era sicuro che lei non l'avrebbe mai ricollegato alla scena di qualche mese prima, dato che – come tutte le altre – poi si era subito scordata di lui.

Era svenuta. L'afferrò per i piedi e la distese per bene. Poi estrasse dalla cintola il proprio coltello – l'unico amico che non l'aveva mai tradito – e lo usò per squartarle il ridicolo pigiama di felpa. Quando spalancò i lembi ricavati dalla blusa, gli apparvero due enormi seni, rosa e sodi. Rufo non poté fare a meno di estasiarsi a tale vista. Si chinò su di lei per annusarla, sicuro che emanasse un profumo caldo e dolcissimo – peccato che la videocamera non potesse registrare anche quello. Lo Scarafaggio chiuse gli occhi e inspirò profondamente. Poi le mise una mano fra le gambe e si accorse che era bagnata. Se l'è fatta addosso, pensò. Che tenerezza, allora le aveva fatto davvero paura. Meglio, sarebbe stata più facile da penetrare. Sentì di avere già un'erezione poderosa. Provò una breve fitta al basso ventre, ricordo dell'incontro di qualche ora prima con il Guastafeste. Lo maledisse. Tornato al garage aveva messo i testicoli a mollo nel ghiaccio, ma sembrava che adesso là sotto tutto funzionasse a dovere. Si abbassò i pantaloni e le mutande, e chinò il capo con la GoPro per fare un meritato primo piano. Poi con una mano abbassò l'elastico dei pantaloni del pigiama della ragazza insieme alle mutandine rosa. Appoggiò il membro sulla morbida peluria bionda e, per la seconda volta quel giorno, qualcuno gli afferrò in una morsa i testicoli.

«Bastardo figlio di puttana» gli sussurrò il castratore, strappandogli un urlo stridulo e lacerante.

Rufo smarrì la cognizione di tutto ciò che lo circondava. La vista si annebbiò e temette di perdere i sensi. Non riusciva a comprendere ciò che gli stava succedendo. Qualcuno gli aveva sradicato le palle e gli aveva tolto con la forza la videocamera dalla testa, lanciandola chissà dove. Ma poi, lo stupratore di stupratori lo chiamò per nome.

«Rufo, amico mio» disse.

Lo Scarafaggio non era affatto certo di conoscerlo. Di sicuro, però, non era il vecchio Guastafeste. Questo era uno nuovo e, dal tono della voce più che dalla potenza della stretta, comprese che stavolta sarebbe stato davvero complicato uscirne vivo. Cominciò a fare a mente un elenco di chi poteva volergli male. L'ha mandato mia madre, si convinse. Ma delirava.

Lo sconosciuto lo tirò su e, con modi stranamente delicati, lo sistemò con le spalle al muro. Rufo si teneva stretto lo scroto, socchiuse gli occhi e, attraverso le lacrime che inondavano inarrestabili il suo campo visivo, notò un tipo con l'impermeabile beige che si lisciava una cravatta blu indossata su un completo grigio chiaro. Portava anche degli orrendi mocassini marroni. «Cosa vuoi da me? Ci conosciamo?» domandò con quel poco di fiato che riuscì a emettere.

«Non proprio» ammise Vitali. «In fondo, ho scoperto da poco chi sei. Forse è meglio fare prima le presentazioni, non credi?» E gli assestò un calcio nello stomaco.

Lo Scarafaggio si piegò in due per il dolore. «Sei uno sbirro» affermò sicuro. «Solo voi bastardi picchiate così.»

«Sei perspicace, Rufo. Sono stupito: non mi aspettavo nemmeno che fossi intelligente.»

«Come mi hai trovato?» chiese con voce rotta.

«Poco fa sono passato dal tuo garage e ho avuto modo di ammirare la tua piccola attività imprenditoriale. Mi complimento... Ma la prossima volta cerca di non lasciare in giro tracce su ciò che stai per combinare.»

Rufo poteva tollerare tutto, tranne il biasimo. Lo faceva proprio andare fuori di testa. «Cosa vuoi da me? Soldi? Ne ho abbastanza da parte, devi solo aspettare domattina e te ne posso dare quanti ne vuoi.»

Vitali scosse il capo. «Ti sembro un tipo venale?»

«Non lo so, dimmelo tu.» Rufo iniziò a provare un brivido e la cosa non gli piacque.

«Ho solo bisogno del tuo aiuto, Scarafaggio.» L'ispettore si piegò sulle ginocchia per guardarlo meglio. «Tempo fa hai trascorso due mesi in ospedale con una vertebra incrinata e le palle spappolate. Sei stato tanto idiota da sporgere denuncia, è stato così che ti ho trovato.»

Sì, era vero: era stato un perfetto idiota a rivolgersi alla polizia, ma era così incazzato che voleva vendicarsi di chi l'aveva ridotto in quelle condizioni.

«Hai dichiarato di essere stato aggredito da un tizio che voleva rapinarti. L'hai descritto abbastanza bene: sui quarant'anni, occhi e capelli scuri, e una cicatrice sulla tempia sinistra. È esatto?»

Rufo annuì.

«Poi hai aggiunto un particolare che mi ha colpito. Hai detto che, a un certo punto, senza che tu l'avessi toccato, il rapinatore ha cominciato a sanguinare dal naso.»

Non vuole me. Sta cercando il Guastafeste, si disse Rufo. Forse aveva una speranza di cavarsela.

«Ora, considerando il genere di attività a cui ti dedichi, ho pensato che forse la storia della rapina era una balla colossale e che, probabilmente, con la denuncia volevi solo farla pagare a chi ti aveva conciato per le feste. »

Rufo scosse il capo. « Non lo conosco. » Poi si sforzò di sorridere. « Ma sei un uomo fortunato, perché oggi è venuto a trovarmi. » Notò che gli occhi dello sbirro brillarono improvvisamente. Sì, poteva farla franca, bastava giocare bene le carte che aveva in mano. « Ha voluto che lo portassi a casa di un tale che abita ai Parioli, lo chiamano il Giocattolaio. »

« E poi che è successo? »

« Niente, perché quello non c'era. Però in una stanza abbiamo trovato una cosa strana... C'era una bambola, la riproduzione a grandezza naturale di un bambino scomparso nove anni fa. Sapevo pure come si chiamava, perché quando ero un ragazzino i giornali e la tv non facevano che parlarne. »

« Chi? »

« Tobia, il cognome però non me lo ricordo. »

Poco male, pensò Vitali. L'avrebbe scoperto da sé.

In quel momento, la ragazza sul piumone si riebbe. Vedendo i due estranei in casa sua, cominciò a strillare.

« Sono un poliziotto » le urlò Vitali, mostrandole il distintivo. « Fa' la brava. » E lei tacque, rintanandosi in un angolo. L'ispettore tornò a dedicarsi a Rufo. « Giovanni Rufoletti... Toglimi una curiosità: perché ti fai chiamare Rufo? »

« È più figo. »

« Hai ragione, avrei dovuto capirlo da solo. Scusa. »

Vitali si rimise in piedi, estrasse la pistola da sotto la giacca ed esplose un colpo mirando al ginocchio destro dello Scarafaggio.

Il grido di Rufo fu quasi più forte del rumore dello sparo. La ragazza si tappò le orecchie, terrorizzata.

L'unico tranquillo nella stanza era Vitali. « Il nome del tizio con l'epistassi » intimò.

« Non lo so » disse Rufo, piangendo. « Io lo chiamo il Guastafeste. »

Il secondo proiettile toccò al ginocchio sinistro. Altre urla.

« Il suo nome » ribadì il poliziotto e, senza attendere la risposta, spostò la mira sulla coscia e fece ancora fuoco.

Ormai Rufo non parlava più, si disperava soltanto. Il viso era una maschera ripugnante di lacrime e muco.

« La regola del gioco è questa » disse Vitali. « Continuerò a sparare finché non mi dirai ciò che voglio. Se muori prima, allora vuol dire che è vero che non lo sai. » Sparò ancora. Una, due volte, tre. Ormai non mirava neanche, procedeva a caso. Rufo sobbalzava come una bambola di pezza. Quando Vitali ne ebbe abbastanza, gli piazzò il colpo di grazia in mezzo alla fronte. Le braccia di Rufo ricaddero lungo i fianchi. Rimase con gli occhi spalancati e il pene flaccido che gli spuntava fuori dai calzoni.

A quel punto, Vitali si voltò verso la ragazza bionda. « Tutto bene? »

Lei, ancora sconvolta, si trascinò verso di lui per

trovare rifugio. Si avvinghiò alle sue gambe. Tremava. Poi sollevò il capo e lo guardò. « Grazie » disse riconoscente. « Lei mi ha salvato la vita. »

Vitali ripose la pistola nella fondina e le accarezzò il capo. « Di niente, piccola. Di niente. » Poi si portò la mano alla patta dei pantaloni, e abbassò la cerniera.

6

Quando andarono a bussare alla sua porta, al rione Esquilino, non immaginavano che Matilde Frai avrebbe aperto a due estranei. Invece lo fece.

« Siamo della polizia » disse Sandra, sperando che fosse sufficiente mostrare solo il proprio tesserino. Allungò il braccio perché la luce della candela impugnata dalla donna lo illuminasse.

Marcus si teneva un passo indietro, nascosto in parte nel buio del pianerottolo.

« Che volete? » chiese Matilde. Ma non c'era diffidenza nel tono di voce e nemmeno sospetto. La rudezza rientrava nel suo modo di fare con la gente.

« Vorremmo parlare di Tobia. »

La frase di Sandra avrebbe dovuto scuoterla, ma fu come se Matilde se lo aspettasse. « Prego » disse lasciandoli entrare.

Fece strada con la candela lungo uno stretto corridoio. La casa era fredda a causa della mancanza di riscaldamento. Era piccola e ordinata, ma l'odore di nicotina era pregnante. Matilde li guidò fino in cucina. Marcus si accorse che la donna non aveva preso particolari precauzioni per affrontare i rischi del blackout. Non si era barricata, non aveva con sé un'arma o qualcosa per minacciare un eventuale intruso. Non possedeva una torcia e aveva fatto strada con una candela che aveva appena acceso. Prima del loro arrivo, era rimasta al buio – ne era sicuro. C'era una sedia distanziata dal tavolo e, sul ripiano, due pacchetti di Camel, un posacenere e un accendino. Matilde non si era mai allontanata da lì. Aveva trascorso la giornata a fumare.

« Vi preparerei un caffè, ma non vanno i fornelli. »

Avevano interrotto l'erogazione del gas domestico, pensò Sandra. Probabilmente, per evitare incendi che nessuno avrebbe potuto sedare. « Stiamo bene così, non si preoccupi. »

Matilde Frai si sedette al solito posto e, senza domandare se gli desse fastidio, si accese l'ennesima sigaretta.

« Non la disturberemo a lungo » disse Sandra. « Qualche domanda e ce ne andiamo. » Marcus continuava a tacere, avevano concordato che fosse soprattutto lei a parlare.

« Non so neanch'io perché mi sono fidata a farvi entrare » disse la donna, e rise nervosamente. « Nessuno in una notte come questa dovrebbe stare solo, non credete? »

Il penitenziere si accorse che, pur se ostentava tranquillità, in realtà la donna cercava di mascherare l'ansia. Forse voleva conoscere il vero motivo che li aveva spinti fin lì, ma non aveva il coraggio di chiederlo.

« So che è molto doloroso » disse Sandra. « Ma vorremmo che ricostruisse per noi quel pomeriggio di maggio di nove anni fa. »

Matilde aspirò una profonda boccata, poi espulse il fumo lentamente. « E se mi rifiutassi? »

Mentiva, Marcus ne era sicuro. Altrimenti perché non li aveva mandati via subito? Quella donna aveva soltanto voglia di essere pregata, ma solo perché quella storia tragica era l'unica cosa di valore che possedesse. Lo aveva capito entrando in casa e guardandosi intorno: Matilde Frai non aveva più nulla da scambiare con il mondo esterno. « Per favore » disse allora il penitenziere.

La donna tossì. « Mi ha chiesto Tobia di andare al Colosseo. Gli piacciono i figuranti vestiti da gladiatori. » Parlava del figlio al presente. « Non abbiamo molti soldi. La mia laurea in lettere antiche e filologia mi consente di dare lezioni di latino ogni tanto, ma vado avanti facendo le pulizie. Così, quando Tobia mi domanda qualcosa che non costa molto, lo accontento. Un viaggetto in metro, un gelato – sono desideri semplici da esaudire, no? Pochi giorni prima, gli ho comprato un cappellino con lo scudetto della Roma. L'ho preso su una bancarella – cinque euro. Ricordo ancora la sua faccia quando gliel'ho dato. Non riusciva a crederci. Infatti non se lo toglie mai. » Sorrise, ma era triste. « Quel pomeriggio stavamo passeggiando e lui mi indicava le cose chiedendomi il perché. 'Mamma, perché c'è quell'arco? Mamma, perché i gladiatori hanno una spazzola sull'elmo?' Conoscete quella fase che attraversano i bambini verso i tre anni, no? » Diede un altro tiro alla sigaretta. « Era una bella giornata, c'era il sole. Non ricordo esattamente come è andata. So soltanto che gli ho lasciato la mano per un momento, poi mi sono voltata e lui non c'era. »

Sandra percepì la fatica nell'andare avanti a quel punto del racconto.

« Ho iniziato a cercarlo, pensando che si fosse solo allontanato. Ma non volevo muovermi troppo, perché altrimenti sarebbe stato lui a perdere di vista me. Ho cominciato a fermare la gente e a chiedere se avessero notato un bambino col cappellino della Roma. Scuotevano il capo e proseguivano, come se non volessero essere coinvolti nel mio incubo. Solo quando mi sono messa a urlare il nome di Tobia qualcuno si è interessato veramente a me. C'era una pattuglia di passaggio, li ho fermati e ho chiesto aiuto. Dopo, qualcuno ha detto che ci ho messo troppo ad avvertire la polizia. Forse è vero, perché in realtà non so quanto tempo è passato, sapevo solo che mio figlio non c'era più. » Diede l'ultima boccata e spense il mozzicone schiacciandolo col pollice nel posacenere. « Ecco, è tutto. » Fece una pausa. « La gente immagina che certi drammi avvengano sempre in modo plateale. Invece è così che capitano le cose più brutte, in modo semplice. » La donna fissò un punto imprecisato davanti a sé.

Marcus si accorse che guardava verso la porta. Notò i segni sulla parete, all'incirca una ventina. Procedevano dal basso verso l'alto. Per ognuno un colore diverso, e una data differente. L'ultimo in cima era verde, e accanto c'era scritto: 103 cm – 22 maggio. Dopo nove anni, quelle tacche erano fra le poche prove rimaste dell'esistenza al mondo di Tobia. Un bambino che non poteva più crescere, che avrebbe dovuto avere dodici anni e invece ne aveva per sempre tre. Rammentò la bambola a grandezza naturale che aveva visto a casa del Giocattolaio e provò un brivido.

« Poi cos'è successo? » Sandra incalzava la donna.

« I giornali e le tv hanno iniziato a occuparsi della vicenda. In principio erano tutti solidali con me. Ma dopo la faccenda delle foto e dei filmati, le cose sono cambiate. Il fatto che nelle immagini si vedesse mio figlio sempre e solo in mia compagnia fece sorgere dei sospetti. Prima fu la gente – va sempre così. Non mi perdonavano di essere una madre sola, di non avere un marito, un compagno, un uomo con cui crescere Tobia. Nelle loro teste, la diffidenza era la punizione che meritavo. Ma in fondo li capisco... È difficile immedesimarsi con qualcosa di così lontano da te come l'idea di 'smarrire' qualcuno che ami. Giudichi perché sei convinto che a te non capiterà mai. » Matilde scosse il capo. « I giornalisti erano dello stesso avviso. Non avevano nemmeno bisogno di scriverlo nei loro articoli, si accontentavano di insinuarlo. Nessuno era più disposto a credermi. I poliziotti non lo dicevano apertamente, però sentivo che il loro atteggiamento nei miei confronti era mutato. Dubitavano di me, del mio racconto. Credevano che potessi aver fatto qualcosa al mio bambino – qualcosa di brutto. Ancora non avevano riscontri, ma nel mio cuore sapevo che avevano smesso di cercare un rapitore per trovare le prove che mi incastrassero. Era solo questione di tempo, un giorno avrebbero suonato il campanello e mi avrebbero portato via in manette... E volete sapere una cosa? Non mi importava. » Si accese un'altra sigaretta. « A quel punto non mi interessava se mi arrestavano e mi condannavano. Se dovevo trascorrere il resto della vita senza Tobia, non contava dove fossi. Il carcere o questa casa, non faceva differenza. La pena era la stessa. Perché su una cosa avevano tutti ragione: in quel pomeriggio di maggio l'unica persona che poteva evitare che Tobia sparisse ero io. »

Sandra guardò Marcus. Entrambi si sentivano in colpa per aver risvegliato i tormenti della donna. Stavolta fu il penitenziere a prendere la parola. « Signora Frai... »

« Matilde, la prego. »

« Va bene, Matilde... Si starà chiedendo perché siamo venuti qui proprio stanotte. È stata disponibile a riceverci perché forse immagina che abbiamo qualche novità da comunicarle. »

« Non sono sorpresa » disse subito la donna. « Anzi, vi stavo aspettando. Non voi, naturalmente, ma speravo che venisse qualcuno ad aiutarmi. »

Ancora una volta, Marcus e Sandra si scambiarono un'occhiata. Nessuno dei due capiva. « Aiutarla? » domandò la poliziotta.

Matilde provò a cercare le parole per non passare per pazza. Alla fine, decise di raccontare semplicemente l'accaduto. « Alle sette e quaranta, quando mancava un minuto all'inizio del blackout programmato, è squillato il telefono. Ho risposto ma non si sentiva bene, la comunicazione era disturbata. Poi dall'altra parte è apparsa la voce di Tobia.»

La rivelazione scosse i due ospiti. Ma non dissero nulla perché volevano ascoltare il resto.

Matilde sondò rapidamente la loro reazione, per capire se era giusto proseguire. Lo fece. «È durato pochi secondi, perché con il distacco della corrente la linea è caduta.»

«Cosa ha sentito, esattamente?» chiese Marcus.

«'Mamma, mamma. Vieni a prendermi, mamma'» disse con tono inespressivo. «La cosa strana – ma ci ho riflettuto soltanto dopo – era che non sembrava la voce di un bambino di dodici anni, bensì di tre. Allora ho capito che non era possibile e che forse è stato come un sogno a occhi aperti, un'allucinazione.»

Marcus aveva sentito quella voce sintetica e le stesse parole provenire dalla bambola umana del Giocattolaio, e rammentava il telefono cordless ancora acceso che aveva visto sul pavimento. La donna non se l'era inventato e non l'aveva neanche solo immaginato. Era tutto vero. La chiamata doveva essere partita dalla casa dei Parioli. Ma a che scopo tormentare la povera donna?

In una notte di buio e di tempesta, alla luce di un'unica candela, in quell'umile cucina stavano evocando lo spirito di un innocente. Nessuno sapeva cosa sarebbe potuto accadere.

«Io le credo» disse il penitenziere spiazzando Sandra.

Matilde sembrò sorpresa. Forse non si aspettava tanta comprensione. « Lei pensa che fosse davvero il mio bambino? » Lo domandò con le lacrime agli occhi.

« No, perché sarebbe impossibile che avesse ancora la voce di quando è scomparso » ammise lui. « Ma se siamo qui stanotte è perché stiamo cercando delle risposte. Temiamo che Tobia sia stato rapito da qualcuno, ma ci aiuterebbe capire se è stato scelto a caso oppure no. »

Matilde sembrò scossa dalla rivelazione. « Ho sempre pregato che fosse stata una donna che non poteva avere figli a portarlo via. È meglio di un maniaco o di un pedofilo, no?... Chi altri poteva essere interessato al figlio di una povera ragazza madre? »

« Non lo sappiamo » mentì Sandra che, d'accordo con Marcus, non avrebbe nominato la Chiesa dell'eclissi. « Ma potrebbe esserci d'aiuto conoscere l'identità del padre. »

Matilde tacque. Si alzò portandosi appresso il posacenere e, anche se conteneva appena due mozziconi, andò a svuotarlo nel bidone della spazzatura. « Se vi dicessi che non lo so, mi credereste? » Non attese la risposta. « Ricordo che ero a una festa, e che non ero in me. Ho scoperto di essere incinta un mese dopo. Riuscite a immaginare lo shock? Avevo appena ventidue anni, non sapevo nulla della vita né di come si crescesse un bambino. Fino ad allora avevo vissuto fuori dal mondo. »

Sandra si domandò cosa intendesse con quell'espressione, ma decise di non approfondire subito per non interromperla.

« All'inizio pensavo di sbarazzarmene, mi vergognavo. La mia famiglia non avrebbe capito una cosa del genere. Gli avevo già dato un dolore enorme, non se ne meritavano un secondo... »

« Un momento » la bloccò a quel punto la poliziotta. « Di che dolore sta parlando? Cosa è successo con i suoi prima che rimanesse incinta? »

« Come, non c'è scritto nei vostri rapporti? Credevo che voi poliziotti sapeste tutto di me. » La donna li fissava. « Compiuti ventidue anni ho abbandonato i voti... Prima di mettere al mondo Tobia ero una suora. »

7

Le strade del rione Esquilino erano allagate. La pioggia era tornata, intensa.

Marcus sollevò una pesante grata e la resse per Sandra, mostrandole la scaletta che li avrebbe ricondotti nel sottosuolo. La poliziotta indossava ancora le décolleté col tacco vertiginoso, scendere era difficile anche per la solita paura dei topi. Le venne un'idea e prese lo smartphone dalla borsa. Visto che le linee non andavano più per via del blackout, aveva quasi dimenticato di possederne uno. E dire che, come tanti, fino a qualche ora prima ne era dipendente. L'unico uso che poteva ancora farne era come torcia elettrica. Così attivò il flash della microcamera e lo puntò nel pozzo nero ai propri piedi, iniziando la discesa. A pochi gradini dalla meta, però, il cellulare le scivolò di mano e cadde con un rumore sordo. Appena toccò terra, il flash impazzì. Sandra non se ne dispiacque più di tanto. Sperava che la luce a intermittenza avesse scacciato i roditori in agguato.

Poco dopo, erano di nuovo nelle gallerie.

Il penitenziere camminava davanti con la torcia, la poliziotta cercava di tenerne il passo. Da quando erano usciti dalla casa di Matilde Frai non si erano ancora scambiati una parola.

Una suora. Quella donna era stata davvero una suora. Sandra non riusciva a toglierselo dalla mente. « Pensi che sia morto, non è vero? »

« Sì » disse Marcus. « Nove anni fa. » Non aveva dubbi. Sandra riusciva ad avvertire la sua rabbia. In Marcus dimorava un senso di giustizia che non aveva a che fare con le cose terrene. Spesso dimenticava che lui era anche un prete. Avrebbe voluto domandargli da dove provenisse la certezza che la Chiesa dell'eclissi aveva ucciso Tobia Frai, invece chiese: « Possiamo fermarci un momento? »

Il penitenziere rallentò il passo e si voltò. Sandra si era appoggiata a una tubatura e si massaggiava le caviglie. « Va bene » le disse. « Tanto le nostre piste sono finite qui. Non abbiamo altro da scoprire. »

« Se pensi davvero che Tobia è morto, non vuoi trovare i responsabili? Non vuoi guardarli in faccia e chiedergli perché uccidere un innocente? »

« C'è qualcuno che li sta ammazzando uno a uno in modi sempre più fantasiosi e tremendi. Perché dovrei intralciarlo? »

Sandra sapeva che non diceva sul serio e che probabilmente la collera parlava per lui. E, siccome credeva di conoscerlo bene, nonostante tutto, era sicura che volesse capire cosa gli fosse accaduto prima di perdere la memoria e perché si era ritrovato prigioniero nel Tullianum. Doveva solo farlo sbollire un po'.

Marcus si sedette per terra, lei invece preferì appoggiarsi al muro di pietra. Anche se in quella posizione si sentiva scomoda, era sempre meglio del pavimento lurido. Nessuno dei due aveva voglia di parlare. Sandra controllò che lo smartphone fosse sopravvissuto alla caduta di poco prima. Funzionava, ma durante la sequenza di flash a cui aveva assistito il telefono aveva scattato autonomamente delle foto. Immagini della galleria che si erano lasciati alle spalle, vista da differenti angolature. Sandra si mise a cancellarle una per volta dalla memoria. Alla quinta, però, si fermò.

Nella penombra dello scatto, si intravedevano chiaramente le gambe di qualcuno.

Marcus la vide sollevarsi di colpo e rovistare febbrilmente nella borsetta. Poi estrarre la pistola e puntarla verso l'oscurità da cui erano provenuti. Senza bisogno che lei glielo dicesse, comprese che non erano soli.

Si alzò e le andò vicino con la torcia. La puntò in avanti e apparvero tre figure. Erano giovani sbandati, forse dei senzatetto. Ed erano armati. Due erano muniti di spranghe. Ma il terzo impugnava una pistola.

Forse era solo un'impressione, ma Sandra riconobbe nei loro occhi lo sguardo assente, quasi in trance, del drogato ucciso con la comunione di un'ostia nera e soda caustica nel video del telefonino. « Che volete? » domandò.

Nessuno dei tre rispose.

« Sono una poliziotta, non mettetemi alla prova. » Era vero, ma quante volte aveva sparato da quando aveva chiesto di essere trasferita all'ufficio passaporti?

Certo, partecipava ancora alle sessioni mensili obbligatorie al poligono, ma non era sicura di sapersela ancora cavare con un'arma.

Marcus si accorse che le tremavano le mani. Era abituato a trovarsi in brutte situazioni, ma quella gli sembrò la peggiore.

I tre cominciarono ad avanzare.

« Vogliamo solo parlare un po' » disse uno dei tre, fingendo un tono amichevole. « Possiamo fumarci una paglia e discutere su come spartirci la donna. »

Gli altri due risero.

« Non vorrai tenertela solo per te? » disse un altro.

Il penitenziere doveva pensare rapidamente. Potevano scappare, lui sapeva muoversi bene là sotto. Ma cosa sarebbe accaduto se per caso avesse perso Sandra? Dovevano rischiare, fuggire nel buio.

Marcus le prese la mano, poi indietreggiò di un passo. Sandra comprese che aveva in mente qualcosa e annuì per fargli capire che era pronta.

Lui spense la torcia e si voltò per scappare.

Come se stessero obbedendo a un invisibile comando, i tre scattarono improvvisamente nella loro direzione. Li udirono correre, avvicinarsi sempre di più. Sandra poteva persino vederli nella propria mente: predatori del buio. In quel momento, si sentì sfiorare la testa da qualcosa – una mano? Provò un brivido di ribrezzo e di paura. Immaginò di essere afferrata per i capelli da una di quelle creature dell'oscurità, di perdere il contatto con Marcus e di cadere all'indietro. Uno di loro l'avrebbe trascinata nella propria tana.

E lì sarebbe diventata il pasto per gli appetiti più spietati. « Non ce la faremo » disse.

« Corri » le ordinò il penitenziere.

Non riusciva a capire dove stessero andando e avvertì la sensazione che la galleria si stesse restringendo intorno a loro. All'improvviso, una luce intensa si accese alle loro spalle. Seguì una breve sequenza di tre spari precisi. Sentirono dei tonfi dietro di loro.

Gli aggressori erano caduti senza emettere nemmeno un fiato.

Marcus e Sandra si voltarono e videro avanzare il faro di una torcia. Il penitenziere fu più pronto: le sfilò di mano la pistola e la puntò verso l'intruso che aveva appena fatto fuoco. « Fermo » intimò.

Chiunque fosse, l'uomo obbedì e si bloccò accanto ai tre cadaveri, ma solo per controllare che fossero effettivamente morti. Poi spostò il fascio luminoso per farsi riconoscere. Vitali stringeva la fedele Beretta. « Buonasera, amici miei. » Si compiacque delle loro espressioni sorprese. Era stato un bene che avesse deciso di andare a cercarli sotto casa di Matilde Frai. E visto come erano appena andate le cose, quei due erano debitori di un favore a Rufo perché gli aveva fatto il nome del piccolo Tobia – riposa in pace, Scarafaggio.

« Figlio di puttana » disse Sandra.

« Ma come? » si finse scandalizzato il poliziotto. « Questo è il ringraziamento per avervi salvato la pelle? »

« Non sono così convinta che adesso siamo al sicuro. »

Più di prima, pensò Vitali – la Vega aveva notato lo sguardo di quei tre, o no? « Puoi dire al tuo amico di mettere via la pistola. Poi potresti anche presentarmelo, non ti pare? »

Sandra si voltò verso Marcus. « Non lo fare. »

« Che diffidenza » disse l'ispettore e si sistemò meglio per prendere la mira. « Avrei voluto discuterne civilmente, ma va bene anche così. Però vorrei ricordarti, agente Vega, che poco fa ho dimostrato di saper freddare tre uomini in movimento senza sprecare più di tre proiettili. »

Sandra sapeva che, in uno scontro a fuoco, Vitali poteva solo avere la meglio. « Propongo un accordo. »

« Sentiamo. »

« Uno scambio di informazioni. »

Vitali ci pensò un momento. « Si può fare, però prima voi... Chi è lui? »

« Non posso dirtelo » affermò Sandra.

Vitali scosse il capo, contrariato. « Cominciamo male. »

« Non è l'assassino nel video del telefono » lo rassicurò la poliziotta.

« E il sangue che abbiamo trovato sopra l'apparecchio? Vuoi dirmi che il tuo amico non soffre di epistassi? »

Marcus si domandò come facesse a saperlo.

« Non guardarmi così. » Vitali si mise a ridere. « Me l'ha sussurrato uno scarafaggio. »

Rufo, pensò subito il penitenziere. Se l'aveva usato per arrivare fino a lui, allora l'ispettore era davvero scaltro.

«Non lo capisci, idiota?» lo attaccò Sandra. «Qualcuno ci vuole qui, esattamente dove ci troviamo. Ha coinvolto lui per depistare te e, con la foto nel cellulare, ha usato me come esca perché ti portassi a lui. Ci sta usando tutti.»

«Chi sarebbe questo qualcuno?»

«Non lo sappiamo.»

«E a quale scopo?»

«Uccidere indisturbato i componenti della Chiesa dell'eclissi.»

La rivelazione sembrò scuotere Vitali. «Che ne sai tu della Chiesa dell'eclissi?»

«Nove anni fa hanno rapito Tobia Frai, probabilmente per ucciderlo.»

Sul volto di Vitali apparve un'espressione d'incredulità. «Chi ti ha raccontato queste cose?»

Sandra non gli avrebbe mai rivelato che a darle l'imbeccata era stato il commissario Crespi. «Andiamo, ispettore, sai perfettamente di cosa sto parlando. La Chiesa dell'eclissi rientra nei tuoi casi di quarto livello, giusto? Ho controllato in archivio: i tuoi fascicoli sono coperti dal massimo grado di riservatezza.»

«Non so chi sia la tua fonte, ma prova a farti furba. Secondo te, visto che i miei casi sono tutti di quarto livello... mi metterei davvero a parlarne con chiunque?»

Sandra era stranita. Pensò a un altro bluff di Vitali.

L'ispettore notò il dubbio nel suo sguardo e rincarò la dose. «Pensaci, Vega, quante persone nel corpo di polizia hanno veramente accesso ai file di quarto livello?»

Marcus non capiva cosa stesse succedendo, ma si accorse che Sandra tentennava. Prima che la poliziotta potesse dire qualcosa, però, furono interrotti da un suono che montava nella galleria. Un sottile scalpitio che li fece tacere. Come un esercito in avvicinamento.

Poi il pavimento si sollevò sotto di loro.

Sandra Vega strillò. L'invasione dei topi aveva colto tutti alla sprovvista.

«Cazzo, che schifo!» urlò Vitali, issando a turno i piedi con i preziosi mocassini marroni per non schiacciare le bestie immonde. «Da dove vengono questi maledetti?»

Marcus fu il primo a pensare che gli animali stavano scappando da qualcosa. «Il Tevere» disse, poi afferrò Sandra e la costrinse a riprendersi dallo shock. «Dobbiamo scappare subito.»

Vitali si voltò e percepì il fetore che arrivava alle sue spalle: acqua putrida. Incurante delle scarpe, si mise a correre appresso ai topi.

La piena, tanto temuta nel corso della giornata, alla fine era arrivata. Il fiume non ci mise molto a sopraggiungere. Invase la galleria investendo i tre fuggitivi che si ritrovarono ad annaspare insieme ai topi. La luce dell'unica torcia si spense quasi subito.

Al buio, Sandra stringeva forte la mano di Marcus, ma lui aveva paura di perderla. In realtà, non era convinto di farcela a non affogare. La corrente li trascinava via, impetuosa. Il penitenziere fu colpito allo stomaco da un detrito, probabilmente un tronco. Un secondo lo centrò alla nuca. Sandra aveva perso totalmente l'orientamento e si aggrappava con tutte le forze alla mano di Marcus. Cercò di liberarsi della borsa che le faceva da zavorra. Poi qualcosa iniziò a tirarla verso il basso. La tracolla si era impigliata. No, era una mano che si arrampicò sulla cinta e le afferrò il braccio.

Anche se non poteva vederlo, seppe che si trattava di Vitali.

Lo strattonò. Una, due volte. Inutilmente. Non sapeva per quanto ancora sarebbe riuscita a trattenere il fiato. Poi l'istinto di autoconservazione decise stoltamente di costringerla a cercare ossigeno. Si mise a respirare acqua.

Mentre perdeva il controllo, si accorse che la tracolla le scivolava dalla spalla sull'avambraccio, le dita di Vitali lasciarono la presa, liberandola.

Marcus sentì che la stretta di Sandra non era più forte come prima. Ha perso i sensi, si disse. Il liquido gelido e melmoso gli penetrava nei polmoni, di lì a poco sarebbe svenuto anche lui. Doveva provare a fare qualcosa prima che fosse troppo tardi.

Puntò un piede sulla parete della galleria e si diede una spinta verso l'alto.

Emerse nella parte superiore del tunnel, dove si era

formata una camera d'aria. Con la mano libera si afferrò a una tubatura. Poi tirò su anche Sandra. La cinse con l'unico braccio che aveva a disposizione. Doveva capire se respirava ancora. L'avvicinò a sé e, con la bocca sulla sua bocca, andò alla ricerca di un alito di vita. Grazie a Dio c'era, anche se molto debole. Sempre tenendosi al tubo, provò ad avanzare nel flusso impetuoso senza farsi trascinare di nuovo. Proseguirono così per almeno una cinquantina di metri, poi Marcus sentì l'aria che proveniva dalla superficie.

Capì di trovarsi proprio sotto un tombino.

Al tatto, trovò la scala di ferro che si inerpicava verso l'alto. Si caricò il corpo esanime di Sandra sulle spalle e, faticosamente, cominciò la risalita. Riuscì ad aprire la botola spingendola con forza solo col braccio destro. Quando avvertì i piccoli rintocchi della pioggia sul volto, comprese che ce l'avevano fatta. Avrebbero potuto trovare ad attenderli un'altra fiumana d'acqua lassù, ma la piena del Tevere non era riuscita a risalire la pendenza su cui si trovavano adesso.

Dopo averla adagiata sull'asfalto, Marcus praticò a Sandra una rianimazione cardio-polmonare. Poco dopo, la poliziotta cominciò a sputare acqua e a tossire.

« Stai bene? »

« Sì... Credo di sì » disse lei, rialzandosi a fatica. Sentiva ancora il calore delle labbra di Marcus sulle proprie.

Entrambi sapevano di essere stati fortunati. Sandra osservò i segni lasciati dalle dita di Vitali sul suo avambraccio sinistro. L'ispettore era certamente morto. Al momento, però, fu un'altra visione a distrarli.

Davanti a loro, sotto la collina, il fiume e il fuoco degli incendi avevano conquistato trionfanti il centro di Roma.

8

Erriaga aveva impiegato più di due ore per giungere a piedi al palazzo della Cancelleria. In un giorno normale, da casa sua il percorso richiedeva al massimo venti minuti di cammino.

Ma non era un giorno come gli altri.

Con la sola protezione di un cappotto e un cappello nero, aveva attraversato la zona limitrofa a quella dov'erano scoppiati i primi tumulti. Ogni volta che aveva scorto qualcuno per strada, si era nascosto in un anfratto con la speranza di non essere notato. Aveva visto gli incendi che la pioggia non riusciva a spegnere, sentito il boato del Tevere quando aveva scavalcato l'argine. Ma a colpirlo era stato soprattutto lo sguardo di alcune persone che si aggiravano per le vie assetate di violenza – vacuo, quasi immobile.

La profezia di Leone X. I segni.

Prima c'era stato il buio, con il blackout. Poi l'acqua, con i temporali e il fiume rabbioso. Quindi il fuoco degli incendi. E, infine, *il morbo.*

La peste che aveva colto quelle anime non era casuale, faceva parte di un disegno. Quelli che una volta erano uomini, erano stati trasformati in qualcosa di nuovo. Di malvagio.

Erano i nuovi padroni di Roma. La polizia faticava a domarli.

Erriaga arrivò sano e salvo nei pressi del palazzo che da secoli ospitava il Tribunale delle Anime. Per prima cosa si fece il segno della croce, poi bussò all'enorme portone e attese.

Venne ad aprirgli uno dei cancellieri che sovrintendevano al funzionamento della santa corte. « Buonasera, eminenza » lo salutò il giovane prete. Quindi gli fece strada con un candelabro.

Salirono insieme il grande scalone di marmo levigato da secoli di passi. « Cos'è accaduto? » chiese l'Avvocato del Diavolo. « Come mai questa urgenza? » Aveva continuato a pensare incessantemente al vessillo nero esposto sul tetto per convocare la seduta straordinaria.

« Un caso che non poteva essere rimandato. »

« Il penitente sta per morire, vero? »

« Sì, eminenza. »

Il Tribunale delle Anime rappresentava il giudizio di ultima istanza per i cattolici che si fossero macchiati di *culpa gravis*. Non tutti potevano comprendere, ma per la Chiesa era essenziale che un'anima si liberasse di un peso così gravoso. Soprattutto nell'imminenza della morte del penitente.

Erriaga, che in seno al processo rappresentava la pubblica accusa, non sapeva ancora di quale peccato mortale si sarebbe occupato quella notte.

« Nel pomeriggio è venuto da noi un sacerdote, il parroco di Santa Maria del Riposo » lo informò il cancelliere. « È stato lui a portarci la confessione del moribondo. »

« Dov'è questo parroco? Voglio incontrarlo prima di cominciare. »

Entrarono nella sala delle pergamene che introduceva agli uffici della corte. Erriaga si sfilò il cappotto e lo consegnò al cancelliere insieme al cappello nero. Quindi, seguendo un percorso di lumi accesi, si recò nella propria stanza. Lì, si lasciò cadere su una poltrona di velluto rosso e incrociò le mani sotto il mento. Nutriva il timore che anche quella situazione non fosse frutto del caso. Un altro segno? Quale insidia poteva celarsi nel pur grave peccato di un uomo ai confini estremi della propria vita?

La porta si aprì e il cancelliere introdusse un sacerdote che dimostrava più di ottant'anni. La tonaca era logora e vecchia almeno quanto lui. Pochi capelli bianchi, spettinati, la barba incolta. Teneva fra le mani il cappello e avanzò con le spalle ricurve, in soggezione perché si trovava al cospetto di un così alto porporato.

In un altro momento, Erriaga non lo avrebbe compatito per l'aspetto trasandato. Anzi, gli avrebbe riservato un trattamento schivo, facendolo sentire una nullità. In quell'occasione, invece, avrebbe voluto essere lui il povero parroco di un'insignificante diocesi, alle prese con minuscole incombenze quotidiane. Le responsabilità del cardinale, invece, erano enormi. E quella notte, per la prima volta nella sua vita, ne avvertì il gravame. « Raccontami » disse all'uomo con insolita gentilezza.

Il parroco mosse un paio di passi verso di lui, svelando dei profondi occhi azzurri, puri come acqua di montagna. « Eminenza, mi perdoni, ma non ho molto da dire. Poche ore fa, mentre ero intento a chiudere la chiesa per l'inizio del coprifuoco, ho notato che qualcuno aveva lasciato un oggetto sull'inginocchiatoio di uno dei confessionali. »

« Di che si tratta? » domandò Erriaga.

« Di un taccuino » rispose il sacerdote. Quindi si cacciò una mano nella tasca della tonaca, prese un libriccino nero e andò a riporlo nelle mani del prelato.

Erriaga dapprima lo soppesò, come se con quel gesto potesse valutarne il contenuto. Ma esitava a leggerlo. « Come fai a sapere che appartiene a un moribondo? Non hai visto il penitente, non sai in che condizioni fosse. »

« È vero » ammise il sacerdote. « Ma l'uomo che ha scritto quelle pagine sapeva di dover morire. Anzi, indica anche come avverrà e perfino il luogo in cui trovare il suo cadavere. »

Erriaga sospirò e finalmente si decise ad aprire il taccuino. Lo sfogliò e la prima cosa che notò fu che alcune pagine erano state strappate. Poi, alla luce delle fiammelle che lo circondavano, iniziò a leggere.

Sentì che il proprio viso impallidiva. Le mani iniziarono a tremargli impercettibilmente. Gli occhi scorrevano veloci sulle righe e si ritrovò a voltare le pagine senza nemmeno tenerne il conto. Quando terminò, richiuse il taccuino e se lo posò in grembo.

Il parroco e il cancelliere, che avevano atteso che finisse la lettura, adesso lo guardavano aspettandosi che dicesse o facesse qualcosa. Erriaga era consapevole dei loro sguardi, ma non trovava la forza di muoversi.

Nel Tribunale delle Anime, l'identità del penitente era sempre protetta dall'anonimato. Il peccato era il solo oggetto del giudizio, mai il peccatore. Ciononostante, per anni l'Avvocato del Diavolo era stato abile nel risalire ai colpevoli. E si era servito dei loro vizi segreti per ricattarli e accrescere, così, il proprio potere.

Stavolta, però, non avrebbe avuto bisogno di indagini o sotterfugi per conoscere il nome dell'uomo che sarebbe dovuto morire. E sapeva anche che, alla fine, era sopravvissuto.

« Marcus » disse il cardinale senza accorgersene.

9

8 ore e 43 minuti all'alba

Avevano trovato rifugio in una tavola calda.

Era stata saccheggiata e poi devastata dalle ombre furenti. Saracinesche divelte, mobili distrutti, scritte sui muri. Un'auto in fiamme dall'altro lato della strada proiettava all'interno un debole bagliore. Marcus se ne servì per cercare dell'acqua per Sandra. Dai rubinetti usciva solo un liquido marroncino, melmoso. Effetto della piena, pensò il penitenziere. Il fiume doveva aver trovato il modo per infiltrarsi nelle tubature. In fondo a un frigo spento trovò un paio di lattine di Coca-Cola sopravvissute alla razzia.

La poliziotta era seduta per terra, in un angolo dietro un séparé. Era ancora scossa. Capelli e vestiti erano bagnati, tremava dal freddo e tossiva. Marcus si sedette accanto a lei e le passò una delle bibite. Sandra scosse il capo. « Devi bere » le disse.

Lei obbedì, ma non riusciva a mandar giù nulla, come se la gola si fosse chiusa.

« Ci vorrà un po', è normale » la tranquillizzò il penitenziere.

Sandra era ipnotizzata dalla macchina che bruciava. Era andata a schiantarsi contro un'autopattuglia che si trovava a poca distanza, ribaltata. I poliziotti forse se l'erano cavata o, perlomeno, erano riusciti ad allontanarsi. La persona alla guida dell'altra vettura, invece, adesso era uno scheletro di carbone. Che razza di follia era quella? « Hai visto anche tu quegli occhi... »

Marcus capì che Sandra si riferiva allo sguardo dei tre da cui erano stati aggrediti nel sottosuolo. Sì, li aveva visti. « Non sforzarti di parlare » disse per non agitarla.

Lei non ascoltò. « Non credo volessero ucciderci. » Poi si voltò verso di lui. « L'avrebbero fatto... ma soltanto alla fine. » Immaginava una lunga serie di sevizie. « Tortura » era la parola esatta.

Nella galleria avevano perso tutto. Le sue scarpe, infatti era scalza. Ma anche la borsa col distintivo, la lista degli elementi dell'indagine, i documenti personali, tutto quanto. La torcia elettrica. Soprattutto, l'acqua si era portata via la pistola. Senza, Sandra si sentiva indifesa. Invidiava Marcus, che non aveva mai armi con sé. Ma era anche contenta di averlo accanto. Sapeva che l'avrebbe protetta a ogni costo, e ciò la faceva sentire meno sola. Su quante persone poteva contare nella vita? Quante sarebbero accorse da lei in caso di fine del mondo? Adesso era costretta a fare un bilancio degli affetti, nonché la somma di chi le voleva veramente bene. Per questo, un pensiero la tormentava. Le parole dell'ormai defunto ispettore Vitali.

« Pensaci, Vega, quante persone nel corpo di polizia hanno veramente accesso ai file di quarto livello? »

Sandra non riusciva a farsene una ragione. « È stato Crespi a parlarmi della storia della Chiesa dell'eclissi... Mi ha raccontato tutto lui. »

« Cosa? » Marcus non capiva da dove venisse quella considerazione.

« Non sono impazzita » lo rassicurò Sandra. « Stavo solo pensando ad alta voce. »

« A ciò che ha detto Vitali? »

La domanda del penitenziere confermava i suoi dubbi. « Era un viscido manipolatore, ma su questo poteva avere ragione. Vitali era a capo di un'unità segreta del corpo, la sezione crimini esoterici. Tanto riservata da annoverare fra le sue fila un unico poliziotto, per il quale venivano addirittura creati apposta degli incarichi di copertura. »

« Crespi, hai detto... Un commissario della omicidi che non solo è al corrente dell'indagine, ma ne parla tranquillamente a una sottoposta che potrebbe essere coinvolta pesantemente » proseguì per lei il penitenziere. « Non si limita a informarti, ti fornisce anche parecchi dettagli, col rischio di essere accusato di favoreggiamento. »

Marcus aveva tradotto in parole il sospetto che la angustiava. Anche se le costava ammetterlo, non era più convinta dell'assoluta buona fede di Crespi. « Devo parlargli, capire. »

Dalle vetrine del locale, videro alcuni uomini armati di bastoni correre per strada. Marcus scattò, all'erta. Passarono e non si accorsero di loro.

« Dobbiamo muoverci » disse il penitenziere. « Qui non è più sicuro. »

Sandra lo guardò, spaventata. « Non voglio tornare là sotto. »

Non avrebbero potuto comunque, ormai le gallerie erano impraticabili. Ma lei voleva essere rassicurata. « Cammineremo per strada, ma dovremo stare attenti. »

« Dove andremo? »

Marcus osservò l'incidente fuori dalla tavola calda. In particolare, la sua attenzione fu attratta dall'autopattuglia cappottata. « A trovare un tuo vecchio amico. »

Da ore il formicaio era nel caos. L'energia dei generatori e la tecnologia perfettamente funzionante all'interno del bunker non erano sufficienti a controllare ciò che avveniva fuori.

Il capo della polizia si era chiuso nel proprio ufficio ed era in contatto costante con le massime autorità dello Stato, nel disperato tentativo di riportare l'ordine in città.

Ormai avevano compreso che ciò che aveva avuto origine nell'area di piazza del Popolo non era un'aggressione sistematica, non c'era alcuna strategia dietro l'assalto. L'imprevedibilità del nemico era il vero elemento destabilizzante.

Il problema era sorto quando alcuni erano riusciti a svaligiare un deposito di armi e munizioni. De Giorgi aveva richiesto ufficialmente al ministro l'intervento dell'esercito.

Il COMLOG, il comando logistico, avrebbe mobilitato mille uomini del Reggimento di Supporto Cecchignola. Truppe e mezzi leggeri erano pronti a entrare da Roma sud e a muovere verso il centro della Capitale. Entro poche ore, dalla Toscana sarebbe giunta anche un'unità di paracadutisti della Brigata Folgore, un corpo di élite addestrato per missioni ad alto rischio. L'unità speciale avrebbe avuto il compito specifico di andare a caccia dei capi della rivolta.

Crespi pensava che non fosse la definizione appropriata, visto che i cosiddetti « rivoltosi » non avevano un preciso obiettivo e nemmeno un'organizzazione. Tuttavia ci si riferiva a loro in quel modo dopo che erano riusciti a soverchiare le forze dell'ordine. In fondo, faceva comodo anche ai pezzi grossi definirli così. Anche per questioni d'immagine, era meglio essere stati sopraffatti da una compagine di ribelli piuttosto che da un'orda di sbandati dedita allo sciacallaggio e al vandalismo. Inoltre, dovevano essere giustificate le vite perse fino a quel momento.

Come tutti i presenti nella sala operativa, il commissario era in pena per la sua famiglia. Aveva una moglie, figli, nipoti. E non sapeva se fossero al sicuro. Per fortuna abitavano al Nuovo Salario, lontano dalle aree interessate dai tumulti. Ma non si poteva mai dire.

Le notizie che arrivavano al formicaio erano confuse e spesso discordanti. L'unica certezza era che il Tevere era esondato in tre punti. Uno, all'altezza di Ponte Milvio, dov'era penetrato violentemente nel quartiere dei locali e dei ristoranti in cui ogni sera si riunivano migliaia di romani. L'altro, di fronte a Castel Sant'Angelo. La piena aveva trascinato con sé i barconi e le chiatte che di solito stazionavano sul fiume. Insieme ai detriti, le imbarcazioni avevano formato un tappo sotto il famoso Ponte degli Angeli, e l'ingrossamento della piena l'aveva prima incrinato e poi abbattuto. Da lì il Tevere era dilagato, spingendosi fino a piazza Navona. L'antica fontana costruita dal Bernini su progetto del Borromini – detta appunto « Dei quattro fiumi » – non esisteva più. Non c'era più neanche l'isola Tiberina, travolta dalla furia delle acque. L'ospedale che vi dimorava per fortuna era stato evacuato. Il fiume aveva invaso anche Trastevere, e lì certamente avrebbero contato i morti. Il fango era arrivato fino al primo piano dei palazzi. Chissà quanti erano annegati all'interno delle proprie abitazioni. Si erano barricati per timore degli intrusi, ma a ucciderli era stata la pioggia.

Tanto, il giorno dopo, tutti avrebbero dato la colpa al coprifuoco, il commissario ne era convinto. La domanda sarebbe stata: E se non ci fosse stata alcuna limitazione alla libertà dei cittadini, quanti si sarebbero potuti salvare? Molte teste sarebbero cadute nella ricerca dei capri espiatori. Crespi, però, pensava soprattutto a quanti là fuori non avevano avuto la fortuna di morire affogati e adesso giacevano feriti in attesa di un aiuto che non sarebbe potuto arrivare. Infatti, le squadre di soccorso inviate da tutta Italia e gli operatori del genio militare stazionavano in periferia e attendevano che la città venisse messa « in sicurezza » prima d'intervenire.

Gli uomini e la natura avevano distrutto in poche ore ciò che era stato edificato in centinaia di anni. Una bellezza ineguagliabile. Il tutto con un enorme sacrificio di vite umane. All'alba, il mondo si sarebbe accorto che Roma era cambiata per sempre. Naturalmente, a patto che la città riuscisse a sopravvivere fino al giorno dopo.

Mentre faceva queste considerazioni, Crespi fu interrotto da una poliziotta. « Signore, c'è una chiamata per lei dalla radio di un'autopattuglia. L'agente si è qualificata come Sandra Vega. »

« Me la passi » disse concitato il commissario. Quando afferrò il ricevitore fu il primo a parlare. « Vega, sei davvero tu? »

« Sì, Crespi. Sono proprio io. »

La trasmissione era disturbata, ma era felice di sentirla. « Dimmi che non sei a Trastevere, che sei uscita di casa prima che arrivasse la piena. »

« Tranquillo, commissario, sto bene. »

« Grazie a Dio. » Era sollevato, ma non durò molto.

« So che sei uno di loro. »

L'ambiguità con cui era stata formulata la frase lo inchiodò, costringendolo a tentennare. « Cosa dici? Non capisco... »

« Hai capito, invece. *Lo so* » ribadì la poliziotta.

L'altro coprì subito con una mano il ricevitore, perché nessuno lo sentisse. « Senti, Vega, io ho provato a dirtelo stamattina – lo giuro. Altrimenti perché ti avrei rivelato tutte quelle cose? »

« Allora è vero: non è stato Vitali a dirtele, le sapevi già. »

« Lascia perdere Vitali adesso, c'è qualcosa di più importante... » Nonostante l'aria condizionata, il commissario stava sudando. « Voglio uscirne... Ma non so come fare. » Dall'altra parte seguì un silenzio. « Vega, ci sei? »

« Sono ancora qui. Penso che non sia il caso di parlarne per radio, non ti pare? »

Aveva ragione, qualcuno avrebbe potuto ascoltare. « Cosa suggerisci? »

« Vediamoci fra un'ora al Caffè Greco. »

10

Crespi uscì dal formicaio senza che nessuno lo notasse. Portava con sé un borsone scuro da palestra.

Il posto dell'appuntamento era in via Condotti, la prestigiosa strada che conduceva a uno degli indirizzi più ambiti della terra: piazza di Spagna.

La via era celeberrima anche perché ospitava le boutique delle principali griffe italiane e internazionali, nonché diversi negozi di lusso.

L'Antico Caffè Greco era l'unica eccezione. Fondato nel 1760 da un caffettiere di origini levantine, era diventato col tempo un cenacolo culturale, ritrovo di intellettuali e artisti di ogni genere. Oltre che per l'ottimo espresso, il locale era rinomato per gli arredi – le pareti in rosso pompeiano, i tavoli di marmo grigio, le sedie di velluto, le lampade liberty e déco, le specchiere e i dipinti con le cornici dorate.

Crespi aveva esattamente questa immagine nella testa mentre raggiungeva la destinazione. Aveva con sé una torcia, ma non l'aveva ancora accesa per paura di essere localizzato da qualche gruppo di facinorosi. Lo fece solo quando arrivò sul posto. Stentò a riconoscere l'antro nero che si ritrovò davanti. Ogni cosa era stata sfregiata dall'ignoranza e dalla bestialità degli sciacalli. Lo stesso destino era toccato agli altri esercizi commerciali della via. Svaligiate le gioiellerie di Bulgari e Cartier, depredati Gucci, Prada, Dior e Vuitton. Ma la vista peggiore si palesò quando fece scorrere il raggio di luce su piazza di Spagna. Era irrimediabilmente mutilata. La monumentale scalinata barocca era un parcheggio di rottami: si erano divertiti a scendere i centotrentacinque gradini bianchi con le auto. La famosa fontana conosciuta come « la Barcaccia » era stata in parte rasa al suolo da una Mercedes.

Crespi si addentrò nell'antro che una volta era il caffè più bello di Roma. Nulla era stato risparmiato. Appoggiò per terra il borsone da palestra e si piegò a raccogliere un frammento delle gloriose tazzine di porcellana con il logotipo del locale. Chissà quanti avevano posato le labbra su quel bordo liscio e spesso, alla ricerca di un nobile piacere. Scosse il capo, avvilito.

« Da questa parte » si sentì chiamare.

Camminando su una distesa di cocci di vetro e pezzi di legno e marmo, giunse nella sala Omnibus, dove alle pareti erano raccolte le placchette in gesso che testimoniavano il passaggio di ospiti illustri – da Apollinaire a Bizet, Canova, Goethe, Joyce, Keats, Leopardi, Melville, Nietzsche, Mark Twain e Orson Welles, se avesse dovuto citarne alcuni. Ormai erano polvere bianca sospesa in aria sopra le macerie.

Sandra era in piedi in mezzo alla stanza. Le puntò contro la torcia. Era scalza, aveva un abito da sera nero strappato in più punti e le mani infilate nelle tasche di una felpa col cappuccio. I capelli e il viso erano sporchi di fango. Il suo aspetto si intonava con la distruzione che avevano intorno. Erano soli.

«Ho portato ciò che mi hai chiesto» disse mostrandole il borsone.

«Bene, appoggialo sul pavimento.»

Crespi obbedì.

«Sono qui per aiutarti, commissario. Ma prima devo capire quanto sei coinvolto...»

Il poliziotto tacque, poi si slacciò la cintura e si abbassò i pantaloni all'altezza del fianco sinistro.

Sandra vide il tatuaggio del cerchio azzurro. «Non posso scordare ciò che hai fatto per me in questi anni, perciò ho deciso che sono ancora tua amica.»

«Vorrei poterti credere, Vega» disse l'altro mentre si risistemava i pantaloni.

«Per radio hai detto che ne vuoi uscire, no?»

Crespi tirò fuori la pistola. «Chi mi assicura che non sei dei loro? C'era la tua foto sul telefonino del taxi.»

«Se la pensi come Vitali, allora perché sei venuto?»

«Perché devi dirgli di lasciarmi in pace.» Crespi si sentì piagnucolare, si detestò per questo, ma non poteva farci niente: non aveva mai avuto così tanta paura in vita sua. Era confuso, stanco, ma colse lo stesso il movimento degli occhi di Sandra. Si erano spostati verso il buio alla sua destra. Perché?

Il commissario non fece in tempo a voltarsi che l'ombra gli era già addosso. Gli bloccò il braccio e si impadronì della pistola, quindi gli cinse la gola in una morsa.

Sandra avanzò di un passo. « Non serve » disse recuperando la torcia che era caduta al poliziotto. E Marcus lo lasciò andare.

Crespi cadde in ginocchio e cominciò a tossire. Sollevò lo sguardo sull'uomo che l'aveva disarmato. Ci mise un po' a riconoscerlo. Si erano incontrati anni prima, al tempo del caso del mostro di Roma. Non sapeva chi fosse, ma quella volta l'aveva aiutato. Che ci faceva insieme a Sandra Vega?

« Sto aspettando una spiegazione » disse la poliziotta.

Il commissario si massaggiava la gola. « Non so chi crediate che io sia, ma la verità è che non conto nulla per loro. »

« Perché hai paura? » chiese Sandra puntandogli addosso la torcia.

« Ieri sera, subito dopo che la tv ha annunciato il blackout di oggi, sono stato convocato al formicaio. Sono uscito di casa per prendere la macchina e mi sono accorto che l'avevano forzata. Ladri, ho pensato subito. Quando ho controllato, però, avevano lasciato tutto ciò che poteva avere un minimo valore e, invece, avevano portato via un mazzo di chiavi e un taccuino che tenevo nel cruscotto per annotarmi le cose. »

Sandra e il penitenziere si guardarono. Ecco dove Marcus aveva trovato il libriccino e, soprattutto, le chiavi dell'archivio dei casi irrisolti in cui avevano rinvenuto le foto del rapitore di Tobia Frai.

Marcus avrebbe voluto ricordarsi del momento in

cui, nel corso della sua indagine dimenticata, aveva scassinato l'auto del commissario. Ma sapere che era accaduto non bastava a far riaffiorare i ricordi: la sua breve amnesia sembrava irreversibile.

« Perché un piccolo furto ti ha spaventato tanto? » Sandra non capiva.

« Tu non li conosci » disse Crespi, sussurrando come se potessero sentirlo. « Loro non minacciano mai platealmente. Si limitano a mandarti un piccolo segnale... Quando nel video del telefonino ho visto come hanno ammazzato il drogato con il mio stesso tatuaggio, ho capito che era la fine. Per questo ho deciso di metterti sulla pista giusta. »

« Chi sono gli altri membri della Chiesa dell'eclissi? » chiese Marcus.

« Non lo so » rispose Crespi, come se fosse ovvio. « Riceviamo gli incarichi durante incontri periodici in cui tutti indossano una tunica nera ma anche una maschera. Così viene preservata la segretezza. »

« Chi attribuisce questi incarichi? »

« Li chiamiamo il Vescovo, il Giocattolaio e l'Alchimista. »

Marcus aveva già scoperto l'identità dei primi due, ma il terzo gli mancava. « Sono loro che comandano? » lo incalzò.

« No. » Crespi si guardò intorno, come se dal buio potessero spuntare all'improvviso delle gigantesche fauci pronte a sbranarlo. « Sopra ognuno di noi c'è il Maestro delle ombre. »

Sandra non riusciva a credere che l'uomo che aveva

tanto stimato nascondesse un così turpe segreto. A lei toccò la domanda più dolorosa. « Che fine ha fatto Tobia Frai? »

« Io non so niente del bambino. Mi hanno solo incaricato di conservare una cosa, e io l'ho fatto. »

« Che cosa? » chiese Marcus.

« Una valigia. Ma non so che cosa c'è dentro, lo giuro. »

« E dov'è adesso? »

« La tenevo in cantina, ma stanotte l'ho spostata. » Il commissario temporeggiava.

« Ti ho chiesto: dove si trova? »

Sotto pressione, Crespi abbassò lo sguardo. E solo in quel momento notò i piedi del penitenziere. Il terrore proruppe sul suo volto. « Dove hai preso quelle? »

Marcus non capiva.

Crespi indietreggiò. « Chi ti ha dato quelle? » Indicò col braccio le scarpe di tela bianche. Perché lo intimorivano tanto? « Non me lo ricordo » disse Marcus.

L'anziano poliziotto si voltò verso Sandra. « Mi hai tradito » la accusò.

Lei si chinò accanto a lui, gli mise una mano sulla spalla. « Nessuno ti ha tradito. L'unica cosa di cui sono certa è che lui non è un nemico. Vuoi che si spogli per dimostrarti che non ha alcun tatuaggio? »

Crespi ci pensò un momento. « No » disse. « Tanto, fidarmi di voi è l'unica possibilità che mi resta... »

« Allora, dove hai messo la valigia? »

« Proteggetemi e ve lo dico. »

« Devi raccontarci anche il resto. »

« A tempo debito e alle mie condizioni » affermò il commissario. « Ogni volta che vorrete qualcosa, io vi chiederò qualcosa in cambio. » Crespi sapeva che la sua anima era spacciata, ma poteva ancora salvarsi la vita.

« E sia » disse Marcus, e afferrò i manici del borsone da palestra che il commissario aveva con sé. « Ti porteremo in un posto sicuro. »

Con la torcia di Crespi, tornarono alla casa « staffetta » di via del Governo Vecchio.

La meta era ubicata fra Castel Sant'Angelo e piazza Navona, nei luoghi più colpiti dall'inondazione. Marcus non era così certo che l'avrebbero raggiunta. Ma arrivati nei pressi di piazza Sant'Eustachio, avevano visto che da lì in poi le acque si erano ritirate rapidamente, lasciando dietro di sé rifiuti di ogni genere e macerie. Per terra giaceva uno sterminato tappeto di oggetti quotidiani – Sandra notò una pantofola, un mestolo, una bambola. Il tutto impastato con il fango.

Sandra, Marcus e Crespi affondavano nella melma che a volte arrivava fino alle ginocchia. Impiegarono più di un'ora a giungere a destinazione. La zona era devastata, per questo era sicura. Nessun vandalo né balordo con lo sguardo vuoto avrebbe avuto interesse ad andare lì.

Sandra fece strada a Crespi nell'angusto appartamento. Davanti al camino c'erano ancora i resti del piccolo picnic che aveva imbastito per sé e Marcus. « Di là troverai qualche scatoletta di tonno e dei cracker » lo informò, rammentando ciò che avevano mangiato. « Ci sono anche delle bottigliette d'acqua. »

« Voglio solo fumare » rispose Crespi. Estrasse un pacchetto di sigarette dalla giacca. A quanto pareva, il commissario aveva proprio deciso di riprendere sul serio il vizio.

Marcus aveva aperto il borsone con la roba che Sandra aveva richiesto a Crespi. All'interno, torce elettriche e batterie di ricambio, una tuta e delle scarpe da ginnastica per lei, due pistole – un revolver e un'automatica – e, infine, una coppia di telefoni satellitari. Erano un modello superato. « Ti avevamo chiesto due radiotelefoni, che ce ne facciamo di questi? »

« Andranno bene » lo rassicurò l'anziano poliziotto. « E poi non c'era di meglio. »

« Adesso sei al sicuro. La valigia. » Sandra gli rammentò l'accordo.

« L'ho lasciata in un albergo, alla stazione Termini. Hotel Europa, stanza centodiciassette. » Crespi si frugò in tasca, recuperò la chiave e gliela consegnò.

Sandra sospirò, era delusa. « Perché? »

Il commissario abbassò gli occhi. « Avanti, crocifiggimi... »

« Pensavo che credessi in Dio, che fossi un buon cristiano... »

L'uomo si sedette e aspirò la sigaretta. « L'ostia nera... » disse, poi sollevò nuovamente lo sguardo su di loro. « Dio ha abbandonato l'uomo su un piccolo pianeta nell'immenso universo. L'ha circondato di una natura bellissima ma ostile. Poi si è nascosto e se n'è rimasto in silenzio a guardare... Ci ha lasciati qui, soli e impauriti, a domandarci: 'Perché siamo in questo luogo?', oppure: 'Da dove veniamo? Dove andremo?' Quale padre farebbe una cosa del genere a un figlio? » Cercò nei loro volti un po' di comprensione, non ne trovò. « Il Signore delle ombre, invece, ci ha restituito *la conoscenza*... Chi assaggia la sua comunione, riceve in cambio il dono del sapere. »

Sandra ricordò le frasi in aramaico pronunciate dal drogato. « Quale conoscenza? »

« Per ognuno una cosa diversa » puntualizzò Crespi. « Ci sono uomini che chiedono di sapere cose lontane da loro, altri vogliono semplicemente guardare in se stessi e scoprire chi sono veramente. Io, per esempio, ho chiesto all'ostia nera di svelarmi il significato della mia vita. »

« Hai ottenuto la risposta che cercavi? » domandò Marcus con disprezzo.

« Sì » affermò l'altro con orgogliosa sicurezza.

« Puttanate » disse Sandra. Era sicura che ci fosse dell'altro. Conosceva troppo bene il commissario per sapere che non era facile corromperlo.

Crespi si mise a ridere. « Va bene, tanto ormai... » Sapeva che non l'avrebbe ingannata. « Molti anni fa ho ammazzato una donna. »

Sandra rimase spiazzata dalla rivelazione.

« Non l'ho fatto apposta, è stato un incidente. L'ho investita con la macchina ma poi sono scappato via. »

Fece una pausa e li guardò. « Era incinta, sapete? Una bambina. »

« Non capisco il nesso » disse la poliziotta, sprezzante.

« Io l'ho capito col tempo... Dio ha fatto fare a me una cosa tremenda, al posto suo. Forse perché non gli andava, non lo so perché abbia scelto proprio me. » Tirò fuori un fazzoletto dalla tasca e lo usò per soffiarsi il naso. « Avrebbe potuto prendersi quella donna e sua figlia in tanti modi. Una malattia, per esempio, o una complicazione della gravidanza. Invece ha voluto che fosse qualcun altro a fare il lavoro sporco. Un figlio devoto di cui non gli fregava nulla. »

Sandra era scandalizzata dal pressappochismo di quell'uomo. « E tutto ciò vale il sacrificio di vittime innocenti? Valeva l'uccisione di Tobia Frai? Perché l'avete ucciso, non è vero? »

Crespi scosse il capo rabbiosamente. « Voi non avete provato che significa, perciò non potete comprendere fino in fondo. Quanto è forte il tuo desiderio di verità? Fino a che punto sapresti spingerti per squarciare il velo ingannevole dell'oblio? » Gli occhi del poliziotto sembravano quelli di un invasato. « Con quale presunzione ti definisci un uomo probo, un buon cristiano, se non hai mai sperimentato il male e l'iniquità? »

Marcus ripensò al vescovo Gorda. Aveva voluto mettersi alla prova. C'era una parte malvagia in lui, il vecchio prelato lo sapeva, e forse c'era un modo per farla emergere. Allora perché non tentare?

« Come puoi avere il coraggio di guardare negli occhi i tuoi figli o la donna che ami se non sei sicuro di te stesso? Se non sai nemmeno chi sei? Io dovevo sapere se era davvero colpa mia o se Dio aveva agito attraverso me perché nessuno potesse poi attribuirgli la responsabilità della morte di una donna incinta. E, alla fine, l'ostia nera mi ha svelato la verità. » Crespi assomigliava a un predicatore in cerca di proseliti. « Il Signore delle ombre ha parlato per mezzo del Maestro... Il Vescovo, il Giocattolaio e l'Alchimista sono al servizio del Maestro delle ombre. » Il fervore si placò. « Il resto dopo. Questi erano i patti. »

Marcus scosse Sandra per una manica. « Cambiati e andiamo » disse.

Lei allungò una mano verso Crespi. « Il distintivo. » L'anziano commissario glielo consegnò senza fiatare. Prima di allontanarsi, Sandra lo guardò ancora una volta. « Il tuo dio nero ti ha già dimenticato, miserabile uomo. »

Attese in silenzio che fossero usciti. Rimasto solo in casa, Crespi poteva solo fare i conti con la propria coscienza. Forse avrebbe dovuto dirgli subito del morbo. Ma ormai era andata così.

Si mise a fumare accanto al camino spento. Terminò il pacchetto in meno di mezz'ora. Poi si guardò intorno. Cos'era quel posto? C'erano un vecchio pc e un telefono collegato a una linea domestica. Era l'abitazione dell'uomo che stava insieme a Vega? Non sembrava che ci vivesse davvero qualcuno. Decise che forse era meglio dare un'occhiata in giro.

Con una candela si mise a perlustrare l'appartamento. La cucina, il bagno, la camera da letto. Sembrava più una tana che una casa. Ma poi si imbatté in una porta chiusa. Provò ad aprirla, ma niente. Desistette e tornò in cucina, alla ricerca delle scatolette di tonno e dei cracker di cui aveva parlato Sandra. Stava rovistando nella credenza, ma si fermò. Si era reso conto che non riusciva a sopportare quel dubbio, gli eventi delle ultime ore l'avevano reso paranoico. Perciò andò di nuovo verso la porta e stavolta provò a forzarla. Sembrava chiusa dall'interno.

Trascorse i successivi minuti seduto in soggiorno. Attraverso la luce della fiammella, fissava intensamente la stanza proibita. Proprio non riusciva a ignorarla.

Alla fine si alzò di scatto dal proprio posto, afferrò un attizzatoio dal camino e si diresse deciso verso la porta. Usò lo strumento come leva sullo stipite e scassinò la serratura. Avvertì come un alito di aria gelida liberarsi dall'antro scuro. Con la candela esaminò l'interno. Non c'era nulla d'interessante, solo una stanza vuota con un grande armadio di legno.

Ma era sigillato col nastro isolante.

Crespi si addentrò nell'ambiente e si avvicinò al mobile, domandandosi cosa potesse contenere. Non riuscendo a farsi una ragione del nuovo mistero, decise di controllare di persona. Strappò il nastro e spalancò le ante. Da un ripiano cadde un enorme sacco nero che gli rovesciò addosso una cascata di polvere scura. La candela si spense, e la porta alle sue spalle si richiuse con un colpo secco.

«Ma che cazzo...» protestò. Poi tornò indietro e cercò di aprire, inutilmente. C'era una seconda serratura e adesso era bloccata. Si frugò in tasca in cerca dell'accendino, lo trovò e riaccese la candela.

La nuvola grigia si era in parte depositata sul pavimento e le pareti tutt'intorno. Ma era così leggera che, ogni volta che lui faceva anche un piccolo movimento, tornava a sollevarsi. Che roba era? Si piegò per verificarla al tatto. Cenere, si disse.

E, senza accorgersene, cominciò a inalarla.

11

Erano nuovamente per strada.

Camminavano a fatica tra fango e macerie, con quel passo avrebbero impiegato un'eternità ad arrivare a Termini. Marcus si guardò intorno. Poi si diresse verso un cumulo di rottami da cui spuntava un manubrio. Puntò un piede e cominciò a tirare. Sandra accorse per dargli una mano. Poco dopo estrassero una Honda da enduro. A parte qualche ammaccatura, era integra. Il penitenziere maneggiò con dei cavetti e provò ad accenderla, invano. « Carburatore bagnato » sentenziò. Ma non demorse. Al decimo tentativo, partì.

Salirono in sella e, mentre procedevano sul terreno dissestato, Sandra si teneva stretta a lui. Non erano mai stati così vicini. La pioggia li sferzava, aveva freddo, ma poteva sentire il cuore di Marcus che batteva.

« Ho trovato il Vescovo, Gorda, e il Giocattolaio » le disse. « Adesso ci manca l'Alchimista, e poi il Maestro delle ombre. »

« Tu credi che esista veramente? »

Se lo stava chiedendo anche lui. « Di solito le sette sono organizzazioni segretamente oligarchiche, fanno credere ai seguaci di obbedire alle decisioni di un capo carismatico: una figura ascetica, distante e irraggiungibile, fa più presa sulla psiche debole degli adepti. »

« Crespi ci aiuterà » affermò Sandra. « Gli credo quando dice che vuole uscirne. L'hai visto anche tu: è terrorizzato. »

« Pensi che conosca l'identità dell'Alchimista? »

« Non lo so » disse Sandra. « Hai sentito quando gli abbiamo domandato come avvenivano gli incontri degli adepti, no? Tu credi alla storia delle tuniche nere e delle maschere? »

« Cosa non ti torna? »

La poliziotta ci stava riflettendo da un po'. « Non lo so, ma è difficile crederci e vorrei tanto che tutta questa storia fosse solo un grande inganno. »

Marcus, però, era angustiato anche da un altro enigma. Perché il commissario si era turbato tanto dopo aver visto le sue scarpe di tela bianche?

Giunsero nella zona dello scalo ferroviario. Tutto era immobile. Quando il penitenziere spense la moto, furono subito circondati da un silenzio di spettri.

Dopo ottantasei ore, la pioggia era cessata. Ma già rimpiangevano quel suono familiare.

L'hotel Europa si trovava in via del Castro Pretorio. Era un alberghetto che di solito ospitava pellegrini. L'entrata era una porta girevole a vetri azionata da un sensore di movimento. Ovviamente non funzionava, ed era stata anche bloccata con un lucchetto. Oltre la barriera, il bancone della reception era vuoto.

« Secondo me non c'è nessuno » affermò Sandra, scrutando la hall appoggiata con le mani al vetro.

Marcus estrasse la pistola automatica e sparò al fermo della porta. S'introdussero nell'albergo.

Credevano di essere accolti dal silenzio, invece c'era un suono gracchiante, leggero come un sottofondo.

« Lo senti anche tu? » disse il penitenziere.

Sandra lo riconobbe, apparteneva alla sua infanzia e non lo sentiva più da anni. Proveniva da dietro il bancone. Si sporse e vide che c'era una radiolina a transistor. Il volume dell'altoparlante era basso, si distingueva a malapena una voce maschile. « Forse ci siamo sbagliati » disse mentre si guardava intorno. « Forse qui c'è qualcuno. »

« Vieni fuori » intimò Marcus al buio. « Non vogliamo farti del male. »

Trascorse qualche secondo, poi da dietro una tenda della hall spuntò un omino impaurito che stringeva una mazza da baseball. « Che volete? » domandò tremante.

Sandra gli mostrò il distintivo di Crespi e quello sembrò calmarsi.

« Sono il portiere di notte » rispose e abbassò la mazza. « L'albergo è praticamente vuoto » la informò. « A parte me, c'è solo una comitiva di boliviani venuti per incontrare il papa nell'udienza generale del mercoledì. »

Gli era andata male, pensò Sandra. Avevano attraversato mezzo mondo per ritrovarsi in quel casino.

« Ieri sera è venuto qualcuno a prendere una stanza: la centodiciassette. È esatto? » chiese Marcus.

Il portiere ci pensò. « Mi sembra di averla data via verso le ventitré. »

« Ricorda pure se l'ha presa un uomo che si chiamava Crespi? » Volevano essere sicuri di non essere caduti in un tranello.

« Dovrei controllare nel registro delle presenze » disse l'altro, mettendosi sulla difensiva.

« Lasci stare » lo interruppe Sandra. « Potrebbe descriverci la persona? »

Il portiere li osservò in tralice. « Veramente c'è la legge sulla privacy. » Ci pensò. « Va bene, tanto, peggio di così... Era tarchiato, sulla sessantina e puzzava di sigarette. »

Quando furono sicuri, Sandra prese la chiave e gliela mostrò. « Dobbiamo salire » disse.

« D'accordo, ma vi accompagno perché quegli stronzi di boliviani si sono barricati al primo piano e non fanno passare nessuno. »

Il portiere si diresse verso le scale. Mentre transitavano davanti alla sua postazione, Sandra diede un'altra occhiata alla radio a transistor.

« Ah, quella » disse il portiere accorgendosi del suo interesse. « Stamattina mi sono ricordato che un po' di tempo fa l'avevo notata in magazzino. Avrà almeno quarant'anni ed è stata un'impresa scovare le batterie per farla funzionare. Ma era meglio se non le trovavo... Le trasmissioni in digitale sono interrotte per colpa del blackout, ma pensavo che diffondessero ancora il giornale radio sulle frequenze AM. Invece niente.» Cominciarono a salire. «A proposito, avete notizie di cosa sta accadendo in città?»

Sandra era sorpresa. «Come, non sa nulla?»

«No» rispose l'altro con candore. «Questo Stato bastardo frega le nostre tasse e quando abbiamo veramente bisogno di notizie, non c'è modo per essere aggiornati.»

Il mondo iperconnesso aveva davvero fatto un salto tecnologico all'indietro, pensò la poliziotta. A poche centinaia di metri da lì c'erano stati violenti tumulti, incendi e addirittura un'esondazione del Tevere, e quell'uomo non ne era al corrente. «Cos'era allora la voce che ho sentito alla radio poco fa?»

«Qualche pazzo maniaco figlio di puttana che cerca di terrorizzare i fessi come me che ancora si fidano del servizio pubblico... Sono ore che va avanti così – che Dio lo stramaledica.»

Giunti al primo piano, il portiere cercò di spiegare ai pellegrini boliviani, in uno spagnolo incerto, che non c'era alcun pericolo: dovevano soltanto passare. Si trattava solo di un gruppo di donne e uomini di mezza età, erano terrorizzati. «Dovrete pagare i danni» li minacciò.

Marcus si fece avanti e parlò a quelle persone esprimendosi nella loro lingua. Li placò e poi li benedisse. Quelli s'inginocchiarono e si fecero il segno della croce. Poi spostarono le barricate.

«Il suo amico è un prete?» domandò il portiere a Sandra.

« Sì » disse la poliziotta.

« Un prete con una pistola? »

« Sì » confermò. Era sconvolta quanto lui perché spesso lo dimenticava, e vederlo comportarsi da prete era un'esperienza totalmente nuova anche per lei.

Arrivarono nei pressi della stanza 117.

Marcus si voltò per rivolgersi al loro accompagnatore. Gli prese la mano e ci mise dentro la pistola automatica. « Potrebbero arrivare » disse soltanto.

« Chi? » chiese il portiere nuovamente impaurito.

Marcus non gli rispose. « Da qui proseguiamo da soli, grazie. »

Sandra infilò nella toppa la chiave che le aveva consegnato Crespi. « Non riesco a credere che tu gli abbia dato una delle nostre pistole. »

« Ne ha più bisogno lui di me » disse Marcus. « Fidati. »

Entrarono. La torcia spaziò nell'oscurità. La camera era perfettamente in ordine. Il letto matrimoniale, le abat-jour sui comodini, un grande armadio a muro. Sulle pareti, acquerelli di scarso pregio che ritraevano la Roma del passato. La moquette era lisa e si avvertiva il forte aroma di pino tipico di certi deodoranti per ambienti. Si richiusero la porta alle spalle e si misero in cerca della valigia.

Sandra si occupò dell'armadio, Marcus guardò sotto il letto. « Eccola » le annunciò. Poi la estrasse e la depose sul materasso.

Era di pelle marrone, consumata ai bordi e piena di graffi per il troppo uso. Si apriva con una combinazione.

« Che facciamo? » chiese Sandra. « Non possiamo spararle contro, se ci fosse dentro qualcosa di fragile lo danneggeremmo. »

Marcus ponderò la situazione: « Forse un modo c'è ». Andò nel piccolo bagno e sradicò il sifone del lavandino. Poi tornò da lei. Prima di mettersi a percuotere i fermi che chiudevano il coperchio, si rivolse nuovamente a Sandra. « Potrebbe esserci qualsiasi cosa qui dentro, anche un ordigno incendiario. »

« Stavo pensando la stessa cosa... Se qualcuno sta cercando di eliminare i membri della Chiesa dell'eclissi con la tortura, allora forse è arrivato alla valigia prima di noi e potrebbe aver piazzato una trappola per Crespi. »

Marcus la fissò. « Non c'è altro modo, ma vorrei lo stesso che ti allontanassi. »

« No, io resto qui. »

Sembrava decisa. Siccome sapeva quanto fosse difficile farle cambiare idea, Marcus sollevò il pezzo di ferro e cominciò ad abbatterlo sulla serratura. Furono sufficienti una decina di colpi per farla saltare. Poi posò il sifone sulla moquette e Sandra appoggiò le dita sul coperchio. Lo sollevò.

All'interno c'erano abiti di varie misure, perfettamente ripiegati. Nulla di strano per una valigia. Ma nel loro caso, l'aspetto sorprendente – l'anomalia – era che si trattava di vestiti per bambini.

« Oh, no » disse Sandra cominciando a estrarli e verificando le taglie. « Leggi qui: quattro, sette, nove, dodici anni. » Erano tutti da maschietto.

Stavano pensando alla stessa cosa, notò Marcus. Non c'era stato solo Tobia Frai. Altri innocenti erano caduti nelle mani della Chiesa dell'eclissi. Chi erano quei bambini? E che fine avevano fatto?

Poi la poliziotta trovò degli abiti che le erano familiari. Una maglietta e un cappellino della Roma. « Tobia » disse soltanto – il più innocente fra gli innocenti, il figlio di una suora. E, sconvolta, se li strinse al petto. Chi avrà il coraggio di dirlo a sua madre?, si domandò, e lacrime sottili iniziarono a scorrerle lungo il viso. « Mostri. » Deglutì a fatica la propria rabbia. Posò sul letto la T-shirt e il cappellino perché le era venuto in mente che forse conservavano ancora tracce dell'odore del bambino. Un richiamo olfattivo che solo una mamma avrebbe potuto riconoscere anche dopo nove anni. E Sandra non voleva privare Matilde Frai dell'ultima possibilità di stare vicina in qualche modo al suo cucciolo. Quella donna aveva già pagato un prezzo elevatissimo ed era stata anche additata come responsabile della sparizione del figlio, la cosa più preziosa che avesse al mondo.

« Aspetta un momento » disse Marcus alle sue spalle. Poi, inaspettatamente, prese i vestiti e iniziò a disporli in ordine sopra il copriletto, cominciando proprio da quelli di Tobia.

« Che succede? »

Il penitenziere non le rispose, attese di completare

l'opera. Quando li ebbe tutti davanti, finalmente parlò: « Guarda » disse indicando la T-shirt e il cappellino. « Il più piccolo è Tobia, che è scomparso all'età di tre anni. Il più grande ne aveva dodici. » Poi si voltò verso Sandra: « E sono tutti maschi » le rammentò.

Lei, però, ancora non capiva.

« Adesso contali » disse il penitenziere.

Sandra lo fece. Una blusa, un pantalone, una camicia... L'elenco si concludeva con un maglioncino rosso. « Dieci. »

« Uno per ogni anno d'età dal giorno della scomparsa » confermò Marcus.

« Potrebbero appartenere tutti allo stesso bambino? » Sandra non riusciva a credere alle sue stesse parole. Poi non disse più niente.

« Sì » confermò il penitenziere, leggendo i suoi pensieri. « Tobia Frai potrebbe essere ancora vivo. »

12

6 ore e 43 minuti all'alba

Si risvegliò quando avvertì il liquido caldo che gli scorreva fra le gambe. Mi sono pisciato addosso, pensò Vitali.

Poi, come un cazzotto in pieno volto, arrivarono i ricordi. Sono morto, si disse. No, non sono morto, si corresse. Però dovrei essere morto, questo sì. Provò ad aprire gli occhi. Ne aprì soltanto uno, perché una parte del volto era tumefatta, lo avvertiva chiaramente. Era buio. Puzza di acqua stagnante e olio lubrificante. Piccole gocce riecheggiavano nel silenzio. Dove sono? Provò ad alzarsi, aveva male ovunque. L'ultima immagine che rammentava era di essere stato sbattuto ripetutamente dalla corrente contro le pareti di una galleria, come un pupazzo di pezza. Quando provò a voltare il busto, nello sguardo esplosero migliaia di luci, come fuochi d'artificio. E urlò di dolore. Non sentiva più il braccio destro, probabilmente aveva una spalla lussata. Con fatica si rimise in piedi. Era difficile conservare l'equilibrio, i capogiri si divertivano a ingannare il suo orientamento. Era scalzo, ma ciò era sopportabile. Non lo era, invece, aver perso i mocassini marroni a cui teneva tanto.

«Ehi» gridò all'oscurità che subito gli restituì la sua stessa voce.

Era sottoterra, ma non si trovava più nelle fogne, di questo era sicuro. L'acqua poteva averlo trascinato ovunque. Il sottosuolo di Roma era ricco di sorprese geologiche e storiche, alcune non ancora rivelate. L'idea di essere finito in un cazzo di tempio dedicato a Giove che si trovava a cinquanta metri di profondità non lo allettava, anche se forse era il primo essere umano a metterci piede dopo migliaia di anni. Rise a quel pensiero – anche se le costole gli facevano un male terribile, lui rise forte. Aveva immaginato la faccia degli archeologi quando l'avrebbero trovato. Si sarebbero domandati cosa ci facesse lì una mummia con un completo grigio chiaro e la cravatta blu. Forse finirò esposto in un museo, si disse l'ispettore.

La risata gli aveva fatto bene. Sono ancora vivo, perciò tanto vale giocarsi anche questa chance.

Provò ad avanzare sulle gambe malferme e inciampò al primo passo, sbattendo nuovamente la faccia al suolo durissimo. Aveva voglia di bestemmiare, provò a scalciare l'ostacolo che aveva provocato la caduta e solo allora si accorse che c'era qualcosa avvinghiato alla sua caviglia, simile a una biscia. Scattò all'indietro, ma la bestiaccia non voleva mollare la presa. Quando finalmente si calmò, trovò anche il coraggio di allungare il braccio sano per liberarsene.

Non era un serpente, ma la tracolla di una borsa.

Vitali la tirò a sé, aprì la zip e cominciò a frugarci dentro. L'interno era asciutto. C'era perfino della carta ancora integra. Al tatto avvertì una consistenza familiare. Un distintivo. Sandra Vega, pensò. La borsa era sua. Rammentò di essersi aggrappato alla tracolla per non affogare. Sperò con tutto il cuore che la collega fosse una fumatrice o che si fosse portata appresso un accendino nel caso le fosse capitato d'accendere qualche candela. Dimmi che l'hai fatto, stupida idiota. Infatti, lo trovò.

Lo afferrò con la mano sinistra e tentò di azionarlo con il pollice. Ma non era mancino e per poco non gli scappò la presa. L'idea di smarrire l'unica speranza di sopravvivenza lo atterrì. Calma, si disse. E ci riprovò.

La fiammella si accese e subito si spense. Ma in quell'unico attimo gli era apparso un antro buio. Nessun tempio, pensò. E poi c'era una leggera corrente d'aria di cui lui non si era accorto, ma l'accendino sì. Al terzo tentativo protesse meglio il fuoco. Il poco calore che si irradiava lungo la sua mano lo confortò. Poi iniziò a ruotare la fiammella intorno a sé. Era in un tunnel. L'acqua aveva abbattuto la parete della fognatura alla ricerca di una via di fuga, irrompendo in una galleria molto più grande. Ma fu quando abbassò l'accendino che Vitali capì esattamente dove si trovava.

Due pezzi d'acciaio brunito che correvano paralleli nel buio. Binari, si disse. La metropolitana.

Si alzò nuovamente da terra e, con qualche sforzo, si mise a seguire le rotaie. Guardò in una direzione e poi nell'altra. Doveva decidere da che parte andare. Non era una scelta semplice, perché poteva incontrare nuovamente il fiume sotterraneo, essere travolto da uno smottamento o – peggio – da una frana. Sarebbe stata una fine troppo beffarda dopo che era sopravvissuto a un sicuro annegamento.

Con la borsa della Vega a tracolla e il braccio destro che gli penzolava lungo il fianco, optò per la propria sinistra – che era anche la direzione da cui proveniva il venticello che aveva avvertito poco prima.

La fiamma si spense più volte durante il tragitto, ma dopo duecento metri giunse finalmente in una stazione. « Flaminio » lesse sul cartello, poi trovò il modo di arrampicarsi sulla banchina. Qui individuò subito un pilastro. Si avvicinò e, dopo averlo puntato col fianco destro, prese una breve rincorsa e vi si schiantò. Il grido di dolore si disperse rapido nell'eco. Aveva le lacrime agli occhi, ma la spalla era tornata nella propria sede naturale. Vitali provò più volte ad aprire e richiudere la mano. Faceva ancora male, ma andava meglio.

Poco dopo, salì al piano dove c'erano i tornelli e le biglietterie automatiche. C'era anche un distributore di bibite spento. Il poliziotto avrebbe voluto tanto appoggiare le labbra aride sulla lattina di una bibita, anche calda. Provò a manomettere la macchinetta e poi a rompere il vetro usando il distintivo che aveva trovato nella borsa, ma era troppo spesso. La felicità era a portata di mano, ma lui dovette rinunciare. Prima di andarsene, però, vide il riflesso del proprio volto. Una metà, in effetti, era una maschera di lividi violacei. Ci vorrà una vita prima di scopare di nuovo, pensò.

Imboccò le scale che conducevano in superficie e si trovò davanti la cancellata che chiudeva l'entrata della metro. Per fortuna qualcuno l'aveva divelta, altrimenti sarebbe rimasto là chissà per quanto. Uscì sul piazzale e rivolse subito lo sguardo in direzione della porta Flaminia, che prendeva il nome dall'antica strada consolare.

Oltre gli enormi bastioni, cominciava piazza del Popolo, fulcro degli scontri della nottata. Al momento, però, da lì proveniva solo un inquietante silenzio, reso più spettrale dal bagliore dei fuochi.

Vitali si avviò e, poco dopo, superò l'arco risalente all'anno mille. Davanti a lui si stendeva un deserto di rifiuti e resti umani. Pensò subito ai barbari, ma ciò che vide non assomigliava nemmeno lontanamente alle descrizioni che c'erano nei libri di scuola del sacco di Roma del V secolo dopo Cristo, a opera di Alarico e dei Visigoti. L'episodio sanguinoso era stato interpretato da sant'Agostino come la punizione divina contro la Roma capitale dei pagani che non voleva accettare il cristianesimo. Stavolta, però, i barbari non erano invasori. Per buona parte, erano nati e cresciuti lì.

Il morbo, si disse.

I leoni di pietra a guardia della fontana e dell'imponente obelisco erano stati sfigurati. In più punti della piazza bruciavano dei falò. C'era una camionetta del reparto celere. Erano stati i primi ad accorrere allo scoppiare dei tumulti, rammentò l'ispettore. Il mezzo era stato abbandonato dagli agenti e poi qualcuno se n'era servito per issarsi su un lampione. Sul palo era legato, mani e piedi, un uomo in divisa.

L'avevano ammazzato di botte.

Il viso era sfigurato, non sembrava più avere un osso sano in tutto il corpo, ma Vitali notò che l'orologio che aveva al polso continuava a funzionare. Ridicolo, pensò. Lo conosceva? Forse sì. Chissà quante volte si erano incrociati nei corridoi della questura. Avrebbe voluto dire una preghiera. Ma non era mai stato bravo a rivolgersi ai santi e adesso non sapeva da dove cominciare. L'unica cosa che poteva fare per i morti era sopravvivere. Perciò salì a bordo della camionetta. Nonostante gli pneumatici fossero a terra, mise in moto e si allontanò lasciando solo il cadavere del poliziotto.

Era stato fortunato a riuscire a passare fra le auto e i bidoni della spazzatura messi di traverso lungo le strade. Ma poi aveva dovuto abbandonare il mezzo in via Veneto e proseguire a piedi. La strada della *Dolce vita* era stata trasformata in un bivacco. Un tappeto di bottiglie, vetrine distrutte, scritte sui muri. L'Excelsior, il Grand Hotel, il Baglioni e gli altri lussuosi alberghi a cinque stelle avevano subito un vero e proprio saccheggio. Dalle facciate annerite e ancora fumanti non si sentiva provenire alcun suono, alcun lamento.

Finalmente, giunse all'ingresso del bunker del formicaio. Fuori, però, c'era uno sbarramento di mezzi e uomini armati. Il braccio destro gli faceva ancora male, ma avanzò con le mani alzate, sperando che nessuno avesse i nervi così tesi da sparare a prima vista.

Si levò una voce. « Chi va là? »

« Ispettore Vitali » rispose.

« Si qualifichi meglio » disse l'altro di rimando.

« Ho un distintivo qui con me, ma devo avvicinarmi di più perché possiate vederlo. » Si riferiva a quello rinvenuto nella borsa della Vega.

« Resti dov'è e si qualifichi, ho detto. »

Vitali sospirò, non c'era verso di far ragionare un ottuso in divisa. « Sono a capo dell'ufficio statistiche su crimine e criminalità » e gli venne quasi da ridere mentre ripeteva quella solfa. Dall'altra parte seguì un silenzio. A quanto pareva, qualcuno stava verificando.

« Va bene, può passare » disse la voce. « Ma continui a tenere le braccia sollevate. »

Lo visitò il medico del formicaio. Gli furono riscontrate diverse piccole ferite e contusioni varie, nonché la frattura di uno zigomo. Per precauzione, il dottore gli fasciò la spalla e gli diede una scatola di Toradol in pillole.

Vitali fece una doccia nel bagno dell'ambulatorio, poi gli diedero anche degli abiti puliti – dei jeans, una polo e un paio di Adidas che sembravano uscite da un negozio vintage. Riuscì perfino a farsi portare una bibita fredda e la gustò ripensando alle lattine chiuse nella cassaforte del distributore spento della metro. Mandò giù le prime due pasticche di antidolorifico, ma avrebbe dato qualsiasi cosa pur di poter fare una sola, magnifica tirata di cocaina.

Quando ebbe finito di rifocillarsi, decise di rimettersi al lavoro. Forse Sandra Vega e il suo strano amico silenzioso erano crepati nelle gallerie, ma poteva esserci ancora una pista aperta che li riguardava.

Mancavano alcune ore all'alba e Vitali aveva solo quell'occasione per fermare il morbo prima che dilagasse oltre i confini del centro città. Il maltempo e il blackout erano stati la causa del contagio, ma in fondo avevano anche svolto un'opera di contenimento, simile a una forzata quarantena.

Per capire quanto la Vega fosse coinvolta, o quanto realmente sapesse di quella storia, frugò nella sua borsa. S'imbatté di nuovo nel foglio di carta che aveva riconosciuto al tatto nel tunnel della metropolitana. Lo aprì. Era un elenco.

Metodo di uccisione: antiche pratiche di tortura.
Scarpe di tela bianche (Marcus e vescovo Gorda).
Ostia nera (drogato).
Tatuaggio del cerchio azzurro: Chiesa dell'eclissi. Sacrifici di vittime innocenti.
Blackout – Leone X.
Taccuino misterioso.
Tobia Frai.

La lista si concludeva con un'aggiunta in calce.

Elemento accidentale: amnesia transitoria Marcus.

« Marcus » si disse Vitali ripetendo il nome sottovoce. Ricordò che l'uomo con l'epistassi, in effetti, calzava scarpe bianche di tela. Almeno adesso sapeva come si chiamava e che aveva sofferto di una momentanea perdita di memoria. Doveva solo scoprire chi fosse.

Dall'elenco si evinceva anche un altro dato. I due avevano trovato il Vescovo. Vitali era rimasto sorpreso leggendo il nome di Arturo Gorda. Si era domandato chi potesse essere il misterioso personaggio della setta, ma non avrebbe mai immaginato che potesse trattarsi di un vero religioso.

Chissà se avevano scovato anche il Giocattolaio. Ma all'ispettore interessava soprattutto l'Alchimista. Non era menzionato sul foglio, però si faceva riferimento a un misterioso taccuino. Se avesse potuto metterci le mani sopra, forse adesso avrebbe avuto davvero la soluzione dell'enigma. O forse no.

Mentre ragionava su tutto ciò, un agente venne a chiamarlo. « Il capo vuole vederla nel suo ufficio. »

Il prefetto De Giorgi lo attendeva insieme al questore Alberti. Erano entrambi scuri in volto. « Si sieda, ispettore » lo invitò il capo della polizia.

Vitali prese posto di fronte alla scrivania su cui era aperta una piantina di Roma.

« Abbiamo notizie buone e altre cattive » annunciò il questore.

« Prima le buone, per favore » chiese Vitali, che non ne poteva più di disgrazie.

« Siamo riusciti a circoscrivere la rivolta. »

Forse era il caso di non chiamarla più « rivolta », si disse l'ispettore, ma evitò di farlo presente.

Alberti indicò una zona sulla piantina. « Abbiamo calcolato che i ribelli sono all'incirca un migliaio. In piazza del Popolo ci hanno colto di sorpresa perché non ci aspettavamo un'aggressione così violenta. Ma poi non si sono spinti al di là delle mura aureliane e gianicolensi. »

« Il Tevere in questo ci ha dato una mano » intervenne il capo della polizia. « Ha impedito che andassero oltre il centro storico della città. »

« Stiamo parlando di un'area di quindici chilometri quadrati, con una popolazione di ottantacinquemila abitanti. »

Vitali osservò la piantina. « D'accordo... Ora le brutte notizie. »

« Si muovono nel sottosuolo e sbucano all'improvviso tendendo imboscate ai nostri uomini: parecchi agenti sono feriti, e c'è anche qualche morto. »

Lo so, avrebbe voluto dire loro l'ispettore. Aveva avuto un tête-à-tête molto movimentato con tre di loro nelle fogne.

« Continuo a ripetermi che avremmo potuto evitare ciò che sta accadendo stanotte » disse il capo, esasperato. « Lei ci aveva avvertiti, ma non le abbiamo dato retta » ammise.

Vitali fece spallucce, come se la cosa ormai non lo riguardasse più. « La Chiesa dell'eclissi attendeva solo l'occasione per dare il via alla devastazione. Siccome la prossima eclissi lunare di Roma è prevista fra sei anni, hanno colto l'opportunità offerta dal blackout.»

«D'accordo, ha le nostre scuse» lo interruppe il questore. «Ora, però, deve dirci anche come fermare tutto questo.»

L'ispettore ci pensò su un momento. «Ho sentito dire che in città sta arrivando l'esercito. Be', dite a quei soldati che ogni volta che incontreranno qualcuno che ha lo sguardo spento devono sparare ad altezza d'uomo.»

«Lei è pazzo» lo apostrofò il capo.

«Voi non riuscite a capire, vero?» Vitali scosse la testa, divertito. «Vi siete chiusi in questo bel bunker, io invece sono stato là fuori. E ho visto. E ho sentito. E ho toccato con mano la distruzione. Voi sostenete che questa roba è circoscritta, io invece dico che ormai abbiamo perso il controllo: il contagio è inarrestabile.»

Il capo della polizia sbatté il pugno sul tavolo. «Ma ci sarà un modo!»

«Ne ho ammazzati quattro oggi» confessò Vitali, senza timore delle conseguenze. Il primo era quello che voleva rapinarlo del portafoglio. «Vi assicuro che non c'è altro modo.» Poi aggiunse: «L'Alchimista è stato bravo, ci ha battuti sul tempo».

«E non esiste una specie di antidoto?» domandò il capo, spazientito.

«Anche se riuscissimo ad approntarlo, chi ha assunto l'ostia nera dovrebbe essere sufficientemente in sé per recarsi in ospedale e farselo somministrare.»

« Allora cosa suggerisce? » chiese il questore.

« Nella migliore delle ipotesi, di affidarci al tempo. In passato gli effetti del morbo si sono attenuati col passare delle ore. »

« E nella peggiore? »

« Di cominciare a pregare seriamente. » Poi aggiunse: « Stavolta è diverso dalle altre. Ho avuto l'impressione che la peste nera si sia evoluta: c'è qualcosa che scatena la violenza di quei bastardi – anche se non saprei dire cosa ». Ripensò ai tre della galleria, al modo in cui erano scattati contro Sandra e quel Marcus quando si era spenta la luce della torcia. « Bisognerebbe catturarne uno per esaminarlo e capire se mi sto sbagliando. »

I due superiori tacquero e si fissarono. « C'è anche un altro problema » annunciò il capo della polizia.

Vitali ormai aveva perso il conto dei loro guai. « Sarebbe? »

« Il proclama. »

Prima che l'ispettore potesse chiedere spiegazioni, il questore prese la parola: « Senza cellulari, radio digitali e tv, i cittadini hanno riscoperto certi agi del passato. Per esempio, si sono affidati agli apparecchi a transistor per cercare di reperire notizie su quanto sta accadendo ». Poi prese dalla tasca della giacca un piccolo registratore digitale e lo appoggiò sul tavolo. « Ne siamo venuti a conoscenza perché il segnale AM ha interferito con i canali per le comunicazioni di emergenza. »

« Di che state parlando? » domandò l'ispettore.

« Di una trasmissione radio che sta seminando il panico anche fra i nostri uomini. »

Il questore azionò il registratore. In mezzo a una coltre d'interferenze, una voce maschile pronunciò con tono mellifluo:

« Attenzione. Questo è il primo comunicato del nuovo ordine costituito. Abbiamo preso Roma, Roma è nostra. I tutori della legge e le forze dell'ordine sono già schierati dalla nostra parte. Ai soldati che dovessero accingersi a entrare nella Capitale diciamo: state lontani da qui, questa città ci appartiene. Se varcherete i sacri confini, non tornerete mai più dalle vostre famiglie, non rivedrete più i vostri figli, mogli, mariti o fidanzati, e i vostri genitori vi piangeranno... Attenzione, popolo di Roma: il papa è fuggito e i cattolici sono senza una guida. Le mura del Vaticano sono cadute e anche la Cappella Sistina è stata conquistata. Convertitevi al Signore delle ombre, scendete per le strade e uccidete gli infedeli che oseranno opporsi a voi. Chi non si adeguerà sarà considerato un nemico della Chiesa dell'eclissi ».

Il questore interruppe la registrazione.

Vitali guardò in faccia i due superiori. « Mi state prendendo per il culo, vero? »

« Magari » rispose il capo della polizia.

« C'è davvero qualcuno che crede a questa roba? »

« Nel 2006, a Mumbai, in India, si diffuse la voce che l'acqua di mare era diventata improvvisamente dolce. In migliaia accorsero sulla riva e cominciarono a bere, convinti che si trattasse di un miracolo. »

« E invece cos'era? » chiese l'ispettore che non capiva cosa c'entrasse quella storia.

« Una psicosi collettiva » spiegò subito il capo. « L'acqua di mare non aveva affatto cambiato sapore, ma quella gente era sicura del contrario. »

« Un'allucinazione? »

« La chiami come le pare. Fatto sta che le deliranti parole che ha ascoltato rischiano di produrre un effetto analogo, perché giungono dopo una serie di prove difficili per la popolazione. Si vuole alimentare ulteriormente il panico e, di conseguenza, il caos. »

Vitali era scioccato. « I soldati non verranno? »

« Certo che sì, fra poco le truppe faranno il loro ingresso in città » affermò il questore. « Ma i generali del COMLOG vogliono prima capire cosa devono aspettarsi. In fondo, si tratterebbe pur sempre della più grossa operazione militare sul suolo italiano dal dopoguerra. »

« E noi che facciamo nel frattempo? »

« Ci resta solo lei, ispettore. » Il capo della polizia gli appoggiò una mano sulla spalla ancora sana. « Deve tornare là fuori, individuare il luogo da cui parte la trasmissione e farla cessare. »

« E credete davvero che basterà? »

« Dobbiamo far capire a questi pazzi e a tutti gli altri che siamo ancora in grado di reagire, altrimenti quando finalmente verranno ad aiutarci troveranno solo corpi e macerie. »

L'ispettore rifletté in silenzio. « Va bene. »

« Le forniremo una squadra di sei uomini per muoversi in sicurezza » gli assicurò il capo della polizia. « Avrete a disposizione armi e mezzi per trovare quel cazzo di trasmettitore. »

« No, grazie » rispose Vitali. « Ci andrò da solo. »

13

Tornarono alla casa staffetta a bordo dell'enduro.

Non era possibile portare la valigia con sé, così l'avevano affidata al portiere di notte perché la custodisse per loro. Avevano lasciato l'hotel Europa aggrappandosi a una elementare deduzione, cioè che quel bagaglio rappresentasse la prova che, dopo nove anni, Tobia Frai era ancora in vita. Ma c'era comunque una stranezza: perché la valigia conteneva solo pochi abiti? Uno per ogni anno d'età del bambino. Sembrava essere stata preparata apposta per mandare un messaggio.

Esattamente *quel* messaggio: Tobia è vivo, venitelo a cercare. Chi era il destinatario? E perché?

Forse il commissario Crespi avrebbe potuto aiutarli a ottenere le risposte. Con l'intenzione di confrontarsi con lui, giunsero in via del Governo Vecchio.

« Va' dal tuo amico » disse Marcus. « Chiedigli se sa qualcosa e non lasciarti intenerire. Ho l'impressione che quelli della Chiesa dell'eclissi non abbiano ancora ucciso Tobia per un motivo, ma stanotte potrebbe essere il momento giusto. »

« Tu non vieni? » chiese Sandra.

« Devo sbrigare una faccenda » disse soltanto, e le passò uno dei due telefoni satellitari. « Il primo che ha una novità contatterà l'altro. »

« D'accordo » convenne lei.

Marcus controllò il livello del carburante della Honda. Era in riserva.

« Cosa devi fare di così importante? » lo incalzò Sandra, che non sopportava di essere lasciata all'oscuro.

« Devo trovare un libro » rispose il penitenziere. Poi innestò la marcia e si allontanò.

Mentre saliva in casa, la poliziotta continuava a domandarsi cosa avesse voluto dire Marcus con quella frase. Di che libro parlava? Cosa aveva in mente? Giunta sul pianerottolo, bussò alla porta perché Crespi si era chiuso dentro. Non ottenne risposta. Provò di nuovo, stavolta più forte. Poteva essersi addormentato, ma lei non ne era così convinta. Estrasse il revolver e sparò un colpo alla serratura.

La porta si spalancò.

Puntò la torcia. All'interno sembrava tutto tranquillo. Accanto al camino spento c'era un pacchetto di sigarette vuoto, accartocciato. « Crespi, ci sei? » chiamò, e intanto avanzava piano con l'arma in pugno. Controllò in cucina e anche in bagno, ma il commissario non c'era. Una delle stanze, però, era chiusa. Stavolta Sandra non provò nemmeno a bussare. Sparò direttamente allo stipite e spinse la porta con un calcio.

Una nuvola grigia la investì. Cominciò a tossire. La polvere finissima le era andata anche negli occhi e iniziò a lacrimare, ma riuscì lo stesso a vedere il corpo esanime del commissario sul pavimento. Si sollevò il colletto della tuta sulla bocca ed entrò.

L'uomo era a pancia in giù, stringeva in mano un mozzicone di candela. Sandra lo voltò. Era ancora vivo.

Lo prese per le ascelle e lo trascinò in corridoio. La polvere scura li seguiva come uno spettro curioso, poteva ancora soffocarli entrambi. Cenere, si disse lei. Com'era possibile? Avvicinò una mano alla bocca e al naso di Crespi, il respiro era flebile. Doveva liberargli le vie aeree. Lo lasciò lì e corse in cucina a cercare dell'acqua. Dai rubinetti usciva solo melma e, mentre rovistava fra gli scaffali della dispensa in cerca di qualche bottiglietta, rammentò un metodo usato dagli antichi romani per far confessare i prigionieri. Li chiudevano in una stanza con il pavimento cosparso di cenere e li lasciavano lì finché non parlavano. Il pulviscolo era talmente leggero che veniva facilmente inalato, poi andava a depositarsi con rapidità nei polmoni, dove si ricompattava senza lasciare scampo. In realtà, anche i prigionieri che alla fine parlavano e venivano liberati morivano dopo pochi giorni, a causa dell'ostruzione degli alveoli.

Una tortura, si disse Sandra. E a Crespi, incallito fumatore, era valsa anche da contrappasso.

Ma c'era un timore peggiore di ogni altro. L'assassino che stava uccidendo uno a uno i membri della Chiesa dell'eclissi era arrivato anche lì e aveva lasciato una trappola per il commissario. Come aveva fatto?

Tornò con dell'acqua minerale e gliela versò in bocca, ma lui la risputò. Però aprì gli occhi e la vide. La fuliggine che gli ricopriva il volto fu scavata da una lacrima. Crespi sollevò una mano e, col dito sporco di cenere, scrisse qualcosa sul muro accanto a sé. Una parola.

Ricatto.

Sandra si accorse che avrebbe voluto dirle altro, ma non ci riusciva. « Abbiamo scoperto che Tobia è ancora vivo » gli mormorò, pensando che volesse parlare di quello.

Il commissario annuì.

« Sai dov'è o dov'è stato in tutti questi anni? »

L'altro fece cenno di no con la testa.

« Allora cosa? »

Crespi si sforzò di parlare, ma non ce la faceva a emettere dei suoni. Il respiro era diventato affannoso, straziante. Sollevò di nuovo la mano verso la parete e stavolta cominciò un disegno.

Era uno strano sole, piuttosto infantile, però i raggi non s'irradiavano all'esterno, bensì all'interno del cerchio.

« Non capisco » disse la poliziotta, esasperata. « Che cos'è? »

Ma Crespi distolse lo sguardo da lei e puntò gli occhi al cielo. L'affanno divenne rantolo e, poco dopo, il torace smise di sollevarsi. Sandra lo osservò per un lungo momento. Poi con una carezza gli abbassò le palpebre.

« 'Ricatto' e poi un cerchio con dei raggi dentro » disse a se stessa. Ma non aveva tempo di pensare al significato del messaggio. La casa staffetta non era più sicura. Doveva andare via. Subito.

14

La Biblioteca Angelica aveva sede nell'ex convento degli agostiniani, proprio in piazza Sant'Agostino. Dal 1600 i frati si erano occupati di raccogliere, catalogare e preservare diligentemente circa duecentomila preziosi volumi. Marcus rammentava che era stata la prima biblioteca europea aperta alla pubblica consultazione. Ciò che vide una volta arrivato davanti all'entrata del palazzo lo costrinse a fermarsi.

Il fango della piena del Tevere era penetrato dal vestibolo fino al salone di lettura – il famoso Vaso vanvitelliano, dal nome dell'architetto che aveva ristrutturato il complesso nel XVIII secolo. I volumi che si trovavano negli scaffali più bassi erano ridotti a una poltiglia di carta grigia. Centinaia di testi di incalcolabile valore storico e artistico erano andati irrimediabilmente perduti. I pensili erano crollati e i tomi galleggiavano in una cloaca di acqua ristagnante.

Faceva eccezione la stanza blindata che conteneva gli incunaboli più preziosi.

Il penitenziere conosceva a memoria la combinazione per accedervi. Tante volte era stato lì a consultare libri sull'origine del male, alcuni proibiti per secoli. Sperava solo che le batterie che tenevano in vita i sistemi di sicurezza fossero ancora funzionanti per permettergli l'accesso.

Era così. Entrò nella saletta dove gli incunaboli erano custoditi in un microclima perfetto, né troppo secco né troppo umido. Di solito gli studiosi che chiedevano di consultarli indossavano guanti bianchi per poter maneggiare le pagine sottilissime, ricche di miniature, senza correre il rischio di danneggiarle irrimediabilmente. Ma Marcus non aveva tempo. Andò in cerca del testo che gli aveva chiesto Cornelius Van Buren durante l'ultimo incontro.

La *Historia naturalis* di Plinio il Vecchio.

Trovò il volume e lo avvolse in un panno di lino bianco. Quando aveva fatto la promessa, non aveva certo avuto intenzione di consegnare a quel mostro un simile tesoro dell'umanità. Glielo avrebbe fatto ammirare attraverso le sbarre della cella per poi riportarlo al proprio posto. Ma nelle ultime ore le cose erano cambiate. E se sacrificare un libro serviva per salvare Roma e, soprattutto, la vita di un bambino, allora poteva anche accettarlo.

Sistemò il delicato involucro sul serbatoio della moto, piazzandolo fra sé e il manubrio. Quindi ripartì. Fino a quel momento era sempre entrato in Vaticano con l'aiuto di Erriaga, sicuramente adesso era più difficile con la gendarmeria e le guardie svizzere che presidiavano ogni accesso per impedire agli estranei di invadere il perimetro del minuscolo Stato.

Ma Marcus conosceva lo stesso un modo.

*

Il Passetto di Borgo era un percorso sulle mura leonine che congiungeva i palazzi vaticani a Castel Sant'Angelo. In pratica si trattava di un viadotto che nei tempi passati aveva consentito al pontefice di raggiungere la fortezza in caso di pericolo. Il penitenziere lo percorse in senso inverso e, poco dopo, si ritrovò nuovamente all'interno dei giardini. Attraversò il bosco incolto e bussò alla porta del convento di clausura delle vedove di Cristo.

Venne ad aprirgli una suora che, come sempre, lo accompagnò in silenzio dall'ospite segreto della casa. Non era la stessa dell'ultima volta, notò Marcus. Nonostante la lunga tonaca e il drappo nero che le copriva il volto, vide che indossava scarpe diverse dalla consorella che l'aveva guidato quel pomeriggio. Non stivaletti allacciati fin sugli stinchi, bensì pantofole nere.

Quando Marcus si affacciò con la candela alla cornice delle sbarre, Cornelius era disteso al buio sulla branda.

« Non preoccuparti, sono sveglio » disse il prigioniero. « Con l'avanzare dell'età, dormo sempre meno e le giornate diventano insopportabilmente lunghe. Perciò mi fa piacere che tu venga a offrirmi un diversivo. »

Marcus infilò un braccio nella barriera di ferro e gli porse l'incunabolo. « Ho mantenuto la promessa. »

Van Buren si sollevò dal letto e, con occhi che brillavano di stupore, andò a prendere il libro. «Sono senza fiato.» Tornò al proprio posto e se lo posò in grembo. Lo liberò dal panno di lino bianco e lo osservò, rapito. «Che magnificenza, che miracolo!» Quindi sollevò la copertina di pelle cucita a mano e iniziò a sfogliare le rare miniature, sfiorandole appena col palmo della mano.

Marcus intravide i disegni e i ricami dorati che ornavano le pagine, ma era lì per altri motivi. «La tua felicità è già un premio per me, Cornelius» ironizzò. «Però sono pronto a riscuotere il mio compenso.»

Van Buren alzò lo sguardo dal libro. «Raccontami cosa sai di nuovo e ti aiuterò.»

Il penitenziere riepilogò per lui gli accadimenti delle ultime ore. Decise di non tralasciare nulla, la cautela poteva essere un lusso troppo grande visto il pericolo che correvano Roma e Tobia Frai.

«Così il bambino dopo nove anni è ancora vivo» prese atto alla fine Van Buren, come se il cuore di un serial killer potesse davvero apprezzare una simile notizia.

«Il mio timore, però, è che gli rimangano ancora poche ore» ammise Marcus. «Temo che vogliano ucciderlo stanotte.»

«E cosa te lo fa pensare?»

«Non lo so, ma credo che la Chiesa dell'eclissi voglia santificare questo giorno di distruzione con il sacrificio di una vita innocente.»

Cornelius valutò la cosa. «Il figlio di una suora è un simbolo molto potente» convenne.

« Per questo devo fermare il Maestro delle ombre. Ma, per arrivare a lui, devo prima trovare l'Alchimista. »

« Sarebbe necessario conoscere le dinamiche e i rituali della Chiesa dell'eclissi per capire il ruolo di questo personaggio, non credi? »

« Crespi, il commissario coinvolto con la setta, ha parlato di una specie di rito attraverso cui vengono istruiti gli adepti. Ha detto che i membri non si riconoscono fra loro perché indossano tuniche nere e sono tutti mascherati. »

Cornelius posò l'incunabolo accanto a sé, sul letto. Poi cominciò a passarsi una mano nella barba ispida. « Maschere e un alchimista » ripeté mentre rifletteva. « Nikolay e Penka Šišman » disse.

« L'Alchimista sono due persone? » si meravigliò il penitenziere.

« Aspetta, per favore » lo frenò Van Buren. « Ci sto ancora ragionando, ma è l'unica storia che mi venga in mente... »

« Raccontamela. »

« In principio, i Šišman erano una famiglia di principi bulgari che si era insediata a Roma secoli fa per sfuggire alla persecuzione dei cristiani attuata dai turco-ottomani. Facevano parte della corte pontificia rimasta fedele al papa anche dopo il 1870, quando questi venne privato del suo potere temporale. Nel 1968, però, Paolo VI decretò la fine della corte e dell'aristocrazia vaticana, ritenendole un inutile orpello del passato. I principi Šišman, che avevano pagato con l'esilio la propria fedeltà alla Chiesa di Roma, si sentirono offesi e umiliati. Insieme ad altri nobili, continuarono a far parte della cosiddetta Nobiltà Nera. I componenti di questa esigua schiera dal sangue blu si attribuirono il compito di ripristinare le tradizioni secolari e, con esse, i propri privilegi.»

«Cosa c'entra tutto ciò con i due Šišman che mi hai nominato?»

«Nikolay sposò Penka contro il volere della propria famiglia. Lei, che era una semplice insegnante, prese l'antico nome dei Šišman... Penka era una donna piena di vitalità, a Roma erano celebri le sue feste mascherate che si tenevano in un palazzo storico del centro. Nikolay, invece, era un tipo taciturno, dedito allo studio della scienza. Aveva sfidato i suoi genitori prendendo una laurea in chimica.»

Di colpo per Marcus fu tutto chiaro. «Le maschere di Penka, e l'Alchimista è un chimico.»

«C'è un'altra parte della storia che devi per forza conoscere, risale più o meno agli anni Settanta.» Van Buren abbassò lo sguardo sul pavimento della cella. «Quando era ancora molto giovane, Penka Šišman si ammalò gravemente. Suo marito la portò dai più grandi luminari per farla guarire. Quando i medici si dichiararono sconfitti, Nikolay si mise in testa di curare da solo il male della moglie. Girò il mondo in cerca di una qualche sostanza miracolosa e sperimentò sulla poveretta una serie di composti, alcuni di sua invenzione. Non voleva arrendersi all'evidenza che lo stava facendo impazzire. Ma poi, un giorno di settembre, Penka morì e i parenti dissero a Nikolay che Dio aveva ripristinato la giustizia delle cose. »

« Allora cosa accadde? »

« Accadde che Nikolay rinnegò la fede. Continuò a tenere in casa feste mascherate, ma con uno scopo diverso: ora ai suoi ospiti chiedeva di compiere rituali di magia, sedute spiritiche. La sua ossessione era mettersi in contatto con la moglie defunta, la donna che aveva tanto amato. »

« Che legame può esserci fra questa storia e la Chiesa dell'eclissi? » disse Marcus.

Cornelius lo guardò. « Cosa saresti disposto a fare per amore? » chiese, in modo volutamente provocatorio.

Il penitenziere, preso alla sprovvista dalla domanda, non rispose.

« Saresti disposto a vendere l'anima al Signore delle ombre? » Cornelius si mise a ridere. « Povero è il prete che vive nella tentazione. »

Marcus avrebbe voluto entrare nella cella e picchiarlo.

« Non ti adombrare se ti prendo un po' in giro » disse il vecchio, poi tornò serio. « Hai detto una frase poco fa, ma non ti sei reso conto del significato delle tue stesse parole... Menzionando gli incontri degli adepti della Chiesa dell'eclissi, descritti dal commissario di polizia, mi hai rivelato che i partecipanti indossano maschere e tuniche nere. È corretto? »

« Sì. »

« Però rifletti: esiste comunque un modo per riconoscere qualcuno che è coperto dalla testa in giù. »

Marcus fu colto da un improvviso sgomento. Gli apparve l'immagine delle vedove di Cristo che ogni volta lo scortavano dal prigioniero. Aveva imparato a distinguerle dalle scarpe.

Per questo abbassò lo sguardo su quelle che aveva ai piedi.

Cornelius si compiacque che l'allievo ci fosse arrivato da solo. « Non c'è il rischio di essere riconosciuti se tutti indossano le stesse calzature. »

Scarpe di tela bianche, si disse il penitenziere. Ecco perché Crespi era tanto turbato dopo aver notato le sue. Anche il vescovo Gorda ne aveva un paio uguali. Allora c'era una sola spiegazione. « L'indagine di cui non ricordo nulla... Ero molto vicino a scoprire la verità. » Un altro dettaglio strappato al buio dell'amnesia. « Ecco perché c'erano queste maledette scarpe accanto ai miei vestiti quando mi sono risvegliato nel Tullianum. » Cosa era accaduto prima di allora? Forse aveva già risolto il caso, ma poi l'aveva dimenticato.

« Dovresti imparare a nascondere meglio la tua collera » affermò l'altro, vedendolo in quello stato.

Ma Marcus non aveva più voglia di ascoltare le lezioni del vecchio sacerdote. « Se Nikolay Šišman è l'Alchimista, dove posso trovarlo? »

Van Buren accarezzò l'incunabolo con la *Historia naturalis*. « Nel posto in cui si è rinchiuso dal giorno in cui sua moglie è morta. »

15

Sandra vagava senza meta per corso Vittorio Emanuele II. Intorno a lei, desolazione e macerie. La puzza del fango del Tevere le provocava la nausea.

Non aveva il coraggio di accendere la torcia perché chi aveva ucciso Crespi poteva individuarla. L'idea della morte non la spaventava quanto quella di una lunga e insopportabile tortura. Provò a chiamare Marcus servendosi del telefono satellitare. Avrebbe voluto aggiornarlo su ciò che era accaduto col commissario, dirgli che era stata costretta a scappare dalla casa staffetta. Ma il maledetto aggeggio non riusciva a stabilire un contatto. *Dove ti trovi? In che cavolo di posto sei se nemmeno un satellite riesce a raggiungerti?* Temeva che le batterie dell'apparecchio, già allo stremo, la mollassero del tutto.

Riproverò dopo, si disse.

Doveva allontanarsi dalla strada. Cercò rifugio all'interno di Santa Maria in Vallicella, meglio nota come Chiesa Nuova. Il luogo di preghiera era deserto. La poliziotta percorse la grande navata centrale fino all'altare. Accese una delle candele votive accanto al pulpito e, con quella, iniziò a muoversi fra le cappelle. Era incredibile quanti tesori si celassero in ogni angolo di Roma. Da qualche parte nell'oscurità che la circondava si trovavano dei dipinti di Rubens e il soffitto era adornato dagli affreschi di Pietro da Cortona. Sandra si fermò davanti a una tabella con le informazioni per i turisti. Scoprì così che il luogo serbava anche qualcosa di inquietante. La chiesa era sorta sul margine estremo di quello che un tempo era il Campo Marzio. Esattamente su una cavità da cui, in un lontano passato, scaturivano vapori sulfurei, sicuramente residui di una modesta attività vulcanica. L'area, perciò, era considerata dagli antichi romani una delle porte degli inferi. La poliziotta provò un brivido leggendo la didascalia. Decise di proseguire la passeggiata sotto lo sguardo benevolo delle statue dei santi e tentò di concentrarsi su ciò che le aveva rivelato Crespi prima di morire.

Un ricatto.

Lei e Marcus si erano domandati perché la valigia dell'hotel Europa contenesse solo dieci vestiti di Tobia Frai, che corrispondevano a ogni anno d'età dal giorno del rapimento fino ad arrivare a dodici. La risposta era stata che quel bagaglio era un messaggio. La Chiesa dell'eclissi voleva far sapere a qualcuno che il bambino era ancora in vita.

A chi?

Non certo a sua madre. Matilde Frai era povera. Aveva una laurea in lettere antiche e filologia, ma sopravviveva facendo le pulizie. Inoltre era una reietta. Per nove anni aveva sopportato il peso di una calunnia atroce, cioè che la scomparsa del figlio fosse colpa sua. Era una suora che aveva rinnegato i propri voti e anche una ragazza madre. Durante il loro incontro, aveva parlato vagamente di un abuso.

« Ricordo che ero a una festa, e che non ero in me. Ho scoperto di essere incinta un mese dopo. Riuscite a immaginare lo shock? Avevo appena ventidue anni, non sapevo nulla della vita né di come si crescesse un bambino. Fino ad allora avevo vissuto fuori dal mondo. »

Probabilmente si era trattato di una vera e propria violenza sessuale e la donna era evasiva sull'argomento perché, nonostante lei fosse la vittima, se ne vergognava. Era per via della rigida educazione cattolica ricevuta o per il lavaggio del cervello che aveva subito in convento, Sandra ne era convinta.

Tutto ciò escludeva che Matilde fosse un soggetto ricattabile.

Non avendo elementi per risolvere il primo enigma, la poliziotta si focalizzò sul secondo. Lo strano sole disegnato da Crespi con i raggi che convergevano verso il centro del cerchio. Si diede della stupida. Non era un sole, non aveva senso visto che il culto della setta era incentrato sull'eclissi di luna. « Una luna con i raggi dentro » disse sottovoce. L'immagine le era stranamente familiare. Dove l'aveva vista? Era certa di avere a portata di mano la soluzione. Sapeva di saperlo. Chiuse gli occhi sperando in un'epifania, in una visione.

Una ruota panoramica.

L'immagine era apparsa nitidamente nella memoria: un luna park. Crespi col disegno aveva voluto indicarle un luogo, per l'esattezza un parco divertimenti. Cosa stava per accadere lì? Doveva andarci per forza.

Non c'era modo di sbagliarsi. Il luna park di Roma si trovava all'EUR.

Uscì sulla via e si guardò in giro. Doveva trovare un modo per raggiungere la zona a sud della città. Avrebbe dovuto compiere un viaggio di dieci chilometri senza mezzi di trasporto. Normalmente, avrebbe impiegato un'ora e tre quarti per coprire la distanza. La metà del tempo se avesse potuto correre. Ma il buio e i pericoli che poteva incontrare lungo il cammino consigliavano di essere prudenti.

Non meno di tre ore, calcolò. Ma non aveva tutto quel tempo.

Prese il telefono satellitare e provò di nuovo a contattare Marcus. Se solo fosse riuscita ad avvertirlo, forse avrebbero potuto andare insieme con la motocicletta. Niente, il penitenziere risultava ancora irraggiungibile.

Uno strano rumore, simile al battito d'ali di un gigantesco stormo di uccelli, la costrinse a levare lo sguardo al cielo. Si avvicinava e diventava sempre più forte. Di lì a poco, gli elicotteri transitarono sopra la sua testa. La fine del maltempo consentiva ai mezzi di soccorso di mettersi in volo. Perlustravano l'area del disastro con potenti fari alogeni.

Perché non scendono a controllare che succede? È assurdo, si disse.

I velivoli, però, le avevano indicato la strada. Si mosse verso il lungotevere e superò l'area coperta dal fango della piena. La strada sotto i suoi piedi era di nuovo integra. Individuò un'utilitaria con le portiere spalancate al centro della carreggiata. Immaginò che fosse stata abbandonata precipitosamente dagli occupanti per paura dell'esondazione. Si sedette al posto di guida. Per sua fortuna, i passeggeri nella fretta avevano lasciato la chiave infilata nel cruscotto. Pregò che si fossero salvati, poi mise in moto.

Avrebbe dovuto procedere a fari spenti, non aveva scelta.

Superò il ponte Cavour e costeggiò Castel Sant'Angelo. Transitando di fronte all'ingresso di via della Conciliazione, vide l'ombra della Basilica di San Pietro stagliarsi sul fondale della notte. Poco dopo svoltò verso destra e si ritrovò di fronte all'ingresso della galleria Principe Amedeo. Frenò bruscamente. Le mani che stringevano lo sterzo, il motore acceso, rimase a osservare l'enorme bocca nera davanti a sé.

Avrebbe potuto nascondersi qualsiasi cosa là dentro.

Sandra si piazzò bene in grembo il revolver, poi accese gli abbaglianti, premette a fondo l'acceleratore e l'utilitaria ripartì a forte velocità verso l'entrata. Nel tunnel c'erano altre vetture. Si accorse che erano state disposte in modo da rallentare il transito. È una trappola, si disse. Ma ormai non poteva più tornare indietro. Cercava di avere il controllo di ogni cosa intorno a sé. Ogni tanto sussultava perché pensava di aver notato qualcosa. Era convinta che, da un momento all'altro, qualcuno le avrebbe teso un agguato. Ma i suoi nemici non erano reali, erano fatti di ombra ed esistevano soltanto nella sua testa. Che stupida sono, si disse quando intravide l'uscita. Poco dopo si ritrovò di nuovo all'aperto.

Spense i fari e percorse un lunghissimo tratto di via di Porta Cavalleggeri. Poi proseguì lungo via Gregorio VII e via Newton – tutto senza trovare ostacoli. Quante volte, in un normale giorno feriale, si era ritrovata bloccata in interminabili file su quelle strade? Era la routine di ogni romano. Sandra aveva sempre fatto paragoni con il traffico di Milano, meno caotico e più sopportabile. Però adesso, transitando in mezzo ai quartieri residenziali senza luce, rimpianse gli ingorghi e il suono dei clacson. Chissà se quella vita sarebbe mai tornata com'era prima.

Prese il viadotto della Magliana e scavalcò la Cristoforo Colombo – una lunga striscia di asfalto completamente svuotata. Poi fermò l'utilitaria a un centinaio di metri da via delle Tre Fontane. Fece inversione e la parcheggiò in mezzo alla strada, in modo da facilitarsi un'eventuale fuga. Da lì proseguì a piedi.

Dopo poche decine di metri, la riconobbe. La ruota panoramica, simbolo del luna park, era una pupilla spenta – esattamente come gli occhi dei suoi nemici.

Si issò sul muro di cinta e saltò dal lato opposto. Atterrò con entrambi i piedi in un'aiuola. Intorno a lei, l'assoluta desolazione. S'incamminò senza sapere esattamente cosa cercare. Crespi non aveva fatto in tempo a dirglielo, ma era convinta che l'avrebbe capito da sé.

Attraversò un arco con un grande elefante sorridente e, superato un chiosco di popcorn, si ritrovò sul viale principale. Il blackout si era portato via le risate dei bambini e l'allegria elettrica di luci colorate e intermittenti. Il tirassegno, la macchina per lo zucchero filato, il negozio di souvenir: era tutto chiuso. Il bruco delle montagne russe, la giostra dei cavalli, l'autoscontro, la grande piovra viola che girava su se stessa erano fermi. Ma sembrava soltanto un'immobilità apparente. Sandra aveva la sensazione che, da un momento all'altro, le attrazioni avrebbero ripreso vita. Ma senza la musica e le lampadine variopinte: solo mostri meccanici fatti di buio.

Arrivò vicino alla casa dei fantasmi, che adesso appariva come la cosa meno lugubre in quel cimitero del divertimento. Un rumore improvviso – passi? – la mise in allerta. Si gettò carponi dietro alla grande civetta che vegliava sull'entrata. Aveva fatto appena in tempo, perché alle sue spalle apparvero due individui che percorrevano la sua stessa strada. Sandra non estrasse nemmeno il revolver, cercò di stare ferma il più possibile e trattenne anche il respiro. Le sfilarono accanto, a meno di un metro. Non si accorsero di lei e proseguirono. Lasciò trascorrere ancora qualche secondo prima di trovare il coraggio per sporgersi oltre il grande uccello notturno. Quando lo fece, vide la scena che si svolgeva proprio ai piedi della gigantesca ruota panoramica.

Una lunga fila ordinata di dormienti – così li aveva ribattezzati. Erano decine e decine.

Sembravano in attesa di fare un giro nel cielo scuro. Nessuno parlava e non c'era gioia sui loro volti. Rispettavano il proprio turno, diligentemente. Davanti a loro c'erano tre, forse quattro uomini e anche un paio di donne che li attendevano con una coppa fra le mani. I dormienti si avvicinavano e aprivano la bocca. Attendevano che gli fosse appoggiato qualcosa sulla lingua. Poi lasciavano la fila e si allontanavano.

Sandra pensò subito al rito cristiano dell'eucarestia. L'ostia nera, si disse.

« Il Signore delle ombre, invece, ci ha restituito *la conoscenza* » aveva affermato Crespi. « Chi assaggia la sua comunione riceve in cambio il dono del sapere. »

Sandra non si era lasciata suggestionare dalle parole dell'anziano commissario. Ma, davanti a quella scena surreale, era costretta a domandarsi se invece fosse tutto vero.

Perché Crespi mi ha mandato qui? Non c'era una ragione specifica, non sapeva nemmeno cosa stesse guardando esattamente. Se solo ci fosse stato Marcus, avrebbe potuto confrontarsi con lui.

Adesso, però, doveva andar via di lì. Aveva visto abbastanza e poteva essere pericoloso. Per tornare alla macchina avrebbe percorso lo stesso tragitto. Si mosse con rapidità, ma arrivata nei pressi della casa degli specchi scorse il riflesso di alcuni dormienti che venivano verso di lei. Cambiò strada prima che la notassero e si inerpicò su una collinetta. Da là sopra aveva una visuale piuttosto buona dell'ingresso est del parco. I dormienti giungevano da lì.

A piedi, in gruppo o alla spicciolata: la ruota panoramica, come un faro nero, indicava loro la direzione da prendere.

Sandra si voltò per proseguire ma se ne trovò davanti uno.

Aveva al massimo venticinque anni, indossava un parka viola e sotto solo una lurida canotta grigia, pantaloni scuri e anfibi. Aveva i capelli lunghi e unti. Anche lui sembrava sorpreso di vederla. Dopo un lungo silenzio, si portò una mano all'inguine. « Scopiamo? » chiese, quasi con gentilezza.

I suoi occhi non erano ancora vuoti, ma lo sarebbero diventati presto, pensò Sandra che aveva già notato la trasformazione. Avrebbe potuto fingere che fossero dalla stessa parte, ma lui avrebbe percepito la sua paura – era sicura che ne possedesse la capacità. Estrasse il revolver dalla tuta e glielo puntò contro.

Il tizio sorrise. « Se spari ti sentono » e indicò col capo verso la ruota panoramica. « Scopiamo? » ripeté, e mosse un passo verso di lei.

Sandra gli diede una spinta e lo fece cadere. Poi si voltò e si disinteressò di lui. Non le importava di essere riuscita a dissuaderlo, pensava solamente a correre più che poteva.

Il cuore le batteva forte e si sentiva ansimare. Stava

iperventilando, ma era il panico. Il troppo ossigeno era un problema, avrebbe messo sotto sforzo i polmoni e accelerato il battito cardiaco. E sarebbe aumentata la fatica. Non ce la farò mai a raggiungere la macchina, si disse. Ma non era in grado di cambiare le cose, non aveva più il controllo del proprio organismo. Ormai il suo corpo apparteneva alla paura.

Udì dei passi alle spalle, un calpestio sempre più vicino. Si voltò per un istante, quanto bastava per scorgere la sagoma dell'uomo col parka viola che la inseguiva. I lunghi capelli formavano una specie di criniera intorno al volto scuro.

È veloce, si disse. Lui non ha paura.

Vide il muro che aveva scavalcato per entrare. Significava che era vicina alla meta, ma rappresentava anche un ostacolo. Avrebbe dovuto arrampicarsi e l'inseguitore poteva raggiungerla e tirarla giù.

Posso girarmi e sparare. Poi avrei tutto il tempo di arrivare alla macchina prima che gli altri mi individuino. Era una buona idea. Afferrò il calcio del revolver con entrambe le mani, roteò su se stessa, prese la mira e sparò.

Ma l'inseguitore non c'era più.

Il colpo riecheggiò nel silenzio del parco. Merda, disse fra sé. E subito riprese a correre. Si era nascosto? Stava cercando di coglierla di sorpresa? E, soprattutto, quando sarebbero arrivati gli altri?

Giunta alla base del muro, si guardò intorno. Dovette infilarsi nuovamente il revolver nella tuta. Si inerpicò sulla parete di mattoni, con movimenti frenetici. Ma nessuna mano spuntò dall'ombra per afferrarle la caviglia, non si sentì nemmeno tirare verso il basso. Riuscì a issarsi e a saltare dall'altro lato. La strada era vuota e, a poche decine di metri, c'era l'utilitaria che l'attendeva, pronta a portarla via da lì. Un ultimo sforzo, si disse, e ricominciò a correre.

Udì prima lo spostamento d'aria – come il passaggio di un uccello. Poi avvertì l'impatto sulla destra del capo. Nessun dolore, solo un improvviso stordimento. Non fece in tempo ad allungare le braccia per attutire la caduta e sentì subito il brecciolino che si conficcava nella pelle del viso – il bacio doloroso dell'asfalto sulla guancia. Non riusciva a muoversi, la testa le girava troppo. Il sasso che l'aveva colpita, grosso come un pugno, giaceva accanto a lei. Non aveva più il revolver – chissà dov'era finito. Lentamente si voltò sulla schiena e lo vide.

Era in piedi sul muro, col parka viola e il braccio alzato in segno di vittoria. « Sì! » urlò trionfante. Era felice.

Sandra provò a rialzarsi, ma ricadde sui gomiti. In fondo alla strada apparve un gruppo di persone. Poco dopo iniziarono a venire piano verso di lei, curiosi.

Sandra provò a strisciare all'indietro. Avrei dovuto spararagli subito, si disse. Perché ho esitato su quella cazzo di collina? L'utilitaria era a pochi metri, ma disperava di raggiungerla. Peccato, era così vicina. Lo stronzo sul muro continuava a gridare, la schiera ad avanzare. Sandra Vega capì che non le rimaneva più molto tempo. Mentre si trascinava, la sua mano sfiorò la canna del revolver. Lo afferrò, era pesante ma riuscì lo stesso a sollevarlo. Sparò allo stronzo, senza alcuna speranza di centrarlo. E lo centrò. Lo vide sparire all'indietro, come un bersaglio del tirassegno. D'altronde, siamo in un luna park, si disse. Avrebbe riso della battuta, ma non era nemmeno più sicura che fosse divertente. Lo sparo non aveva turbato minimamente i dormienti.

Non hanno paura di morire, si disse.

Cominciò a sparare a casaccio nella loro direzione. I colpi andarono a vuoto. Per un attimo riuscì a disperderli. Ma quando compresero che aveva terminato i proiettili, si ricompattarono.

Avrebbe voluto che Marcus la salvasse, come era successo altre volte. Lui vegliava sempre su di lei, di nascosto. Anche se non poteva averne la certezza, per tutti quegli anni Sandra si era sentita sicura.

Dove sei adesso?

Capì che stavolta avrebbe dovuto provvedere da sola a se stessa. Ma non doveva farlo solo per lui. Doveva farlo soprattutto per loro due insieme.

Smise di strisciare all'indietro come un'idiota e, facendo leva sulle braccia, riuscì a mettersi in ginocchio. Inspirò, espirò. Vide che anche la schiera si era fermata. Sapeva cosa significava: si preparavano ad attaccare l'intrusa. Infatti, si mossero contemporaneamente. Lei si sollevò, barcollò ma mantenne l'equilibrio. Si voltò verso la macchina e riprese a correre. Si frugò in tasca in cerca della chiave – per quale cazzo di motivo l'aveva chiusa? La trovò, schiacciò il pulsante dell'apertura automatica: le frecce ammiccarono e fu salutata da un allegro cicalino. Iniziarono a pioverle addosso degli oggetti. Se uno solo l'avesse colpita, sarebbe stata la fine. Ma al momento non aveva tempo di evitarli.

Correva. Correva e basta.

Arrivata nei pressi dell'auto, spalancò lo sportello e si gettò nell'abitacolo. Mise in moto mentre richiudeva. Li sentì arrivare, ammassarsi sul retro, percuotere i vetri e il tetto. L'avevano circondata. Vedeva i loro volti schiacciati sui finestrini – occhi vuoti che la cercavano. Ingranò la marcia e pestò l'acceleratore. Udì le loro mani sudate sfregare contro la carrozzeria mentre l'auto si metteva in marcia – un graffio stridente. Ancora altri colpi, ancora altri sassi. Poi solo il rumore del motore. Non guardò nemmeno nel retrovisore.

Vaffanculo, Crespi, pensò. Perché era stato del tutto inutile andare fin lì.

16

5 ore e 3 minuti all'alba

La dimora dei Šišman era in via della Gatta.

A pochi passi c'erano via del Corso e la galleria Doria Pamphilj. In un'area molto ristretta del centro storico vi erano alcuni fra i palazzi più belli e misteriosi della nobiltà romana.

La via prendeva il nome da una gatta di marmo, rinvenuta fra le rovine di un antico tempio dedicato a Iside e quindi posizionata su uno stabile del Cinquecento. Aveva ispirato due leggende. La prima voleva che il felino guardasse in direzione del punto in cui era nascosto un tesoro, che però nessuno aveva mai trovato. La seconda era la storia di un bambino in bilico sul cornicione. Si narrava che la gatta avesse richiamato l'attenzione della madre col proprio miagolio, impedendo così che il piccolo cadesse nel vuoto.

Marcus pensò subito a Tobia Frai: chissà se sarebbe riuscito a evitare che precipitasse nel baratro della Chiesa dell'eclissi.

Si introdusse nel palazzo scassinando la grata della vecchia carbonaia e si ritrovò nei locali che un tempo ospitavano le cucine. Salì lungo una stretta scala a chiocciola. Al primo piano c'erano solo alloggi di servizio, perciò proseguì verso il secondo, il cosiddetto piano nobile. Sbucò da una porta celata nel muro affrescato, che di solito veniva usata dalla servitù.

La casa era buia e silenziosa.

Marcus era sicuro che Nikolay Šišman – l'Alchimista – si nascondesse lì da qualche parte. Avvertiva la sua presenza, come un presagio cattivo. Per questo, prima di iniziare la ricerca, il penitenziere si inginocchiò e chiuse gli occhi. Dopo essersi fatto il segno della croce, a bassa voce iniziò a pregare. « Dio, conferiscimi il potere di scorgere i segni del male per scacciarlo da questo mondo. Fa' che il mio sguardo sia incontaminato, il mio udito integro, i miei gesti incorrotti. Soprattutto, fa' che la mia mente sia pura nella ricerca della verità. Concedimi la forza di *vedere*, così l'umile servo potrà adempiere in tuo nome al proprio dovere. E proteggimi dall'oscura minaccia del peccato... Amen. »

Poi Marcus riaprì gli occhi.

Come sempre, la prima sensazione fu che il mondo intorno a lui fosse cambiato. Lo spazio vuoto aveva assunto una consistenza diversa, una specie di spessore. Era come muoversi in un liquido. Il tempo aveva iniziato a dilatarsi, rallentando. Si era aggiunta una nuova dimensione, più profonda.

Il compito del penitenziere era scandagliare quell'abisso.

Avvertì subito un odore di incenso e candele spente. Lo seguì, incamminandosi per le stanze del palazzo. Erano soprattutto saloni che si susseguivano e sembrava non dovessero finire mai. Mobili antichi, seta cinese e velluti, arazzi e dipinti rinchiusi in vistose cornici barocche. Marcus poteva avvertire il lavorio dei tarli che divoravano dall'interno i legni e le preziose tappezzerie. Nonostante l'apparenza, tutto rischiava di crollare da un momento all'altro, come la quinta di una grottesca messinscena.

Giunse in una grande camera con un letto a baldacchino. In un angolo della stanza era stato allestito un laboratorio chimico che adesso era coperto da un telo opaco di plastica. Il penitenziere lo levò. Riconobbe un miscelatore, il cromatografo, un distillatore. Accanto alla bilancia di precisione c'era persino una colonna di Vigreux. Imbuti, pipette e vetrini, e un microscopio. Tutto l'occorrente per creare l'illusione della guarigione, si disse ripensando al tentativo disperato di Nikolay di curare la moglie Penka da una grave malattia.

Su un ripiano era posata una boccetta di vetro rosa, trasparente. Sembrava un profumo da donna, ma sopra l'etichetta c'era scritto: «Cloridrato di fenetillina». Marcus la ripose subito perché si accorse di una porticina dalla parte opposta della stanza.

Il penitenziere si avvicinò e appoggiò una mano sul battente, spingendolo piano. Era una cameretta. C'erano un letto singolo e un armadio laccato di bianco. Le pareti erano rivestite di una carta da parati azzurro polvere. Accostato alla finestra, un banchetto con dei libri e un pallottoliere. C'erano un cavalluccio a dondolo e un trenino di legno con le rotaie. Su uno scaffale erano schierati i soldatini di piombo, su un altro erano esposte le macchinine di latta. C'erano un orso di peluche e un pagliaccio a corda che, caricato a dovere, suonava il tamburo.

Gli venne in mente la collezione del Giocattolaio. Ma era la stanza dei balocchi di un bambino ormai vecchio. Cornelius non gli aveva parlato di alcun figlio dei Šišman, ma era verosimile che quelle cose appartenessero all'infanzia di Nikolay. Quando si voltò per uscire, gli cadde lo sguardo sulla cornice della porta.

Ecco l'anomalia.

C'erano delle tacche. Accanto a ognuna una misurazione. Erano del tutto simili a quelle che aveva notato nella cucina di Matilde Frai e che si fermavano al 22 maggio di nove anni prima – tristi testimonianze di un'abitudine interrotta con la scomparsa del suo bambino. Quelle che Marcus aveva davanti, invece, iniziavano dal giorno 23 e proseguivano fino a qualche giorno prima.

È qui, si disse pensando a Tobia. Questa è la sua stanza.

Immaginò un ragazzino imprigionato nel passato. Costretto a vivere in cattività in una casa enorme, insieme a un uomo impazzito di dolore. Un bambino malinconico che, da grandi finestre, guardava il mondo esterno andare avanti nel tempo, ma che nessuno là fuori riusciva a vedere.

Marcus provò un'immensa pena per lui.

Continuò l'esplorazione dirigendosi al terzo piano.

Stavolta per salire usò la scala padronale. La prima stanza che incontrò era un vestibolo dalle pareti grigio scuro, adibito a guardaroba. In un armadio a muro erano appese ordinatamente delle tuniche nere. Poco più in là, una grande scarpiera che però era vuota.

Il penitenziere registrava tutto con la mente, annotava ogni dettaglio. Per questo, quando varcò la soglia della seconda stanza rimase impietrito. Nulla avrebbe potuto prepararlo alla visione di ciò che aveva davanti. La scena, sospesa ai confini dell'irrealtà, era un incubo cosciente.

Nel buio c'erano delle figure che lo aspettavano.

Schierate in diverse file, formavano un semicerchio intorno a lui. Dalle loro teste s'innalzavano strane forme – alcune erano singolari geometrie, altre erano simili a corna o pennacchi.

Le figure erano immobili e lo fissavano.

Marcus si sentì gelare, ma avanzò verso di loro. Non erano persone, ma torsi umani. Ognuno infilzato in un palo che poggiava su una base.

Manichini.

Sul capo era posata una maschera rinascimentale di incredibile fattura.

Il penitenziere si aggirò in quel lugubre veglione.

Le maschere erano fatte di cartapesta ma anche di ceramica o di legno. Intarsiate con pizzi e merletti. Alcune erano arricchite di lapislazzuli e piccole pietre colorate. Altre erano adornate con piume di pavone o di uccelli esotici. Nasi allungati e adunchi, oppure delicati. Occhi grandi o felini, senza orbite. Alcune terminavano con una grande corolla, altre con un pomposo copricapo.

Lasciatosi alle spalle la stanza delle maschere, finalmente il penitenziere entrò nel grande salone delle feste. Unico arredo, i tre candelabri di cristallo che incombevano sulla pista da ballo.

Da uno di essi pendeva un corpo.

Marcus si avvicinò e vide che si trattava di un uomo sulla settantina appeso per un piede a testa in giù. La corda legata alla caviglia destra lo faceva girare lentamente su se stesso – terminava un giro e poi cambiava il verso della rotazione. Sotto di lui una distesa di scarpe di tela bianche, anche se il cadavere ne indossava un paio nere.

Marcus le riconobbe. Erano le sue.

Al penitenziere non sfuggì l'ironia dell'assassino. Ecco dov'erano finite, si disse. Ed ecco anche perché, quella mattina all'alba, aveva trovato quelle di tela accanto ai propri vestiti nel Tullianum.

Tuttavia, dovette constatare che la tortura toccata a Nikolay l'Alchimista era peggiore dell'essere chiusi al buio in una specie di cisterna di tufo, nudo e ammanettato ad attendere una morte per inedia. Quello che aveva davanti era sicuramente il supplizio più semplice ma terribile che potesse immaginare. Il sangue, che solitamente grazie a un ingegnoso meccanismo biologico riusciva a risalire il corpo ingannando la gravità, dopo due ore in quella posizione confluiva massicciamente nel cervello provocando prima una strana euforia e poi emicranie a grappolo, con fitte intense e accecanti lampi di luce. Dopo quattro o sei ore, a seconda della resistenza del condannato, i muscoli della gamba iniziavano a strapparsi e le ossa a staccarsi per l'impossibilità di reggere così a lungo il peso del corpo in una postura innaturale. La sofferenza era inenarrabile. La terza fase, la più tremenda, cominciava dopo circa dodici ore, quando gli organi interni erano costretti ad abbandonare la propria posizione originaria e si andavano ad ammassare sul fondo della cassa toracica, al livello delle spalle. Cominciavano a spingere l'uno contro l'altro come una folla disperata che cerca una via d'uscita in un budello. Però la morte sopraggiungeva soltanto quando il cuore, stremato dalla fatica, esplodeva improvvisamente.

Marcus avrebbe voluto urlare la propria rabbia. Aveva trovato il luogo di detenzione di Tobia e anche l'Alchimista, ma il bambino non c'era.

L'aveva portato via l'assassino o era nelle mani del Maestro delle ombre, il vertice della Chiesa dell'eclissi? Il penitenziere non aveva elementi per sciogliere l'enigma. E se si fosse trattato della stessa persona?

No, si disse. C'era ancora qualcosa che non riusciva a comprendere.

Dato che non aveva motivi per rimanere al buio,

accese la torcia e la puntò su Nikolay Šišman perché voleva sapere almeno che faccia avesse. L'appeso lo guardava con occhi sgranati e con la lingua che fuoriusciva dalla bocca aperta, come una smorfia insolente. Sulla parete alle spalle del cadavere, Marcus notò delle foto incorniciate. Si avvicinò e cominciò a passarle in rassegna con l'ausilio della luce.

Erano scatti in bianco e nero di veglioni del passato. Gli ospiti in smoking e abito da sera indossavano le maschere rinascimentali, dando vita a un piacevole miscuglio di epoche e stili. Danzavano nella sala da ballo illuminata. A Marcus sembrò di sentire l'eco del jazz dolce e ritmato dell'orchestra. Alcuni invitati fumavano ai tavolini, altri bevevano champagne servito da camerieri in livrea. Si percepiva la loro allegria. Il penitenziere pensò subito alle feste di Penka Šišman, era sicuramente lei l'animatrice di quelle serate.

Da un certo momento in poi, però, nelle foto mutava radicalmente l'atmosfera.

L'allegria spariva. Gli smoking e gli abiti da sera venivano sostituiti da lunghe tuniche nere. Le scarpe lucide e col tacco da calzature di tela bianche. Gli sguardi dietro le maschere diventavano vuoti e inespressivi. Penka era morta, lo si capiva subito. Le feste erano diventate qualcosa di diverso. Il carnevale si era trasformato nel rito oscuro della Chiesa dell'eclissi.

« Ora ai suoi ospiti chiedeva di compiere rituali di magia, sedute spiritiche » aveva detto Cornelius a proposito del cambiamento di Nikolay dopo la scomparsa della moglie.

Davanti agli occhi del penitenziere quella metamorfosi era evidente. Innocue riunioni goliardiche e conviviali si erano convertite in un perverso culto pagano. Scene orgiastiche condite da misteriosi simbolismi. In alcune erano presenti animali: un agnello, un cane nero, un corvo, un gatto.

Seguendo le foto sulla parete, Marcus si soffermò su un'immagine risalente a molti anni prima. Al centro di un cerchio di maschere c'era una ragazza nuda. Il suo corpo era giovane e flessuoso. E il volto non era celato, era visibile.

« Ricordo che ero a una festa, e che non ero in me. Ho scoperto di essere incinta un mese dopo. »

Le parole di Matilde Frai riecheggiavano ancora nelle orecchie del penitenziere. Ma dall'espressione nella foto la donna non dava l'idea di aver perso il controllo di sé. Al contrario, dominava la scena. Era provocante e ammiccava chiaramente verso l'obiettivo.

« Mio Dio, salvaci » disse Marcus al silenzio della sala da ballo quando vide il cerchio azzurro tatuato sul suo ventre.

L'ex suora era una di loro.

17

Il giudizio davanti al Tribunale delle Anime era anche chiamato « ufficio delle tenebre ».

Il nome del rito derivava dal grande candelabro dorato posto al centro della sala in cui si riuniva la santa corte. Aveva dodici braccia su cui erano accese altrettante candele.

Tutt'intorno, dodici confessionali formavano un semicerchio. Ospitavano la giuria.

Solitamente, per garantire la massima equità del giudizio, i membri del collegio che doveva esprimersi sulla *culpa gravis* di un peccatore venivano sorteggiati a caso fra alti prelati e semplici sacerdoti di Roma. Quella notte era stato arduo reperirli tutti. Alla fine, però, i cancellieri ce l'avevano fatta e adesso ogni cosa era pronta perché avesse inizio il procedimento.

Il cardinale Erriaga stava ultimando la vestizione nella sacrestia. Aveva indossato i paramenti, mancava solo la cappa rosso porpora. Senza accorgersene, continuava a procrastinare. Dopo aver letto il peccato scritto nel taccuino, si dibatteva fra dubbi e incertezze. Cos'era giusto fare? All'interno della corte, l'Avvocato del Diavolo ricopriva il ruolo di accusatore. Perciò Erriaga avrebbe dovuto insistere perché al penitente non fosse concesso alcun perdono. Ma stavolta non era soltanto in gioco il destino di un'anima. C'era molto di più. Si trattava delle fondamenta della Chiesa stessa.

I segni erano apparsi. La profezia di Leone X si era avverata quasi cinquecento anni dopo la misteriosa morte del papa.

Il pensiero lo atterrì, ma era tardi, non poteva più rimandare. Indossò la cappa. « Il Tribunale delle Anime finisce stanotte » si disse a voce bassa. Poi sollevò il cappuccio sul capo e s'incamminò verso l'aula.

Gli undici membri della giuria entrarono in fila, con le cappe nere e a capo coperto. Ogni volta che uno di loro passava accanto al candelabro, smorzava con due dita una fiammella. Poi prendeva posto nel confessionale che gli era stato assegnato. Come previsto, alla fine rimasero una candela accesa e un confessionale vuoto. Nella simbologia del rito, dove il dodici replicava il numero degli apostoli, i due elementi rappresentavano Giuda – il traditore che non era ammesso a quel consesso.

L'Avvocato del Diavolo si munì del grande cero che raffigurava la luce di Cristo e fece il proprio ingresso nella sala transitando sotto l'alto colonnato di marmo. Andò a deporre il cero al centro del candelabro dorato, poi si rivolse ai confessionali. Non poteva vedere i volti dei giurati nascosti nell'ombra, però era consapevole che lo stavano osservando. « Fratelli » esordì. « In queste ore, Roma e la cristianità sono sotto la minaccia di un grave pericolo. Fuori da quest'aula, oltre i muri di questo palazzo, decine, forse centinaia di vite sono state strappate e altrettante anime lottano ancora per sopravvivere. Noi abbiamo una grande responsabilità questa notte: decidere se salvarne o meno una soltanto. » Lo sottolineò sollevando l'indice al cielo, con l'enfasi dell'oratore magnifico qual era. « Ma, da ciò che stabiliremo, dipenderà anche l'incolumità di tante altre. » Poi attese che l'eco depositasse le parole nel silenzio della sala, come sassi sul fondo di uno stagno. Quindi prese il taccuino e iniziò a leggere: « 'In questo momento, a Roma sono le ventitré del 22 febbraio. Due ore fa è stato annunciato un blackout che inizierà alle sette e quarantuno di domani, ma ho motivo di ritenere che io non vedrò sorgere il sole... Sono un penitenziere alle dipendenze del Tribunale delle Anime, un cacciatore del buio. Per molti anni ho servito la santa corte, ho vigilato sul male e sul peccato che invadono in segreto il mondo. Ora sto per compiere l'atto conclusivo della mia ultima indagine. Ma stavolta, per portare a termine il mio incarico, ho superato il limite dei miei doveri e ho infranto il mio voto. Per questo, prima di morire, chiedo di essere assolto dai peccati che sto per riportare in queste pagine. Purtroppo non sono in grado di evitare ciò che accadrà domani, quando il buio calerà su Roma' ». Erriaga fece una pausa. « 'L'unica attenuante al mio fallimento è l'aver salvato la vita di un bambino...' »

18

« Matilde Frai ci ha ingannati. »

Sandra era ancora alla guida dell'utilitaria mentre parlava al telefono satellitare con Marcus. La linea era molto disturbata. « Non capisco, cosa intendi? » fu costretta a domandare perché aveva perso la prima parte della frase.

« È stata lei. Ha ucciso gli altri... Il Vescovo, il Giocattolaio e adesso l'Alchimista. » Il penitenziere si aggirava per la sala da ballo di palazzo Šišman cercando di mettere ordine nelle idee. « Ha sbattuto me nel Tullianum perché avevo capito tutto. Nonostante sia riuscito a sopravvivere, è stata anche aiutata dalla mia amnesia. » Poi le spiegò della foto e del tatuaggio sul ventre.

Sandra era sconvolta. « Mi stai dicendo che ha avuto un ruolo nella scomparsa del figlio, che era d'accordo? » Provò a riflettere: aveva un senso. « Crespi è stato ucciso con la tortura della cenere » gli comunicò. « Mi sono domandata come avesse fatto l'assassino a trovare la casa staffetta. È evidente: siamo stati noi a condurre Matilde da lui, deve averci seguito dopo che siamo stati in visita a casa sua. »

« E c'è un'altra cosa » aggiunse Marcus. « Ho trovato la prigione di Tobia. L'hanno tenuto rinchiuso in un palazzo del centro per nove anni, ma adesso devono averlo spostato. »

« Perché? »

« Non riesco a capirlo, ma il bambino è il fulcro del piano della Chiesa dell'eclissi fin dal giorno in cui è nato. Tuttavia non credo che fosse solo per il fatto che è il figlio di una ex suora, altrimenti perché inscenare una scomparsa nove anni fa e tenerlo in vita fino a ora? »

« Ricatto » disse Sandra. « Crespi ha scritto questa parola sul muro prima di morire. »

« Infatti » convenne il penitenziere. « Qualcun altro sa che Tobia non è semplicemente sparito nel nulla, ma è stato rapito. Per tutti questi anni, gli adepti della Chiesa dell'eclissi si sono serviti del bambino per ottenere favori da costui. »

« Il padre » disse subito la poliziotta. « Una minaccia simile ha presa solo su un genitore. Dobbiamo scoprire chi è il padre del bambino. »

Marcus era d'accordo. « C'è solo un modo: dovremo trovare Matilde Frai e costringerla a dirci il suo nome. Dove sei adesso? »

Sandra non gli raccontò del luna park, né di ciò che aveva visto. Non voleva che si preoccupasse, e poi era inutile ai fini dell'indagine. « Posso essere all'Esquilino entro venti minuti. »

« Va bene, ci vediamo lì », e riattaccò.

Marcus mise via il telefono satellitare. Aveva visto abbastanza, poteva lasciare l'edificio. Quando tornò sulla scala padronale, fu frenato da uno strano suono. Una nenia lontana e incomprensibile.

Proveniva dal quarto piano.

Il penitenziere spense di nuovo la torcia e cominciò a salire, chiedendosi cosa potesse essere. Giunse in cima e si accorse che lì c'erano solamente le vecchie soffitte. Una porta di legno oscillava sui cardini. Adesso il suono era più chiaro, simile a una trasmissione radio. Si sentiva distintamente una voce che declamava un discorso.

«*Attenzione. Questo è il primo comunicato del nuovo ordine costituito. Abbiamo preso Roma, Roma è nostra. I tutori della legge e le forze dell'ordine sono già schierati dalla nostra parte...*»

Marcus scostò la porta e vide che nelle soffitte erano accatastati vecchi mobili. Il pavimento era ricoperto di acqua e di foglie entrate col vento. Infatti, in fondo alla stanza c'era un abbaino aperto da cui si scorgeva la cima bianca dell'immenso Altare della Patria illuminato da una inaspettata luna piena.

Il penitenziere si addentrò maggiormente nel sottotetto, in cerca della voce misteriosa.

«*... Ai soldati che dovessero accingersi a entrare nella Capitale diciamo: state lontani da qui, questa città ci appartiene. Se varcherete i sacri confini, non tornerete mai più dalle vostre famiglie, non rivedrete più i vostri figli, mogli, mariti o fidanzati, e i vostri genitori vi piangeranno...*»

Arrivato in fondo, scoprì che l'ultima stanza ospitava un'apparecchiatura. La voce proveniva da un altoparlante.

«*... Attenzione, popolo di Roma: il papa è fuggito e i cattolici sono senza una guida. Le mura del Vaticano sono cadute e anche la Cappella Sistina è stata conquistata...*»

Marcus si avvicinò. Si trattava di una trasmittente radiofonica alimentata con la batteria di un'auto. Un grosso cavo saliva sul soffitto per poi sparire fra le travi di legno. Verosimilmente, era collegato a un'antenna sul tetto.

«*... Convertitevi al Signore delle ombre, scendete per le strade e uccidete gli infedeli che oseranno opporsi a voi. Chi non si adeguerà sarà considerato un nemico della Chiesa dell'eclissi.*»

La voce s'interruppe bruscamente. Il penitenziere sentì un rumore meccanico e vide che accanto alla trasmittente c'era un vecchio giradischi su cui era posato appunto un disco di vinile. Il braccio con la puntina era collegato a un rudimentale timer con al centro un cronometro di precisione. Era tarato su un intervallo di quindici minuti.

Rammentò le parole del portiere di notte dell'hotel Europa quando aveva descritto a Sandra ciò che sentiva dalla radio a transistor. Qualche pazzo maniaco cercava di terrorizzare la gente con una specie di proclama. Chissà quanti, nell'angoscia di reperire notizie, avevano intercettato quel messaggio.

Il penitenziere si avvicinò ai cavetti che collegavano il congegno alla batteria per auto e li strappò via, mettendo fine alla trasmissione. Ma non fece in tempo a risollevarsi che qualcosa di duro si abbatté sulla sua nuca. Perse immediatamente i sensi.

Una strana luna bianca era apparsa nel cielo di Roma. Sandra ne aveva approfittato per parcheggiare a un isolato di distanza dall'indirizzo di Matilde Frai. Da dove si era posizionata, poteva tenere d'occhio l'ingresso della palazzina in attesa del penitenziere. Non era nemmeno sicura che la donna fosse in casa ed era convinta che neanche Marcus si aspettasse di trovarla lì. Nell'eventualità, avrebbero potuto sempre procedere a una perquisizione.

La madre di Tobia aveva un piano e probabilmente aveva trascorso le ultime ore e anche i giorni precedenti a realizzarlo. Una serie di omicidi feroci.

La scoperta che il misterioso assassino era un membro della setta aveva destabilizzato sia lei sia Marcus. A che scopo uccidere altri adepti? Era Matilde Frai l'enigmatico Maestro delle ombre oppure rispondeva agli ordini di qualcun altro?

Osservò l'orologio sul cruscotto dell'utilitaria. Il penitenziere era in ritardo, però non se la sentiva di agire da sola. Aveva un revolver ma senza più pallottole e, inoltre, Matilde aveva dimostrato di essere alquanto scaltra. Aveva ucciso in modo atroce molti uomini ed era riuscita ad avere ragione perfino di Marcus, gettandolo nel Tullianum. No, era troppo pericoloso, meglio aspettare.

Trascorsero ancora alcuni minuti, poi Sandra notò dei movimenti nella strada deserta. Qualcuno era uscito dallo stabile che stava sorvegliando. Non può essere lei, si disse. La figura risalì il marciapiede, procedendo proprio in direzione dell'utilitaria. La poliziotta scivolò in basso sul sedile, sperando di non essere notata. Quando l'ombra passò accanto al finestrino, la riconobbe.

Era Matilde Frai. Aveva con sé una piccola valigia.

Non è possibile lasciare la città, rammentò. Allora dove sta andando? Attese che svoltasse l'angolo per scendere dalla macchina e pedinarla. Quando si sporse oltre il palazzo, la vide più chiaramente. Nonostante il bagaglio, procedeva con passo deciso, avvolta in uno scialle nero che le arrivava fino alle caviglie.

Sotto indossava scarpe di tela bianche.

Attraversarono insieme quasi tutto il rione Esquilino. Sandra approfittava della luce lunare per tenersi a distanza senza perderla d'occhio. Arrivarono in fondo a via Carlo Felice. La strada terminava a ridosso di un tratto delle mura aureliane in cui era incastonata un'antica torre diroccata.

Matilde s'infilò in una porticina sparendo alla sua vista.

Sandra prese il telefono satellitare e provò a contattare Marcus per avvertirlo del cambiamento di programma. Sperava che facesse in tempo ad arrivare. Dall'altra parte della linea, però, squillava a vuoto. *Accidenti, dove sei?* C'era il rischio che la costruzione avesse un'altra uscita, e a quel punto avrebbe perso definitivamente contatto con l'obiettivo. Ci pensò un momento, poi decise di muoversi da sola.

Attraversò la carreggiata e s'introdusse nella torre.

Grazie alla luce della luna che filtrava dalle crepe sui muri, si accorse che l'interno era più ampio di come si poteva immaginare da fuori. Da alcuni resti d'affresco sui muri capì che si trattava di un antico oratorio, probabilmente sconsacrato. Il soffitto era alto e pericolante. Alcuni uccelli, che avevano trovato riparo nella struttura, sembrarono non gradire la loro presenza. Si agitavano nella penombra, da qualche parte sopra la sua testa. Dov'era Matilde? Vide che in fondo alla sala c'era una scala di legno. Si avvicinò. Si appoggiò al passamano per saggiarne la robustezza. Traballava. Ma era convinta che la donna l'avesse risalita. Sandra estrasse lo stesso il revolver scarico, perché almeno avrebbe potuto servirsene per minacciarla. Quindi appoggiò un piede sul primo scalino e iniziò l'ascesa.

Arrivata in cima alla scala, la vide in fondo alla stanzetta, la valigia era posata ai suoi piedi. Matilde Frai dava le spalle alle scale e guardava fuori da una finestra. Fissava immobile la piccola luna che vegliava su Roma. Avvolta nello scialle, sembrava un grande uccello nero. « Una volta questo posto era una chiesa » disse tranquilla. « Era dedicata a santa Margherita di Antiochia, protettrice delle partorienti. »

« Hai permesso che si prendessero tuo figlio » affermò Sandra di rimando. « Che razza di madre sei? »

Ma l'accusa non la turbò. « Questa era la stanza

dell'eremita, un uomo che aveva rinunciato a ogni cosa per vivere nella grazia del Signore.» Matilde si voltò a fissarla. «Bisogna essere davvero molto forti per rinunciare a ciò che più si ama al mondo.»

Sandra scosse il capo. «Non provi vergogna o pentimento?»

«Non mi sono mai sottratta al vostro giudizio. Sono rimasta sempre dov'ero. Dovevate solo venirmi a cercare... Ma nessuno l'ha fatto.»

«E adesso, allora, perché cerchi di scappare?» chiese Sandra indicando la valigia.

Matilde sorrise. «Il Maestro mi aveva messo in guardia, mi aveva detto di stare attenta. Infatti mi sono accorta subito che mi stavi seguendo.»

«Dov'è Tobia?»

«Non lo so» rispose, e sembrava sincera.

«Vuoi dirmi che in tutto questo tempo non hai mai avuto voglia di vederlo?»

«Scherzi, vero? Io me lo invento ogni giorno, parlo con lui e gli spiego ancora le cose. Ma Tobia non mi risponde mai... Tranne stamattina» aggiunse con un sorriso. «Quando un minuto prima che iniziasse il blackout è arrivata la telefonata, ho capito che era un segnale e che, dopo anni di attesa, era venuto il momento di agire. Finalmente le sofferenze sarebbero state ricompensate.»

Sandra non provava pena per lei. «Chi è il padre di Tobia?»

«Ti ho già risposto una volta a questa domanda.»

«Mentivi.»

« Anche se fosse, non posso dirtelo. È troppo importante. »

« Cosa credi che otterrai da tutto questo? »

« Io credo nel Signore delle ombre e nel suo profeta, il Maestro. Lui mi ha salvata. Sono semplicemente in debito. » Poi la donna si sciolse dall'abbraccio dello scialle.

« Ferma » le intimò la poliziotta col revolver, perché temeva che sotto la mantella nascondesse un'arma.

Matilde allungò semplicemente una mano verso di lei. « È la tua ultima occasione per unirti a noi. » Le stava porgendo un'ostia nera.

Sandra non rispose nulla.

« Come vuoi. » Matilde Frai dischiuse le labbra e la inghiottì. « Il mio viaggio finisce qui. » Poi scrollò le spalle e lo scialle le cadde ai piedi. Quindi si voltò verso la finestra e, a braccia spalancate, si lanciò nel vuoto.

Sandra non aveva mosso un muscolo per cercare di impedirglielo. Era rimasta esattamente dov'era. Non aveva alcun interesse a salvare un simile essere umano. E Matilde non avrebbe mai parlato. Una donna capace di fare ciò che aveva fatto lei, di resistere a ciò a cui aveva resistito lei, non avrebbe ceduto proprio alla fine.

Si avvicinò al parapetto e la vide di sotto, schiantata sull'acciottolato. Si disinteressò della donna e si dedicò alla valigia che aveva con sé, sperando in un indizio. La aprì e scoprì che conteneva abiti maschili. C'erano anche un rasoio e un nécessaire da viaggio.

Fu distratta da un suono familiare. Il satellitare stava squillando nella sua tasca. Lo prese. « Marcus » disse.

Dall'altra parte le rispose solo il silenzio. Ma c'era qualcuno, poteva sentire il suo respiro.

« Chi sei? » chiese allora con calma.

« Salve, Vega. » Era la voce di un morto. Era Vitali.

19

« Figlio di puttana. »

Vitali si mise a ridere e per poco non gli scivolò di mano il telefono satellitare. Doveva ammetterlo: la poliziotta gli piaceva.

« Che gli è successo? Cosa gli hai fatto? »

« Calma, Vega, qui si sta svolgendo solo un incontro fra gentiluomini. » E assestò un calcio a Marcus che era seduto per terra, con le mani sollevate sulla testa e a tiro della sua pistola.

« È in arresto? » Non sapendo cosa fare, aveva domandato la prima cosa che le era venuta in mente.

L'ispettore era molto divertito. « Ragiona, Sandra – posso chiamarti Sandra, vero? »

« Sì » si trovò a dire lei, senza neanche sapere perché.

« Allora, dicevo: ragiona, Sandra, il mondo come lo conoscevamo prima non c'è più. O, perlomeno, si è preso una bella pausa di riflessione. Perciò non valgono le regole di prima: non ci sono diritti civili, né tribunali, e nemmeno tutori della legge. Siamo in guerra e siamo tutti nemici. Contano solo le alleanze temporanee. »

Sandra non ne poteva più del sarcasmo di quel bastardo. « Cosa vuoi? »

« Che vieni qui a raccontarmi che succede, perché il tuo amico Marcus sembra muto. » Gli diede un'altra pedata, stavolta sulla schiena.

« Come sai il suo nome? »

« Oh, se è per questo so parecchie cose sul suo conto. » Vitali estrasse dalla tasca il foglietto su cui erano annotati gli elementi dell'indagine che aveva rinvenuto nella borsa di Sandra. Scorse la lista. « Per esempio, so che ha avuto un'amnesia temporanea. Io ho provato a fargli tornare la memoria, perché dicono che un colpo in testa a volte fa miracoli, ma non è servito. »

Marcus sanguinava ancora dalla nuca. Vitali lo aveva costretto a riprendere i sensi riempiendolo di calci. Adesso, dolorante e sotto la minaccia di un'arma, il penitenziere preferiva attendere prima di azzardare una reazione. Voleva vedere come si sviluppavano gli eventi.

« Il tuo amico non vuole parlare con me » si lamentò fintamente l'ispettore. « Ma ci credi? Sono un tipo gioviale, in fondo. »

« Se vengo da te, chi mi dice che poi non ci ammazzerai entrambi? »

« La diffidenza è un lusso che non ti puoi permettere, Vega. Non vieni: lui muore. Vieni: forse vi lascio andare entrambi. Decidi liberamente cosa ti conviene. »

« Non vengo » disse lei d'impulso.

Vitali rise di nuovo. « Credevo ci fosse del tenero fra voi due. Ma le donne sono volubili, si sa. »

Marcus non voleva che Sandra li raggiungesse lì.

Era sicuro che Vitali non avrebbe esitato a eliminarli entrambi. Piuttosto avrebbe sacrificato se stesso, tentando una pericolosa sortita per disarmare l'ispettore.

« Non ci sto ad assecondare i tuoi giochetti. Mi hai già fregata, so come funziona. »

« Tu non sai proprio un cazzo, Vega. » Il tono di Vitali era diventato di pietra. « Ho letto i tuoi appunti, ma col tuo amichetto non siete nemmeno vicini alla verità. » Poi sparò.

Il colpo rimbombò dal telefono satellitare, scuotendo Sandra.

« Palazzo Šišman, via della Gatta, quarto piano » disse l'ispettore. « La porta è aperta » e mise giù.

Sandra Vega non sapeva cosa fare. Decise di lasciare la torre dell'oratorio. Al momento non aveva tempo per pensare alla valigia con gli abiti maschili che Matilde Frai aveva con sé. Doveva escogitare un modo per liberare Marcus.

Mentre camminava per strada, elaborò un piano d'azione. Vitali aveva ragione quando sosteneva che le regole del gioco erano cambiate. In quella notte delirante, tutti avevano perso qualcosa. Ma se al termine del blackout programmato fosse tornata la pace, allora sarebbe iniziata anche la caccia ai responsabili.

L'ispettore aveva detto che lei e Marcus non erano minimamente vicini alla verità. Forse era così. Forse avevano perso il bandolo dell'indagine e non avrebbero mai fatto in tempo a trovare Tobia Frai e il Maestro delle ombre, e nemmeno a sgominare del tutto la Chiesa dell'eclissi. Ma avevano fermato l'assassino degli adepti. Sarebbe stata un'ottima merce di scambio per ottenere il rilascio di Marcus, peccato che Matilde Frai si fosse suicidata.

Tuttavia, aveva ancora qualche vantaggio da sfruttare su Vitali. Qualcuno avrebbe dovuto tenerne conto. E lei sapeva anche chi. L'idea gliel'aveva fornita il povero Crespi. Un ricatto, si disse.

Quando arrivò nei pressi dell'ingresso del formicaio, si trovò davanti uno sbarramento di uomini armati. Sollevò le mani e appoggiò il revolver ormai scarico sull'asfalto. « Sono l'agente Sandra Vega dell'ufficio passaporti » gridò.

Qualcuno accese un potente riflettore e lo puntò nella sua direzione, abbagliandola. Poi lei udì un rumore metallico a un paio di metri da sé.

« Mettile » disse una voce perentoria.

Sandra raccolse le manette da terra. Se le infilò ai polsi e poi li mostrò a beneficio del riflettore. Vennero a prenderla due uomini armati con fucili d'assalto e la condussero oltre la barriera. Le si parò davanti un sergente che la riconobbe. « Che ci fai qui? »

« Voglio parlare col capo » disse soltanto.

« Non credo sia possibile. Se vuoi, puoi sceglierti una divisa e unirti a noi. »

« Ditegli che ho un messaggio da parte dell'ispettore Vitali. »

Dieci minuti dopo le tolsero le manette e la introdussero nell'ufficio del capo della polizia. Con lui c'era anche il questore Alberti.

« Si accomodi, agente » la invitò De Giorgi. « Lei sa dove si trova l'ispettore Vitali? Ha bisogno di aiuto, per caso? »

« Se la cava benissimo da solo, grazie » rispose Sandra.

« Allora, questo messaggio? » la incalzò il questore.

« Ho visto gli elicotteri » disse invece. « Fra poco saranno qui, vero? Appena spunterà il sole, arriveranno in massa. »

« Il programma è questo, sì » ammise Alberti.

« Perciò vi rimane poco tempo per decidere come salvarvi il culo. »

L'espressione fece ammutolire i superiori. « Che sta cercando di ottenere? » disse il capo della polizia.

« Posso dimostrare che Vitali era a conoscenza del pericolo che si celava nel blackout e non ha fatto nulla. »

« E cos'altro sa? » chiese il questore, curioso.

« Che l'ispettore era al corrente dell'esistenza della Chiesa dell'eclissi e dell'ostia nera ben prima del video del telefonino che mi avete mostrato stamattina. E se lo sapeva lui... »

« È un'insinuazione pesante » disse il capo. « Se ne rende conto, agente Vega? »

« Sì, signore. » Rischiava di finire sotto processo per tradimento, ma non aveva alternative. « La mia non è una minaccia. È soltanto un'offerta... L'ispettore mi ha ingannata e poi mi ha usata, quell'uomo deve pagare. »

« Mi faccia capire. » De Giorgi incrociò le braccia e si sporse sulla scrivania. « Lei ci sta suggerendo di rovesciare tutta la merda addosso a Vitali. E si sta offrendo di sostenere questa tesi. Ma con quali argomenti e cosa vuole in cambio? »

« Voglio che lo richiamiate. »

« Perché? » domandò il questore.

« Non posso dirvelo. »

« Si è cacciato in qualche guaio? » chiese ironicamente Alberti. Poi si rivolse al capo della polizia: « Non è un tipo semplice, il nostro Vitali. Non piace a nessuno ».

Sandra non riusciva a comprendere le ragioni del sarcasmo. Tornò all'attacco. « So dell'unità segreta che si occupa di crimini esoterici – altro che ufficio statistiche! »

Il capo della polizia la guardò, sbalordito. « Unità segreta? Crimini esoterici? »

« È inutile che facciate finta di niente. Da anni Vitali si occupa di casi che vengono sistematicamente taciuti ai media per non mettere in imbarazzo voi e i vostri superiori. »

« E questo chi gliel'ha raccontato? » chiese il questore, divertito.

« Il commissario Crespi. » Ormai era morto, poteva fare il suo nome.

« Be', l'ha presa in giro. » Il capo della polizia la fissò negli occhi. « L'unità di cui parla non esiste, agente Vega. »

« Oh, ma esisterà nel momento in cui qualcuno vi ordinerà di togliere il livello quattro di segretezza ai fascicoli che riguardano proprio i casi di Vitali. » Sandra era determinata a ribattere con lo stesso scherno. « Ci sarà un sacco di gente che si domanderà perché l'ispettore viene spostato continuamente da una mansione all'altra. Ho visto il suo stato di servizio: si è occupato della rivista del corpo di polizia, del parco automezzi, perfino di decoro pubblico... »

« È vero » ammise finalmente il capo. « I casi dell'ispettore Vitali sono riservati. Ed è vero anche che continuiamo a cambiargli la qualifica. »

Sandra era soddisfatta, aveva segnato un punto a proprio favore.

« Ma è una misura di sicurezza necessaria a proteggere lui, non le sue indagini » proseguì De Giorgi.

Sandra adesso non capiva. « Proteggerlo da cosa? Non me la bevo. »

« Agente Vega, come le dicevo non esistono casi che abbiano per oggetto dei crimini esoterici. » Poi aggiunse: « L'ispettore Vitali è dell'antidroga ».

20

Sandra immaginava che il capo della polizia l'avrebbe fatta subito arrestare. Invece De Giorgi volle che vedesse qualcosa con i propri occhi e, lasciato il questore nell'ufficio, la accompagnò personalmente nella zona più recondita del formicaio.

Le celle di massima sicurezza.

Chi aveva progettato il bunker le aveva pensate per ospitare prigionieri eccellenti. « Qua dentro sono transitati boss mafiosi, terroristi, serial killer. Quando c'era bisogno di spostarli dal luogo di detenzione e di portarli a Roma per interrogarli in segreto, li mettevamo qui. »

Sandra non riusciva a comprendere il senso della visita guidata. Giunsero di fronte a una cancellata di ferro e il capo fece cenno alla guardia di lasciarli entrare. Percorsero un lungo corridoio su cui si affacciavano diverse celle.

Tutte vuote, tranne una.

Quando arrivarono nei pressi delle sbarre, il capo della polizia tese il braccio perché Sandra guardasse. « L'hanno fermato un paio d'ore fa, in una traversa di via Veneto. Ho dato io l'ordine di portarlo qui. »

Dimostrava venticinque, forse ventisei anni. Aveva sopracciglia biondissime ma si era rasato a zero il cranio. Sul collo aveva tatuato un vascello. Indossava una T-shirt bianca e dei jeans. Le guardie gli avevano portato via le scarpe, perciò poggiava i piedi nudi sul cemento.

Il dormiente stava dritto sulle gambe magre, al centro del minuscolo ambiente. Guardava davanti a sé con occhi vacui. Non si muoveva ma l'equilibrio era leggermente instabile, come se si dondolasse a causa di una brezza invisibile.

« È in grado di sentirci? » chiese Sandra un po' ingenuamente.

« E anche di parlare, se è per questo » replicò De Giorgi.

« L'ostia nera » disse la poliziotta ripensando alla scena vista al luna park dell'EUR.

Il capo della polizia annuì. « Agente Vega, lei cosa sa del Captagon? »

Adesso Sandra si voltò a guardarlo. « Il Captagon? » ripeté.

« Cloridrato di fenetillina, meglio conosciuto come 'la droga di Dio'. » Attese che lei registrasse l'informazione, poi proseguì: « È stata sintetizzata nel 1961 da una società tedesca e per venticinque anni è stata utilizzata per il trattamento di narcolessia e depressione. Veniva data anche ai malati incurabili per inibire il dolore. In seguito, la fenetillina è stata bandita da molti Paesi, fra cui l'Italia, a causa degli effetti collaterali. I più frequenti sono trance ipnotica e allucinazioni ma, soprattutto, è un potente eccitante, che stimola l'aggressività ».

Ancora una volta, Sandra rammentò la schiera che l'aveva aggredita fuori dal luna park. Mentre scaricava su di loro tutti i proiettili del revolver, sembravano non aver paura di morire. «Allora è di questo che si tratta: il caso di Vitali riguarda un traffico di droga.»

«Nel 2011 un laboratorio in Bulgaria ha ripreso clandestinamente la produzione. Da allora la fenetillina è facile da reperire sulle piazze di spaccio, raccoglie sempre più estimatori perché costa meno dell'anfetamina e l'effetto è prolungato. All'incirca dieci giorni fa, alcuni informatori a contatto con le bande che controllano il mercato delle droghe sintetiche nella Capitale ci hanno segnalato un insolito aumento dell'offerta di Captagon.»

«Quanto insolito?»

«Tanto da far saltare il business» affermò De Giorgi. «Qualcuno stava immettendo nel giro enormi quantità della sostanza in forma purissima. Appresa la notizia, Vitali ci ha messo subito in guardia perché c'era il rischio che perdessimo il controllo della situazione. Infatti, esistono precedenti in cui l'utilizzo diffuso di Captagon ha generato problemi di ordine pubblico. Lo prendono i black-bloc e gli anarchici nei loro blitz o quando vogliono aizzare una rivolta. Sono stati proprio loro a soprannominarlo 'il morbo'.»

«Quindi Vitali si è imbattuto per caso nella Chiesa dell'eclissi.»

«Esattamente» confermò il capo. «Stava indagando su una misteriosa figura chiamata 'l'Alchimista', un chimico bulgaro di cui l'ispettore sta ancora cercando di scoprire la vera identità.»

Šišman, si disse subito Sandra. Al telefono satellitare, Vitali le aveva fatto quel nome indicando il palazzo in via della Gatta in cui doveva recarsi se avesse voluto salvare Marcus.

«Quando ieri sera abbiamo visto il filmato nel telefono abbandonato sul taxi, abbiamo capito che il Captagon era diventato un problema. Probabilmente il povero spacciatore morto ingerendo soda caustica è stato usato come esempio da qualche organizzazione criminale per far capire al chimico bulgaro e alla sua banda col tatuaggio del cerchio azzurro che forse era il caso di smetterla di distribuire la roba gratis.»

Su questo, De Giorgi si sbagliava. Sandra aveva visto lo stesso uomo nelle foto del Colosseo: quello non era un comune spacciatore, era il rapitore di Tobia ed era stata Matilde Frai a ucciderlo. Ma non disse nulla. Era curiosa di sapere come mai la scelta della Chiesa dell'eclissi fosse ricaduta proprio su quella sostanza. «Perché 'la droga di Dio'?»

«Perché, fin dagli anni Settanta, le sette religiose si servivano della fenetillina per fare il lavaggio del cervello agli adepti. Attualmente il Captagon è molto in voga fra quei figli di puttana dei tagliagole dell'Isis. Reclutano degli sfigati, gli danno la pillolina nera, quelli si ritrovano magicamente nel paradiso con le vergini e, quando si risvegliano, non vedono l'ora di decapitare qualcuno o farsi saltare in aria con l'esplosivo.»

Allora era tutta qui « l'estasi della conoscenza » di cui parlava Crespi? Sandra non pensava che il suo vecchio amico commissario avrebbe rinnegato i propri principi per un'allucinazione. Ma sapeva che il racconto del capo della polizia era solo una parte della verità. La Chiesa dell'eclissi aveva uno scopo preciso, la fenetillina era solo una componente dell'intero piano.

« Perché mi ha portato qui? » chiese la poliziotta e osservò il ragazzo nella cella che continuava a barcollare in maniera sempre più vistosa.

« Mi sta forse dicendo che dovevo farla arrestare subito? » De Giorgi rise. « La mia carriera è già conclusa, domattina darò le dimissioni. Probabilmente finirò sotto processo e rimedierò anche una condanna. Mi dimenticheranno tutti e passerò il resto dei miei giorni a domandarmi se si poteva agire diversamente. » Sospirò, disilluso. « Se avessi dato retta a Vitali, avremmo cercato una soluzione prima che fosse diffusa la notizia del blackout programmato. Invece abbiamo scoperto solo adesso un altro utilizzo della fenetillina... Oltre che depressione e narcolessia, il Captagon veniva usato per curare i fotofobici. » Fece un cenno in direzione della guardia. E le luci si spensero.

Le urla del ragazzo riecheggiarono fra le celle vuote. Poi si udì un rumore improvviso, fortissimo. Sandra riuscì a distinguere con chiarezza a cosa corrispondesse: allo schianto di un corpo umano contro le sbarre. Immaginò il dormiente mentre si scagliava con furia contro di loro, frenato solo da quella barriera.

La luce si riaccese, il ragazzo si rannicchiò sul pavimento e dopo un po' ritornò tranquillo.

« L'oscurità amplifica gli effetti della fenetillina, la luce li placa » spiegò De Giorgi. « Mi dispiace di averla spaventata. »

Il blackout, l'eclissi tecnologica, si disse Sandra. La setta aveva approfittato della situazione facendosi trovare preparata.

« All'alba tutto questo sarà finito » disse il capo della polizia, mentre si allontanava.

« Mancano quattro ore. Quanta gente dovrà ancora morire? »

Ma De Giorgi non era interessato a rispondere al quesito.

« Io so dove è la centrale dello spaccio di Captagon. So dove distribuiscono le ostie nere » affermò allora la poliziotta, e l'uomo tornò a voltarsi verso di lei. « Richiami indietro Vitali e le dirò come salvare Roma. »

21

3 ore e 29 minuti all'alba

La consegna del prigioniero sarebbe avvenuta in Santa Maria sopra Minerva.

La scelta del luogo era toccata a Sandra, che non aveva esitato a indicare la basilica. La chiesa era imponente, con possenti pilastri e un'abside profonda. Nelle navate laterali, una sfilata di cappelle barocche riccamente decorate con marmi e affreschi.

Tranne una. L'ultima sulla destra.

Sandra Vega conosceva bene il motivo per cui proprio quella dedicata a san Raimondo di Peñafort, il primo penitenziere della storia, « sembrava » la più povera. Era un segreto che Marcus aveva condiviso con lei anni addietro. Quasi un patto d'amore. Se Vitali sapesse, si disse la poliziotta.

Li vide arrivare insieme. Uno armato, l'altro ammanettato. Marcus le fece capire subito con lo sguardo che stava bene. Vitali si posizionò dietro di lui.

« Ci rivediamo, ispettore » lo salutò Sandra, sarcastica.

« Anch'io immaginavo che sarei crepato nella galleria, come voi d'altronde. »

«Allora diciamo che siamo sempre una sorpresa gli uni per l'altro.»

Vitali infilò qualcosa nel taschino della giacca di Marcus, poi gli diede una spinta per mandarlo verso di lei. «Avevo pensato di consegnartelo senza liberargli i polsi» disse e le lanciò le chiavi delle manette. «Sarebbe stato un bello scherzo.»

«Il questore Alberti ha istituito una task-force e adesso sta andando al luna park dell'EUR per fermare questa follia» affermò Sandra. «Mi spiace che poi sarà lui a prendersi tutto il merito.»

«Io lavoro per l'ufficio statistiche su crimine e criminalità» replicò Vitali, strafottente. «Non te lo dimenticare, agente Vega.» Prima di andare, si rivolse al penitenziere: «Arrivederci, amico mio. Sono sicuro che ci ritroveremo».

«Lo sapevi che in questa basilica è sepolto papa Leone X?» gli chiese Marcus.

Ma Vitali non se ne curò e proseguì verso l'uscita.

Poco dopo, Sandra tolse le manette a Marcus e prese il foglietto che l'ispettore gli aveva infilato nel taschino della giacca. «Sono gli elementi dell'indagine.» Aveva riconosciuto gli appunti presi nella casa staffetta. «Deve aver trovato la mia borsa dopo che l'ho persa nella galleria.» Poi guardò Marcus. «Avevi ragione: non bisogna mai lasciare prove scritte.»

«Perché mi ha liberato?»

E Sandra gli raccontò la storia del Captagon e di cosa fosse in realtà l'ostia nera.

La boccetta rosa nel laboratorio di Nikolay, rammentò il penitenziere. L'Alchimista l'aveva sintetizzato per alleviare le pene della moglie. « Dobbiamo andare subito da Matilde Frai » disse. « È l'unica traccia che ci rimane. »

« È morta, si è suicidata davanti a me. »

Marcus accolse la notizia con stupore e sconforto. « Ha detto qualcosa prima di togliersi la vita? »

« Ho provato a farle rivelare il nome del padre di Tobia, ma non c'è stato verso. Lei sapeva chi è, non si è trattato di uno stupro: era consenziente. »

Un altro tassello a favore della tesi del ricatto, pensò lui.

« Un'altra cosa » disse Sandra. « Aveva con sé una valigia. Ma dentro c'erano abiti da uomo, anche un rasoio. »

Il penitenziere rifletté, ma non aveva una risposta. « Dobbiamo andare a casa di Matilde, cercare lì un indizio, qualcosa. »

Era un tentativo disperato, anche Sandra lo sapeva. Ma non avevano alternative.

Quando entrarono nel modesto appartamento di Matilde Frai all'Esquilino, furono accolti dal solito penetrante odore di nicotina. Il fantasma di vecchie sigarette li seguì fino in cucina. Poche ore prima, seduti proprio a quel tavolo, avevano ascoltato le parole accorate di una madre costretta a convivere con un terribile dilemma: la misteriosa sorte dell'unico figlio. Sandra ripensò a una delle frasi della donna. « La gente immagina che certi drammi avvengano sempre in modo plateale. Invece è così che capitano le cose più brutte, in modo semplice.»

Intanto Marcus si guardava intorno. I posacenere impilati nell'acquaio insieme a un unico piatto e a un bicchiere. La tazzina del caffè. La spugnetta appoggiata sul bordo di ceramica con gli aloni gialli lasciati dalle sigarette. La radio sulla mensola. L'orologio sul muro. Piccoli dettagli di una piccola vita, identica a molte altre. Ma quegli oggetti erano complici. Nascondevano l'atroce segreto di Matilde. Avevano ascoltato le sue parole, pronunciate al silenzio. Erano stati testimoni dei suoi pensieri.

Il penitenziere riepilogò fra sé le vittime della donna assassina. Gorda, il vescovo strozzato a distanza con la gogna del piacere. Il Giocattolaio, mangiato vivo dalle mosche. Il rapitore di Tobia che appariva nel video nel telefono, costretto a bere soda caustica. Il commissario Crespi, soffocato dalla cenere. L'Alchimista, appeso a testa in giù.

E poi io, si disse.

Sarei dovuto morire nel Tullianum, ma non è successo. Non sapeva come definirsi. Era stato fortunato? No, la fortuna non c'entrava niente. Se il fato avesse giocato un ruolo positivo in quella storia, allora gli avrebbe permesso di conservare la memoria di quanto era accaduto.

Se non ci fosse stata la mia amnesia, Roma sarebbe salva.

«Direi di cominciare di là» propose Sandra.

Lui la seguì.

In camera da letto c'erano due letti singoli. In uno dormiva Matilde, l'altro era rimasto uguale dalla scomparsa di Tobia. Sulla testata c'era un poster con la squadra della Roma. Dopo nove anni, alcuni di quei giocatori avevano terminato la carriera, altri avevano cambiato maglia e qualcuno era semplicemente invecchiato. Non c'è niente che renda più evidente il passaggio del tempo per un maschio che un poster di calciatori, pensò Sandra Vega. Rammentava ancora quando suo marito David l'aveva portata a visitare la sua casa d'infanzia, in Israele. Nella sua cameretta c'era un ritratto della formazione del Manchester United. Guardando uno per uno quegli atleti, David si era accorto che nella foto ormai erano tutti più giovani di lui.

« Passami l'elenco, per favore. » Marcus tendeva la mano verso di lei. Voleva dare un'occhiata alla lista degli elementi d'indagine.

« Hai qualche idea? » chiese Sandra.

« No » ammise.

Si sedettero entrambi sul letto di Tobia e guardarono insieme la lista. Il penitenziere iniziò a depennare gli indizi che non erano più utili.

~~*Metodo di uccisione: antiche pratiche di tortura.*~~
~~*Scarpe di tela bianche (Marcus e vescovo Gorda).*~~
~~*Ostia nera (drogato).*~~
~~*Tatuaggio del cerchio azzurro: Chiesa dell'eclissi. Sacrifici di vittime innocenti.*~~

~~*Blackout – Leone X.*~~
Taccuino misterioso.
Tobia Frai.

Elemento accidentale: amnesia transitoria Marcus.

« Avremmo dovuto aggiungere Matilde Frai all'elenco » disse Sandra, sconsolata. « Ci siamo fatti sviare da lei perché era una ex suora. E si sa, nessuno immaginerebbe mai che una serva di Dio sia capace di uccidere in modo tanto feroce. »

Intanto Marcus si concentrava sulla lista. Cercava di capire se esistesse un legame fra il taccuino, Tobia e l'amnesia che l'aveva colto. « Ho tenuto un taccuino » si disse. « È strano, perché so bene che non avrei dovuto. Come sai anche tu, i penitenzieri non prendono appunti per non lasciare tracce. Perché, allora, ho deciso di rischiare? E, soprattutto, dove è finito? »

« L'avrai nascosto in un posto sicuro. »

« Sì, ma perché? » Era frustrante. « È come se avessi previsto l'amnesia e volessi mandarmi dei messaggi. Anche le pagine strappate che abbiamo trovato erano un'indicazione su come proseguire l'indagine. »

« Non si può prevedere un'amnesia » rispose Sandra per tranquillizzarlo.

« Hai ragione, non si può. » Marcus fece un lungo respiro. Sollevò lo sguardo verso la parete di fronte, c'era il diploma di laurea in lettere antiche e filologia con impresso il nome di Matilde. Nonostante il titolo di studio, l'unico lavoro che aveva trovato era fare le pulizie. Perché, però, la cosa infastidiva tanto il penitenziere? « Dobbiamo perquisire la casa » disse. « Diamoci da fare. »

Iniziarono ad aprire i cassetti e a svuotarli sui letti. Poi frugarono tra il contenuto, in cerca di qualcosa che potesse aiutarli a capire. Marcus decise di guardare anche dentro i materassi. Li sventrò, tirò fuori la lana e rovistò all'interno, non c'era nulla. Poi fu la volta dell'armadio a muro. Era diviso a metà. Da una parte c'erano ancora i vestiti di Tobia, dall'altra quelli della madre. Matilde non possedeva molti abiti. Quattro vestitini estivi, un paio di gonne invernali, pantaloni e qualche maglioncino. Però a colpire Sandra fu una custodia marrone, conservata con cura in un angolo. La prese e la osservò. Poi abbassò la cerniera per vedere cosa contenesse.

All'interno, un abito da suora.

Stava per riporlo, ma si accorse dell'espressione di Marcus. Era turbato.

« Non può essere » disse il penitenziere togliendoglielo dalle mani. Sandra non capiva che tipo d'interesse avesse suscitato.

Marcus teneva fra le braccia l'abito e fissava il copricapo con il drappo nero per celare il volto. Matilde Frai non era stata una semplice suora. Era una vedova di Cristo.

22

Quando arrivò al convento di clausura alla fine del bosco, non ebbe bisogno di bussare. La porta di legno era aperta.

S'introdusse nell'antico corridoio di pietra e vide il primo corpo. Si avvicinò alla consorella riversa sul pavimento. Sotto il drappo nero che le copriva il volto, aveva la gola tagliata.

Una lama, pensò. Come aveva fatto Cornelius Van Buren a procurarsela?

Le candele che illuminavano da sempre quel luogo – ben prima di qualsiasi blackout – erano spente. Così il penitenziere dovette farsi precedere dal fascio luminoso della torcia elettrica. Con quell'oggetto moderno, gli sembrò di profanare il voto di quel posto col passato, rimasto intatto per secoli. Trovò il secondo cadavere sulle scale. Riconobbe la vedova di Cristo dagli stivaletti neri allacciati in modo castigato agli stinchi. Chissà dov'erano le altre undici. Ma non riusciva a immaginare che qualcuna potesse essersi salvata dalla furia di una belva rimasta in gabbia per così tanto tempo.

Quando finalmente arrivò davanti alla cella aperta, sperò ancora di rinvenire il corpo senza vita del vecchio serial killer. Assurdamente, una parte di lui confidava che il Maestro delle ombre si fosse suicidato. Invece era solo fuggito chissà dove.

La valigia con gli abiti maschili e il rasoio, pensò subito il penitenziere. Matilde lo avrebbe atteso fuori dalle mura del Vaticano, i bastioni che l'avevano tenuto prigioniero per ventitré lunghissimi anni. Il mondo non aveva mai saputo dell'esistenza di Cornelius. Adesso, invece, il mostro era libero. « Libero e pericoloso » si corresse Marcus a bassa voce.

Van Buren, però, non era scappato senza salutare. Aveva lasciato qualcosa per lui sulla branda. Un regalo. L'incunabolo di Plinio il Vecchio, che il penitenziere stesso gli aveva procurato prelevandolo quella notte dalla Biblioteca Angelica.

La copertina di pelle dell'antico manoscritto era lacerata.

Ecco dov'era nascosta la lama, si disse Marcus. Anche se faceva le pulizie, Matilde Frai aveva una laurea in lettere e filologia. È stata lei a mettere l'arma nel libro – che stupido sono stato.

All'interno della prima pagina dell'incunabolo c'era un messaggio, scritto di proprio pugno da Cornelius.

Mio caro Marcus,

sento il dovere di spiegarti. Non solo perché sei stato parte determinante, anche se inconsapevole, del mio progetto. Ma soprattutto perché, che tu ci creda o meno, in questi anni mi sono affezionato a te.

Nel momento in cui mi hanno rinchiuso in questo

posto, ho capito con gelida certezza che non sarei più uscito. Un giorno sarei morto e mi avrebbero seppellito nel piccolo cimitero dietro il convento, dove le vedove di Cristo ripongono i resti delle consorelle. Sulla mia tomba ci sarebbe stata una lapide anonima. E nessuno avrebbe mai conosciuto la storia dell'essere umano sepolto sotto quella pietra.

Ho convissuto con quest'idea per molto tempo. È stato l'aspetto più insopportabile della prigionia.

Perciò, prova a immaginare quando mi sono trovato di fronte una giovane novizia. Era piena di vita e dotata di una fede purissima. Ma proprio la fede è il più potente additivo dell'esistenza, ed è su di essa che ho costruito il mio piano per fuggire.

L'avevano incaricata di portarmi il pasto. Così, una volta al giorno, veniva da me. Provavo a parlarle, ma lei rispettava il voto del silenzio. Poi le ho nominato un incunabolo di Plinio il Vecchio e, sorprendentemente, da sotto il drappo nero è arrivata una risposta.

Una frase breve, ma è stata sufficiente. Matilde mi ha detto sottovoce: « Lo conosco ».

È iniziato un dialogo paziente, fatto di parole rubate con fatica. Il segreto è che non l'ho mai ingannata. Alla fine, la mia sincerità l'ha convinta che la cosa migliore era proseguire nel mondo reale la sua missione. Ha dismesso il proprio abito e ha resuscitato per me l'antica setta della Chiesa dell'eclissi.

Il suo proselitismo ha convinto un vescovo pieno di innominabili tentazioni. Un fabbricante di giochi perversi. Un principe bulgaro con il cuore infranto e la passione per la chimica. E anche, come sai, molti altri. Fra cui uno spacciatore e un commissario di polizia.

La mia sacerdotessa li ha riuniti sotto un'unica effige: il tatuaggio del cerchio blu. E con un solo scopo: restituirmi la libertà.

Ma avevamo bisogno di un'eclissi.

Ci sono voluti molti anni. L'attesa è stata lunga e pesante. Poi un giorno, inaspettatamente, un segno divino: il blackout.

Lo so, adesso ti starai domandando che ruolo ha avuto in tutto questo la scomparsa di un bambino. Non voglio privarti della gioia di scoprire da solo il motivo per cui era necessario che Tobia fosse prigioniero, proprio come me.

Però posso rivelarti che l'idea del suo rapimento mi è stata suggerita da Leone X.

Prima di emettere la bolla con cui ordinava che Roma non restasse « mai mai mai » al buio, aveva fatto un sogno premonitore: una visione della propria morte. Il fatto che poi sia defunto realmente nove giorni dopo ha contribuito ad alimentare dubbi e misteri. In realtà, il papa del Cinquecento, come tutti i potenti, era diventato paranoico. I comuni esseri umani temono solo per la propria vita, i potenti non godono di tale privilegio.

La loro paura più grande è morire privati del proprio potere.

Adesso però ti lascio, amico mio. Il viaggio che mi

attende è lungo e non sono ancora certo che, alla fine, ce la farò. Ma i timori che provo ora nel mio cuore sono anche incredibilmente piacevoli. Avevo scordato quanto fosse imprevedibile l'esistenza. Là fuori mi attendono ostacoli e impedimenti, ma sono felice perché di questo, in fondo, è fatta la vita di ogni essere umano.

Quanto a noi due, continuerò a pensare a te con paterno affetto. So che mi cercherai, quindi è probabile che ci rivedremo. Lasciamo che sia il destino a decidere per entrambi.

Intanto, mi auguro che recuperi la memoria di ciò che ti è accaduto ieri notte.

Tuo
Cornelius Van Buren

Marcus richiuse l'incunabolo e si sedette sulla branda. Era sfinito dalla propria sconfitta. Non avrebbe mai potuto raccontare una simile verità a Sandra, non senza svelarle il segreto che il Vaticano teneva prigioniero da ventitré anni un simile mostro.

Era scappato da casa di Matilde Frai senza una spiegazione, perché sperava solo di fare in tempo a fermare Cornelius. Ma il serial killer era stato più rapido di lui.

Due passaggi del suo messaggio l'avevano colpito. Il primo era l'augurio finale di recuperare la memoria. Perché mi stavo occupando di questo caso?, si domandò per l'ennesima volta il penitenziere e si maledisse ancora.

« La loro paura più grande è morire privati del proprio potere » ripeté, rammentando la seconda frase dello scritto che lo lasciava perplesso.

Poi, finalmente, un'intuizione. Le parole dette in punto di morte a Sandra dal commissario Crespi.

Un ricatto, si disse, e tutto fu improvvisamente chiaro.

23

57 minuti all'alba

Lo sorprese di fronte al grande camino di travertino rosa. Esattamente nello stesso punto in cui si trovava quando si erano visti l'ultima volta, quasi ventiquattro ore prima.

Solo che adesso il cardinale non l'aveva sentito entrare nell'attico con affaccio esclusivo sui Fori Imperiali. Quando si accorse di lui, impallidì. Come un vivo che ha appena visto un morto. Marcus non poteva sapere quanto fosse vero quel paragone. Erriaga conosceva il contenuto del taccuino – la confessione di un moribondo.

« È stato lei a incaricarmi d'indagare » disse. « Mi ha affidato il caso della scomparsa di Tobia Frai, ma purtroppo l'ho dimenticato. »

« E non è meglio per tutti? » ribatté con calma l'alto porporato.

« Quando è successo? » domandò il penitenziere.

« Qualche settimana fa. »

Il pensiero di aver perso il ricordo di così tanti giorni sconvolse Marcus. « Perché? Che interesse poteva avere per lei un bambino scomparso nove anni fa? »

Erriaga sospirò. « Quando ieri sono venuto a cercarti nella soffitta di via dei Serpenti, mentre aspettavo che tornassi a casa, ho trovato una foto in bianco e nero sotto il cuscino del tuo letto... Lei non sa che la stai fotografando, si capisce dallo sguardo. Ma dall'immagine emergono tante verità. Non potendola toccare come uomo, ti accontenti che la luce vada ad accarezzarla e poi torni da te, per imprimersi sulla pellicola.» Sospirò di nuovo. «Sono convinto che non pensi al tuo sentimento come a un peccato, qualcosa per cui ci si deve confessare e che richiede il perdono di Dio.»

«Non più» ammise il penitenziere.

«Allora mi puoi capire.»

Marcus si accorse che Erriaga stringeva in una mano un taccuino.

«Chi poteva immaginare che quella giovane novizia fosse stata inviata da un turpe assassino per sedurmi?» proseguì il cardinale.

«Il padre è lei.» Anche se lo sapeva già, Marcus aveva bisogno di dirlo proprio allora, in quella stanza. «Per nove anni, Van Buren ha provato a ricattarla usando il bambino.»

«E intanto si preparava a fuggire.» Il cardinale era già stato raggiunto dalla notizia dell'eccidio nel convento. «Mi ha distratto, è stato abile e anche molto furbo.»

«Sapeva che non avrebbe ceduto, la conosceva bene.»

«A quanto pare, sì.» Sorrise, ma durò poco.

« Cosa c'è sul taccuino, cardinale? » domandò Marcus perentoriamente.

Erriaga lo fissò. « La tua memoria. »

La rivelazione lo scosse. « Ho il diritto di sapere. »

« Hai scritto il tuo peccato e l'hai lasciato sull'inginocchiatoio di un confessionale. » Brandì il libriccino. « Ciò che è riportato in queste pagine è stato giudicato dal Tribunale delle Anime. »

« Qual è la mia colpa? Me lo dica. »

Erriaga gli riservò uno sguardo compassionevole. « Credimi, non ti piacerebbe sapere ciò che c'è scritto. »

Marcus sentì lacrime calde affiorargli negli occhi. Era rabbia, ma anche stanchezza, frustrazione. « Mi dica almeno se sono riuscito a salvare la vita del bambino. »

Erriaga annuì.

Il penitenziere si mise a piangere.

« Se cado io, cade anche il Tribunale delle Anime » affermò il cardinale inaspettatamente. « L'Avvocato del Diavolo non può avere macchie nel proprio passato. »

Marcus sollevò lo sguardo su di lui. « Cosa sta cercando di dirmi? »

« Che siamo entrambi peccatori, che meriteremmo di essere condannati. Ma siamo anche indispensabili per la Chiesa. Cosa accadrebbe se, a causa della nostra fragilità di esseri umani, fossimo costretti ad abdicare alle nostre funzioni? Cosa succederebbe se smettessimo di vigilare contro il male? Abbiamo un compito da svolgere, non possiamo permetterci di chiedere perdono.»

Finalmente Marcus comprese. E ne fu nauseato. «La loro paura più grande è morire privati del proprio potere» ripeté citando le parole di Van Buren.

Ma il cardinale non aveva finito. «Hai portato il bambino in un posto sicuro, poi l'hai lasciato solo ma con la promessa che qualcuno sarebbe andato presto a riprenderlo.»

«Perché avrei fatto una cosa del genere?»

«Perché sapevi di dover morire.»

«E l'ho scritto sul taccuino, vero? Lì sopra rivelo dov'è il nascondiglio di Tobia Frai. Lasciandolo nel confessionale, ero sicuro che l'informazione sarebbe giunta fino a lei... Suo padre.»

«Mi hai dato la possibilità di salvare il mio unico figlio» confermò Erriaga. «E ti ringrazio. È stato molto nobile da parte tua.»

Marcus lo vide avvicinarsi di nuovo al camino di travertino rosa e fissare la fiamma. «Non lo farà, vero? Non andrà a salvare il sangue del suo sangue...»

«Alcune colpe devono rimanere segrete» disse il cardinale guardando il taccuino. «Alcuni peccati non vanno perdonati.» E lo gettò nel fuoco.

L'ALBA

Il sole era sorto, ma mancavano ancora venticinque minuti alla fine del blackout programmato.

Vitali se ne stava in mezzo alla sala operativa del formicaio, ancora una volta con un bicchiere di carta in mano. Beveva acqua fresca.

Erano accadute molte cose nelle ultime quattro ore.

L'esercito era entrato in città e aveva preso possesso del centro storico. Il genio militare stava provvedendo a salvare vite umane dalla piena di fango riversata dal Tevere. Una compagine di poliziotti aveva compiuto una retata al luna park dell'EUR, fermando una cinquantina di persone. Per le strade era iniziata una caccia all'uomo da parte dei tutori della legge. C'erano state centinaia di fermi e arresti, ma la bonifica – come l'aveva definita il questore Alberti – non era ancora terminata.

Si faceva fatica a contare i morti. Il bilancio era grave. Poteva andare peggio, si disse l'ispettore. Molti civili, membri delle forze dell'ordine. Tanti innocenti, troppi bambini.

Due le cause.

Il blackout e la violenza del maltempo avevano creato una condizione unica e quasi irripetibile. Se fosse accaduta una delle due cose soltanto, probabilmente l'emergenza non avrebbe prodotto danni e perdite così ingenti.

E c'era un altro aspetto da considerare. L'isteria collettiva che aveva colto tutti, cattivi e anche buoni. La gente, privata all'improvviso di un bene essenziale come l'energia elettrica, si era sentita dispersa, abbandonata all'oscurità. La reazione di molti era stata scomposta, irrazionale.

Il buio cambia la percezione della realtà, si disse Vitali. Come quando si è bambini. Di giorno, la tua cameretta è il luogo dei giochi, della spensieratezza. Di notte, è il regno delle ombre da cui fuggire nascondendosi sotto le coperte.

Come aveva previsto, stava venendo fuori che la maggior parte delle vittime non aveva trovato la morte per le strade bensì all'interno delle abitazioni. Antichi dissapori fra conoscenti, rancori sopiti per anni nelle famiglie e altre forme d'odio domestico con l'oscurità avevano preso il sopravvento e si erano trasformati in motivi di sanguinosa vendetta. E nonostante l'interruzione di corrente fosse stata annunciata per tempo, c'era pure qualcuno che era crepato d'infarto in ascensore. Vitali scosse il capo al pensiero, a lui non piacevano le persone. Fra qualche minuto riavrete Internet, maledetti idioti. Così potrete tornare a lamentarvi di ogni cosa – ma soprattutto della vostra esistenza di inutili sfigati – su qualche cazzo di social network. Anche lui era arrabbiato, ma solo perché quella notte aveva perso i suoi magnifici mocassini marroni.

Ancora pochi minuti e tutto sarebbe tornato alla normalità. Almeno fino al prossimo blackout o alla prossima pioggia torrenziale. Vitali sapeva che la gente avrebbe dimenticato in fretta, nessuno avrebbe imparato nulla da quella notte. Tranne, forse, i morti. Quanto a se stesso, si cacciò una mano in tasca e tirò fuori il foglio su cui un esperto di identikit, seguendo la sua descrizione, aveva tracciato la fisionomia di un volto.

« Marcus » disse Vitali senza che nessuno dei presenti se ne accorgesse. Poi bevve l'ultimo sorso d'acqua fresca e appallottolò il bicchiere. Infine, per non contribuire ulteriormente al caos dell'universo, lo gettò nell'apposito scomparto per il riciclaggio della carta.

Le aveva detto di andare in via dei Serpenti e di aspettarlo lì. La trovò seduta per terra sul pianerottolo, con le spalle alla porta.

« Casa mia a Trastevere è stata distrutta dalla piena » disse Sandra. « Non ho più un posto dove andare. »

Lui la prese per mano e l'aiutò a rialzarsi. Poi entrarono nel piccolo rifugio.

La valigia aperta, abbandonata sul pavimento. La sedia. Il giaciglio gettato in un angolo, con le coperte in disordine. Non le diede il tempo di parlare. La tirò a sé e la baciò. Era la seconda volta. « Ho fallito » disse Marcus.

« Non fa niente » rispose Sandra. Poi iniziò a spogliarlo.

Lui fece lo stesso. L'aveva già vista nuda, tutte le volte che l'aveva seguita nell'hotel dove, distesa su un letto, al buio, si faceva prendere da uomini e donne sconosciuti. Ma provò uno strano brivido nell'accarezzare la sua pelle. Si distesero sul materasso, senza mai smettere di cercarsi con le labbra. Il suono dei respiri affannati nella foga di prendersi, il resto era silenzio. Marcus le appoggiò una mano sulla gamba e si aprì lentamente la via. Quando la penetrò lei non era ancora pronta, e gemette. Ma poi iniziò subito ad assecondare ogni suo movimento. Le strinse i seni piccoli e li baciò all'infinito, perché saziassero il suo desiderio. Lei si staccò e, inaspettatamente, iniziò a scendere lungo il suo torace – una interminabile scia di baci. Poi appoggiò la bocca sulla sua carne per dimostrargli quanto gli apparteneva. Lui si abbandonò e chiuse gli occhi, perso nell'oblio dei propri sensi. Quando Sandra si accorse che la sua resistenza stava per finire, si mise sopra di lui e spinse – spinse forte. E accolse il suo seme nel proprio ventre. Si abbandonò, cercando riparo nella piega del suo collo. Ansimavano ed erano felici. Non si guardavano negli occhi, ma sapevano di esserci l'uno per l'altra.

Si addormentarono.

Sandra si svegliò per prima. Non sapeva quanto tempo fosse passato, ma vide che era di nuovo buio. Si alzò facendo piano per non disturbarlo. Guardò fuori dalla finestra. La soffitta dava sui tetti di Roma, la città era di nuovo illuminata.

Chissà perché, il pensiero corse a David. Se la sua morte prematura non avesse fatto di lei una giovane vedova, adesso non si sarebbe trovata lì. E non avrebbe nemmeno sperimentato quella nuova serenità nel cuore. Era vero: la vita aveva bisogno di distruzione per andare avanti. Chissà come sarebbero andate le cose se suo marito fosse stato ancora vivo in quel mondo. Magari avrebbero scoperto un'incompatibilità di cui non avevano mai sospettato l'esistenza, oppure divergenze insanabili li avrebbero portati al divorzio. O peggio, sarebbero stati ancora insieme pur sapendo che l'amore era finito da un pezzo.

L'esistenza è una catena di eventi, si disse Sandra, e se non si impara ad accettare quelli dolorosi, non si ottiene alcuna felicità come ricompensa. La prova era che David era morto e lei non soffriva più per la sua scomparsa.

Ecco perché adesso le luci di Roma sembravano essere accese solo per lei.

Davanti alla finestra, Sandra si accorse di avere freddo. Si allontanò per raccogliere dal pavimento la felpa della tuta. La arrotolò sulle braccia per infilarsela. In quel momento Marcus si voltò nel giaciglio mostrandole la schiena.

La poliziotta si bloccò.

Il penitenziere aprì gli occhi e la vide. « Ciao. » Le sorrise.

Ma lei non ricambiò, né gli rispose.

Marcus si accorse che qualcosa non andava. « Che succede? »

Sandra allungò la mano per indicare. Tremava.

Marcus non capiva, ma si affrettò a guardare cosa c'era sulla sua spalla destra che la spaventava tanto. E vide un tatuaggio. Il cerchio azzurro. Fu in quel momento che comprese tutto, anche senza ricordare. La verità lo raggelò.

Matilde Frai non c'entrava niente con gli omicidi e le torture. Era stato lui.

Il Vescovo, Gorda. Il Giocattolaio. La mano col guanto che imboccava, prima con l'ostia nera e poi con la soda caustica, lo spacciatore nel video del telefonino. La trappola di cenere nella casa staffetta preparata apposta per Crespi. L'Alchimista appeso al soffitto con indosso le sue scarpe.

Ogni indizio conduceva a me – soltanto a me.

Erriaga aveva detto di avergli affidato, qualche settimana prima, un caso di scomparsa di minore risalente a nove anni prima. Non gli aveva fornito spiegazioni, solo un nome: Tobia Frai. Forse il cardinale era stanco dei ricatti di Van Buren. Il penitenziere alla fine era riuscito a trovarlo e a nasconderlo in un posto sicuro. Ma, per ottenere il risultato, aveva dovuto uccidere delle persone. Alla sua lista mancava solo un nome, quello del Maestro delle ombre.

Ho messo io la foto di Sandra nella memoria del cellulare prima di abbandonarlo nel taxi. Volevo che lei fosse coinvolta, che scoprisse ciò che avevo fatto.

Dopo aver portato via Tobia dalla casa dell'Alchimista, aveva annotato ogni cosa nel taccuino per lasciarlo in un confessionale, sapendo che sarebbe stato portato all'attenzione di Erriaga. Poi era andato dal Giocattolaio: da lì aveva effettuato la chiamata a Matilde Frai, facendole ascoltare la voce della bambola con le sembianze di suo figlio. Doveva innescare la sua reazione perché conducesse Sandra fino al Maestro. Il suo compito a quel punto era terminato: poteva recarsi nel luogo in cui aveva deciso di morire. La prigione del Tullianum.

Prima ho ripiegato i vestiti e vi ho appoggiato sopra le scarpe di tela bianche perché volevo che si capisse che mi ero calato volontariamente là sotto, nudo e ammanettato. Ho messo la chiave delle manette in un posto in cui credevo non l'avrei mai recuperata: nel mio stomaco. Ho fatto tutto questo per punirmi per la morte feroce che avevo inflitto, per il dolore provocato.

Trova Tobia Frai.

Non era per me quel messaggio, era per Sandra. Quando rinverranno il mio corpo, ti chiederai perché l'ho fatto. Ma quando troverai il bambino, capirai. È lui la risposta, il motivo per cui sono morto qui.

Anche gli altri foglietti strappati dal taccuino erano per lei – il suo nome nella vasca da bagno del Giocattolaio, i numeri nell'archivio dei crimini irrisolti. Perché potesse seguire la pista del sangue che lui aveva versato.

Sandra lo guardava senza riuscire a trattenere le lacrime. « Perché? »

Marcus abbassò gli occhi. « Perché l'unico modo per salvare quel bambino era diventare uno di loro. » Adesso se ne rendeva conto. Ma ormai Tobia Frai probabilmente era già morto nel posto in cui l'aveva nascosto per proteggerlo, e lui aveva venduto inutilmente la propria anima al Signore delle ombre. « Il Captagon » disse. Prima di scendere nel pozzo della prigione, aveva assaggiato l'ostia nera. Ecco perché non ricordava nulla. La sostanza allucinogena aveva risvegliato l'antica amnesia, anche se stavolta gli aveva lasciato almeno il ricordo di chi fosse.

Erriaga aveva ragione. Il peccato che aveva confessato al taccuino prima di andare a morire nel Tullianum era troppo grande e troppo grave. Sarebbe stato meglio non comprendere la verità, non sapere. Dimenticare.

Anomalie, si disse Marcus.

« Cosa dobbiamo fare adesso? » domandò Sandra, aspettando che lui dicesse qualcosa per mandare via quell'incubo. « Che ne sarà di noi? »

« C'è un luogo in cui il mondo della luce incontra quello delle tenebre » rispose Marcus, ripetendo ciò che gli avevano insegnato. « È lì che avviene ogni cosa: nella terra delle ombre, dove tutto è rarefatto, confuso, incerto. Io sono il guardiano posto a difesa di quel confine. Perché ogni tanto qualcosa riesce a passare... Io sono un cacciatore del buio. E il mio compito è ricacciarlo indietro. »

33 giorni dopo l'alba

Un pallido sole primaverile asciugava le strade dall'umidità.

Il centro di Roma era un cantiere. Moderne rovine si erano aggiunte alle più antiche, ma era cominciata la ricostruzione.

Non era ancora stata ripristinata la viabilità, potevano circolare solo i mezzi autorizzati. Fra questi un'Audi nera con targa della Città del Vaticano. Mentre l'autista procedeva lungo via dei Fori Imperiali, dai vetri oscurati della lussuosa berlina il cardinale Erriaga ammirava la trasfigurazione di Roma.

La catastrofe aveva mutato per sempre il panorama, ma aveva recato con sé anche qualche effetto positivo. Per esempio, si registrava un netto aumento delle conversioni. In tanti, dopo la disperazione, avevano abbracciato la fede cattolica. La prova era l'incremento nelle donazioni di denaro a scopi di beneficenza. Siccome Erriaga non pensava di meritare il paradiso, per consolarsi dalla tragedia si era regalato un nuovo crocifisso di brillanti e ametiste che si sposava benissimo con la porpora della tonaca di seta.

« Vuole che alzi l'aria condizionata, eminenza? » domandò l'autista.

« Va bene così, grazie » rispose il cardinale che in quel momento godeva della carezza calda di un raggio di sole.

Poco dopo si lasciarono alle spalle la città e iniziarono a percorrere delle stradine di campagna. La natura era stata l'unica a giovarsi delle piogge intense del mese precedente. Adesso sbocciava rigogliosa e piena di profumi.

Erriaga si scoprì sereno, quando invece avrebbe dovuto essere preoccupato. Il mondo era un posto meno sicuro da quando Cornelius Van Buren era scappato. Chissà quanti avevano già pagato con la vita il solo fatto di averlo incrociato sulla propria strada. Avrebbe dovuto occuparsene il penitenziere, ma il cardinale non aveva notizie di lui dal giorno del blackout. Quando, davanti al suo sguardo impotente, aveva lanciato tra le fiamme il taccuino con la confessione.

« Eminenza, siamo arrivati » annunciò l'autista.

Erriaga guardò la casa colonica in cima alla collina. Poco dopo, l'Audi nera si fermò nel piazzale. L'autista andò ad aprirgli lo sportello e il porporato poggiò le scarpe inglesi fatte a mano sulla ghiaia polverosa.

Gli si fecero incontro due suorine. « Benvenuto, eminenza » gli dissero in coro.

Il cardinale benedisse i loro capi chini con un gesto frettoloso della mano. « Avete provveduto a tutto? »

« Sì, eminenza. Così come ci è stato richiesto. »

« Bene » si complimentò lui. « Accompagnatemi. »

Le due suore lo scortarono all'interno della casa. C'era odore di refettorio e di minestra. Erriaga pensò che c'erano posti da cui quel sentore non se ne andava mai. Salirono lungo una scala fino al primo piano. Poi, dopo aver percorso un breve corridoio, le religiose lo introdussero in una stanza vuota.

« Questa ha la vista migliore, eminenza » gli assicurò una delle consorelle.

Erriaga si recò subito alla finestra e l'aprì per verificare. In effetti, dal davanzale si dominava la valle sottostante, con i vigneti e i pascoli. Ma non era quella la vista che interessava al cardinale.

Sotto di lui c'era un campetto da calcio in terra battuta. Due squadre di ragazzini si affrontavano rincorrendo un pallone.

« Come stanno gli orfani? » domandò. « Sono obbedienti? Studiano? Mangiano abbastanza? »

« Sì » confermò la suora. « Stanno bene. »

Erriaga annuì soddisfatto. « Me ne compiaccio. » Non potendo chiedere informazioni sull'unico che lo interessava, si accontentò di generiche rassicurazioni su tutti. In realtà, non sapeva nemmeno che faccia avesse o se somigliasse ancora alla foto apparsa sui giornali nove anni prima. « L'uomo con la cicatrice sulla tempia è più tornato? »

« No, eminenza. Non più da quella notte. »

Erriaga richiuse la finestra. Aveva visto abbastanza. « Tornerò » promise, e si avviò.

Nota dell'autore

Un proverbio usato in tutto il mondo, ma di cui s'ignora la paternità, recita che « Roma non è stata fatta in un giorno ».

Tuttavia ho scoperto che per distruggerla ci vuole anche molto meno.

Ho sempre saputo che Roma ha subito diverse devastazioni. La più famosa resta l'incendio che viene attribuito alla volontà dell'imperatore Nerone, ma è un falso storico. Più spesso il responsabile è stato il Tevere.

Eppure l'idea di questa storia mi è venuta il 19 febbraio 2015 quando, in occasione della partita di calcio Roma-Feyenoord, gli hooligans olandesi (che siano maledetti!) in pochi minuti devastarono piazza di Spagna danneggiando irrimediabilmente la fontana della Barcaccia.

Il giorno successivo, ancora infuriato e indignato, andai a sedermi nello studio del mio amico professore Massimo Parisi e gli domandai, candidamente, come avrei potuto distruggere la Città Eterna in meno di ventiquattro ore. Lui non si scompose e mi disse: « Semplice, fai piovere incessantemente per due giorni e manda in tilt una centrale elettrica: dopo poche ore sarà il caos ». Poi impiegò un intero pomeriggio a spiegarmi le conseguenze catastrofiche che una così banale combinazione di eventi avrebbe avuto sulla vita di ogni romano.

Però c'è voluto almeno un altro anno di ricerche per approfondire la fattibilità della cosa nonché gli effetti a breve termine. Ho dovuto consultare diversi esperti – e alcuni erano vere autorità in materia – per giungere al risultato finale. Geologi, archeologi, ingegneri, urbanisti e meteorologi si sono divertiti a fornirmi la propria versione dell'Apocalisse. Ho dovuto imparare molte cose che non conoscevo (e che non avrei mai pensato di dover conoscere!).

Alla fine, però, ero davvero in grado di distruggere Roma.

Devo ammettere che, scrivendo questa storia, mi sono sentito come l'eroe cattivo di una graphic novel. Il dettaglio del Captagon, aggiunto al mio personalissimo piano per annientare la città, però lo devo a Marta Serafini e a un illuminante articolo apparso sul *Corriere della Sera*.

Inoltre ho un debito con le forze di polizia italiane che, negli anni, non mi hanno mai fatto mancare consulenze e supporti. In questa circostanza, oltre a illustrarmi i piani di sicurezza previsti in caso di calamità, hanno avuto la pazienza di rispondere a tutte le mie più assurde domande.

Siccome volevo che le pagine trasmettessero un senso di smarrimento e di claustrofobia, ho deciso di accettare l'offerta di Francesco Orfino di farmi da guida nel sottosuolo di Roma. La villa patrizia visitata da Marcus e Sandra esiste realmente e lo sguardo felice dei due sposi padroni di casa è tutt'ora protetto dall'oscurità.

Come sempre, non posso dimenticare l'apporto del mio amico padre Jonathan, ispiratore della saga dei penitenzieri.

Ma il ringraziamento più sentito va alla Penitenzieria Apostolica – il vero Tribunale delle Anime – e a tutte le persone che lavorano da secoli per la conservazione del prezioso archivio dei peccati. Conoscerli ed essere ammesso al palazzo della Cancelleria è stato un privilegio che non potrò mai dimenticare.

Donato Carrisi

Ringraziamenti

Stefano Mauri, editore – *amico*. E, insieme a lui, tutti gli editori che mi pubblicano nel mondo.

Fabrizio Cocco, Giuseppe Strazzeri, Raffaella Roncato, Elena Pavanetto, Giuseppe Somenzi, Graziella Cerutti, Alessia Ugolotti e la dolcissima Cristina Foschini. Grazie per la vostra passione.

Andrew Nurnberg, Sarah Nundy, Barbara Barbieri, Giulia Bernabè e le straordinarie collaboratrici dell'agenzia di Londra.

Tiffany Gassouk, Anais Bakobza, Ailah Ahmed.

Questo libro è stato scritto anche grazie al contributo, a volte involontario, della mia grande famiglia, degli amici di una vita e di quelli più recenti. A loro si aggiunge l'apporto di quelle che io definisco le « eternità presenti », esseri umani che riescono a cambiarti l'esistenza semplicemente standoti accanto.

I nomi sono superflui, loro sanno benissimo quanto li amo.

Donato Carrisi
L'educazione delle farfalle

La casa di legno brucia nel cuore della notte. Lingue di fuoco illuminano la vallata fra le montagne. Nel silenzio della neve che cade si sente solo il ruggito del fuoco. E quando la casa di legno crolla, restano soltanto i sussurri impauriti di chi è riuscito a fuggire in tempo.
Ma qualcosa non è come dovrebbe essere. I conti non tornano. E il destino si rivela terribilmente crudele nei confronti di una madre: Serena.
Se c'è una parola con cui Serena non avrebbe mai pensato di identificarsi è proprio la parola «madre». Lei è lo «squalo biondo», una broker agguerrita e di successo nel mondo dell'alta finanza. Lei è padrona del suo destino, e nessuno è suo padrone.
Ma dopo l'incendio allo chalet tutto cambia, e Serena inizia a precipitare nel peggiore dei sogni. E se l'istinto materno che lei ha sempre negato fosse più forte del fuoco, del destino, di qualsiasi cosa nell'universo? E se davvero ci accorgessimo di amare profondamente qualcuno soltanto quando ci appare perduto per sempre?

NOVITÀ

LONGANESI

Questo libro è stampato col sole

Azienda carbon-free

Finito di stampare nel mese di gennaio 2024
per conto della TEA S.r.l.
da Grafica Veneta S.p.A. di Trebaseleghe (PD)
Printed in Italy

Certificato PEFC
Questo prodotto è realizzato con materia prima da foreste gestite in maniera sostenibile e da fonti controllate
PEFC/18-31-226
www.pefc.it